비서의
이중생활

KB012973

비서의 이중생활

초판 1쇄 찍은 날 | 2019년 7월 23일
초판 1쇄 펴낸 날 | 2019년 7월 31일

지은이 | 문희
펴낸이 | 예경원

편집 | 주승아

펴낸곳 | 예원북스
등록번호 | 제396-2012-000132호
등록일자 | 2012. 7. 25
YRN | 제1-0254호

주소 | 경기도 고양시 일산동구 호수로 646-24 위너스21-Ⅱ 206A호 (우) 10401
전화 | 031-819-9431 팩스 | 031-817-9432
http://cafe.naver.com/yewonromance
E-mail | yewonbooks@naver.com

ISBN 979-11-6424-940-4 03810

문희 장편 소설

비서의
이중생활

YEWONBOOKS ROMANCE STORY

Contents

Prologue

이태원에 위치한 클럽은 처음이었다. 어두운 조명과 자욱한 담배 연기, 그리고 짙은 사람 냄새가 뒤섞인 아주 퇴폐적인 분위기의 클럽은 깔끔한 걸 좋아하는 민준의 취향은 아니었다. 억지로 끌려 나온 대학 동기 모임이라서 가뜩이나 집에 가고 싶은 마음이었는데, 2차로 이런 곳까지 끌려오다 보니 민준의 표정이 좋을 리가 없었다.

금요일이라 그런지 클럽 안은 사람들로 꽉 차 있었다. 쿰쿰한 냄새와 함께 음침한 분위기까지 겸비한 이곳엔 반 이상이 외국인들이었다. 그리고 상당수의 한국인 여자들도 보였다. 이곳 분위기상 여자들이 좋아할 만한 곳은 아닌 것 같은데 좀 이상했다.

모두가 즐거운 표정이었다. 민준의 일행도 그와는 다르게 이곳이 마음에 드는 눈치였다. 민준은 자신의 잔을 단번에 비웠다. 술이라도 취해야 정신 사나운 지금 상황에 적응할 수 있을 것 같았다.

눈에 보이는 사람 중에는 뮤지컬 '헤드윅'에 나올 것 같은 화장을 한 남자들도 상당수 섞여 있었다. 손님인지 직원인지, 자유로운 클럽 분위기 때문에 더욱더 헷갈렸다.

달그락!

민준이 들고 있던 잔은 어느새 비워져 얼음만 남았다. 이를 힐끗 바라본 성현이 양주병을 들었다.

"마시자! 불타는 금요일을 위해서! 우후!"

양주를 술잔에 따라 주며 친구 성현은 한껏 흥분해 있었다. 평소 연구실에서 연구만 하던 샌님이 이곳에서는 마치 자신의 무대인 양 한껏 들떠 물 만난 고기처럼 파닥거렸다. LK전자의 수석연구원인 성현은 이번에 차세대 반도체의 핵심 기술을 개발하는 데 일등 공신이었다.

그래서 마음에 들진 않지만 기획팀의 본부장이자 LK그룹의 황태자인 민준이 본의 아니게 접대를 하기 위해 나온 것이었다. 게다가 성현과 민준은 대학 동기이기도 했다. 그래서 오늘 동기 모임에 어쩔 수 없이 불려 나와 돈을 펑펑 쓰는 중이었다. 이게

다 천재 연구원인 성현을 위한 일이었다.

민준은 한숨을 쉬며 주변을 둘러보다가 여장 남자와 눈이 마주쳤다. 짧은 미니스커트에 가터벨트를 한 남자는 깃털보다 더 긴 속눈썹을 깜빡이며 그를 보고 있었다. 순간 너무 놀란 민준은 하마터면 양주잔을 놓칠 뻔했다.

"네가 마음에 드나 봐."

성현이 웃으며 그에게 말하자 민준의 표정이 더 굳어졌다. '참을 인' 자 세 번이면 살인도 면한다고 했다. 성격 같아서는 당장 뛰쳐나오고 싶었지만, 오늘은 성현을 위해 참아야 했다.

"미친, 여긴 왜 오자고 한 거야?"

결국 짜증이 폭발한 민준이었다.

"요즘 내가 꽂혀 있는 게 있거든. 드랙퀸이라고……."

"나도 알아. 드랙퀸, 여장 남자 아니야?"

옆에 있던 대학 동기 준영도 아는 체를 했다.

"아네. 맞아, 여장을 의미하는 '드래그'와 게이들이 스스로 자신들을 지칭할 때 쓰는 '퀸'의 합성어가 '드래그 퀸'인데 그냥 다들 '드랙퀸'이라고 불러."

성현이 묻지도 않은 말을 주저리주저리 얘기했다.

"너도 저런 거 하고 싶어?"

준영이 성현을 놀렸지만, 오늘따라 성현은 별다른 반응을 보이지 않았다. 사실 동기들이 몰라서 그렇지 성현은 게이였다.

"내가 요즘 드랙퀸 중에 꽂힌 사람이 있어서 말이야."

"게이 맞네. 다들 남자라며?"

"꼭 사귀어야 좋아하냐? 저 사람들은 예술가라고."

"지랄!"

민준 앞에 앉은 둘이 말다툼하는 중에도 민준은 팔목의 시계만 보고 있었다. 5분, 딱 5분만 더 있다가 일어설 생각이었다. 그는 운전기사에게 5분 후에 '클럽 레드' 앞으로 오라고 문자를 남겼다.

"코코! 코코! 코코!"

갑자기 손님들이 작은 무대 앞으로 몰려들며 누군가의 이름을 연호했다. 민준의 시선도 자연스럽게 그들을 따라갔다.

"악! 코코다!"

성현은 정신이 나간 사람처럼 소리치며 환호하기 시작했다.

"미친놈."

민준은 성현의 모습을 보며 중얼거렸다. 미련 없이 일어서려는 순간, 그의 눈에 끈적이는 팝송을 부르며 등장하는 여자, 아니 남자의 모습이 들어왔다. 뭔가에 홀린 듯이 자리에 다시 앉은 민준은 여자보다 더 아름다운 실루엣의 남자를 멍하게 보았다.

뱀의 가죽처럼 짝 붙은 붉은색 롱 드레스는 자극적으로 그의 시선을 잡았다. 드레스는 과감하게도 옆선이 시원하다 못해 다 트여서 끝도 없이 긴 다리가 허벅지 위까지 완전하게 드러나는 디자인이었다.

남자의 머리는 금발의 사자 머리 같은 가발을 쓰고 있어서 무대 위 조명에 닿을 것 같았다. 그리고 민준의 시선을 가장 사로잡은 건 남자의 화려한 화장술이었다. 표정이 읽히는 삐뚤어진 눈썹과 여자들의 눈보다 몇 배는 커 보이는 눈 화장에, 무거워 보일 정도의 속눈썹은 과장되다 못해 가면처럼 보였다.

"헤드윅⋯⋯."

딱 그 표현이 맞았다. 아니 그보다 더한 느낌이었다. 화장을 어찌나 두껍게 했는지 가면을 쓴 것 같았다.

"코코!"

성현은 미친놈처럼 무대 위 남자의 이름을 불러 댔고 그 소리에 화답하듯 남자가 그들이 있는 쪽으로 손 키스를 날렸다.

"봤어? 코코가 나한테 손 키스를 날렸어!"

"⋯⋯."

민준의 시선은 이미 코코에게 가 있었다. 이렇게 남자에게 시선을 빼앗긴 적은 단 한 번도 없었다. 그는 타고난 예술가였다. 립싱크하는 것 같았지만 그것조차 잘 어울렸다. 과장된 입 모양은 마치 혼을 불어넣은 듯 움직이며 그를 사로잡았다.

익숙한 팝송을 재치 있게 편곡해서 코코의 과장된 몸짓과 너무나 잘 어울렸다. 인정하기 싫었지만, 매력적인 공연이었다. 성현처럼 미친 듯이 소리를 지르지는 않았지만 코코의 공연이 끝났을 때 민준은 저도 모르게 손뼉을 치고 말았다.

하지만 다음 공연부터는 확실하게 그의 취향은 아니었다. 민준은 오래전에 태국에서 젠더들의 공연을 보았는데 그 느낌 그대로였다. 과장, 그 이상도 이하도 아니었다. 하지만 코코는 뭔가 특별한 게 더 있었다.

그것이 그가 코코에게 끌리는 부분이기도 하면서 찜찜한 부분이기도 했다. 코코의 공연이라면 다음에도 보러 올 수도 있을 것 같다는 생각이 들었다. 공연은 그리 길지 않았다. 여긴 공연장이라기보다는 클럽이어서 그런 것 같았다. 이제부터는 술을 팔아야 할 시간이었다.

"안녕하세요?"

공연했던 드랙퀸 가운데 한 명이 그들의 자리로 왔다. 마치 걸어 다니는 팝 아트 같았다. 금발 머리의 오버 메이크업은 민준의 인상을 찌푸리게 했다.

"코코는?"

성현이 반색하며 물었다. 성현은 이곳에 자주 오는 모양이었다. 코코라는 말에 민준은 저도 모르게 성현을 보게 되었다. 이

자리에 코코가 온다면 하는 은근한 바람이 있었다. 그래서 운전 기사에게 나간다는 문자를 하고도 그는 밖으로 나가지 않고 코코를 기다렸다.

"오빠, 서운하게 왜 그래? 바로 올 거야."

자신을 캔디라고 소개한 남자가 섭섭한 티를 내며 말했다. 아마 자신을 무시한다고 생각한 모양이었다.

"캔디 씨, 내가 서운하게 하려는 게 아니라……."

"서운해, 오빠."

"미안해요. 내가 캔디 대표님께 무례하게 굴면 안 되지."

대표라는 말에 민준은 캔디를 바라보았다. 클럽의 주인인가 했는데 드랙퀸 팀을 이끄는 엔터테인먼트의 대표라고 했다.

성현이 캔디를 달래는 동안 정말 코코가 그들의 자리로 왔다. 그의 눈길을 사로잡았던 무대 의상을 그대로 입고 온 코코였다.

"안녕하세요?"

민준은 놀라지 않을 수 없었다. 굳은 얼굴의 코코는 가까이서 봐도 매우 아름다웠다. 아무리 봐도 그냥 예쁘고 매력적인 여자였다. 그런데 남자라니 믿어지지 않았다.

"우리 코코 예쁘죠?"

캔디가 그를 바라보며 의미심장한 미소를 지었다.

"……."

갑작스러운 캔디의 말에 민준은 살짝 당황했지만, 답을 하진 않았다. 예쁜 건 사실이었지만 남자에게 '예쁘다'라고 말하고 싶지 않았기 때문이었다.

"그렇다고 너무 인상 쓰진 마시고요. 기분 나쁘시면서까지 이곳을 찾은 이유를 알고 싶네요."

캔디가 기분이 안 좋은지 살짝 비꼬는 투로 말했다.

"캔디, 내 친구는 LK그룹의……."

"성현아!"

민준이 자신의 이야기를 하려던 성현의 말을 막았다. 그리고 부담스럽게 화장을 한 캔디라는 사람을 보았다.

"캔디라고 했습니까? 이 자린 오고 싶어서 온 건 아니고 억지로 끌려왔다는 게 맞는 말이죠. 그리고 일어서려는데 공연이 시작되었고, 솔직히 코코의 공연이 인상적이어서 끝까지 보게 된 겁니다."

"그러셨구나. 우리 코코가 아주 독보적이긴 하죠."

그들이 술을 주거니 받거니 하는 동안에도 코코는 고개를 숙이거나 손으로 얼굴을 가리는 등의 행동을 했다. 마치 얼굴을 숨기려 드는 것 같았다. 그런 코코의 모습에 민준은 자꾸만 시선이 갔다.

그리고 그런 자신의 행동이 민준은 마음에 들지 않았다. 그래서 양주를 단번에 입안에 털어 넣었다.

"어머, 오빠 멋지다."

캔디가 그에게 눈웃음을 치며 말했고 그는 말없이 고개를 돌렸다. 여장 남자는 그의 취향이 아니었다. 하지만 이상하게 그의 시선은 자꾸만 코코에게로 향했다. 보통 여자들보다 큰 키였지만 가녀린 몸매는 남자라기보다는 여자에 가까웠다.

혹시 젠더처럼 수술을 한 걸까? 문득 그런 생각이 들기는 했지만 분명히 여장 남자라고 했다. 민준은 궁금한 생각이 들어 코코에게 직접 말을 걸어 보기로 마음먹었다.

"코코라고 했습니까? 한잔하시죠?"

그가 양주를 들자 캔디가 코코를 몸으로 가리며 자신의 잔을 내밀었다.

"찬물도 위아래가 있는데, 제가 먼저 받으면 안 될까요? 오빠……."

캔디가 콧소리를 섞어 가며 말해서 민준은 어쩔 수 없이 캔디의 잔에 술을 따랐다. 그런데 그러는 사이에 코코가 사라졌다.

"……."

"우리 코코 바쁜 거 아시죠? 오빠들, 오늘은 캔디와 함께해요."

민준은 마치 코코가 자신을 피한다는 느낌이 들었다. 왜지? 찜찜한 느낌이 강하게 왔다. 코코가 왜 그런 건지 알고 싶은 마음이었다. 이렇게 무언가에 집요해진 건 처음이었다. 오늘밤 그는 코코에 대해 알아야 직성이 풀릴 것 같았다.

술을 마시던 민준은 잠깐 화장실에 다녀온다 하고 자리에서 일어섰다. 확인해야 했다. 도대체 이 찜찜함이 무엇인지.

민준은 술 취한 사람들을 헤치며 주변을 살폈다. 그녀가 나갈 만한 출입구를 찾던 차에 관계자들만 출입하는 것 같은 문을 발견했다. 무대 뒤쪽의 대기실로 가는 통로는 음산하기 그지없었다.

어두운 복도 끝에 위치한 문에는 '관계자 외 출입금지'라는 팻말이 붙어 있었다.

똑똑!

"네."

방 안에서 목소리가 들려왔다.

"들어오세요."

드랙퀸의 목소리라고 하기엔 완벽한 여자의 목소리였다. 문고리를 잡은 민준은 안에 코코가 있기를 바라며 문을 열었다.

드랙퀸 대기실은 텅 비어 있었다. 공연이 끝나면 다들 클럽에서 손님들과 한 잔씩 하고 있기 때문이었다. 하지만 예린은 언제나 공연이 끝나기가 무섭게 대기실로 와서 짐을 챙기고 집에 가기 바빴다.

그렇게 예린은 공연을 마치면 바로 집으로 갔는데 오늘은 무슨 일인지 사촌 오빠인 캔디가 잠깐 얼굴만 보이고 가라고 해서 어쩔 수 없이 손님 자리에 합석했다. 클럽 레드의 VIP가 그녀를 꼭 보고 싶어 한다고 해서였다. 웬만해선 캔디가 이런 부탁을 하지 않기 때문에 예린도 거절할 수가 없었다.

그런데 그 자리에 그녀의 상사인 이민준 본부장이 앉아 있을 거리고는 상상도 하지 못했다. 그를 보자마자 저도 모르게 얼굴이 굳어져 버렸고 그녀의 표정을 읽은 캔디가 잘 커버해 줘서 무사히 빠져나올 수 있었다.

캔디도 그 자리에 민준이 있을 거라고는 생각도 못 한 것 같았다. 평소 차분한 성격의 예린이었지만 민준을 본 순간에는 그 자리에 그대로 주저앉을 뻔했다.

그녀를 살피는 듯한 민준의 시선과 마주쳤을 땐 심장이 쪼그라드는 것 같았다. 평소 일 처리가 마음에 들지 않았을 때 짓는 표정이었다. 그의 비서로 일한 지 벌써 4년 차인 예린은 그의 표정만 봐도 무슨 생각을 하는지 알았다.

그렇다고 본부장과 친하진 않았지만 비서실장 다음으로 민준과 마주칠 일이 많은 직원이었다.

"혹시……."

뒷말은 입에 담지도 못했다. 그녀를 알아보기라도 한다면 그때는 모든 게 끝장이었다. 낮에는 직장인으로, 밤에는 드랙퀸으로 이중생활을 하는 예린을 그가 이해해 줄 리 없었다. 일반인들은 이태원의 이런 클럽들을 굉장히 퇴폐적으로 보기 때문에, 대기업의 비서가 이런 곳에서 공연한다면 이미지 때문에라도 해고할 게 뻔했다.

불안했다. 이럴 땐 빨리 이곳에서 벗어나는 게 최선이었다. 가방을 챙겨 나가려는데 핸드폰이 울렸다.

Rrrrrrr—

엄마였다. 그녀가 늦을 때면 엄마에게 먼저 전화를 했는데 오늘은 정신이 없어서 전화하지 못했더니 엄마가 전화 한것이었다.

"엄마."

[어디야?]

"친구들이랑 술 한잔하고 있어."

그녀가 무슨 일을 하는지 엄마는 알지 못했다. 그저 대기업의 비서 일을 하는 것만 알고 있었다. 엄마에게 예린은 자랑스러운 딸이었다. 부모의 도움 없이 혼자서도 아주 잘 자란 딸을 엄마는 항상 자랑스러워했고, 만약 예린이 밤무대에서 과감한 옷차림으로 공연을 한다는 걸 안다면 크게 충격받으실 게 분명했다.

더구나 그렇게 공연을 하는 게 엄마의 병원비 때문이라는 걸 알게 된다면…… 엄마는 치료를 포기할지도 몰랐다.

[그래, 너무 늦게까지 마시지 말고 얼른 들어와.]

"알았어. 지금 일어나려고 했어."

[그래, 술 마셨으면 대리기사 부르고.]

"네."

엄마는 밤늦게 다니는 그녀가 늘 걱정인 모양이었다. 하지만 예린은 엄마의 건강이 더 걱정이었다. 위암 판정을 받은 엄마를 위해 예린은 자신이 할 수 있는 건 뭐든 했다. 3년 전 아빠도 같은 병으로 세상을 떠났다. 아빠를 살리겠다고 가족은 집까지 팔아 가며 노력했지만, 아빠를 살리지도 못하고 결국 빚만 남았다.

그런데 이제 엄마까지 이렇게 되고, 예린은 엄마까지 잃지 않기 위해 몸이 가루가 되도록 일을 했다. 집은 벌써 담보로 은행에 잡혀 있었고 대출금도 2억이 넘었다.

처음엔 편의점에서 알바를 하기도 하고 과외로 아이들도 가르쳤다. 하지만 편의점의 급여와 과외비는 빚을 갚기엔 턱도 없이 부족했다.

그러다 우연히 사촌 오빠의 하루 수입을 듣게 된 예린은 오빠에게 울며 사정했었다. 뭐든 할 수 있으니까 드랙퀸을 시켜 달라고 말이다. 처음엔 망설이던 오빠는 예린의 어려운 사정도 알고 예린이 얼마나 춤을 잘 추는지도 알기 때문에 끝내는 허락해 주었다.

원래 드랙퀸은 여자가 하면 안 됐다. 여자는 드랙킹을 할 수 있었지만, 아직 우리나라는 남장 여자의 공연은 인기가 없었다.

그래서 예린은 드랙킹 대신에 돈벌이가 더 되는 드랙퀸을 선택했다. 짙은 화장으로 얼굴을 숨길 수 있어서 예린에게는 더없이 매력적인 아르바이트였다. 사실 무용수였던 아버지와 어머니의 끼를 받아 그녀도 춤에 재능이 있었다. 부모님의 반대로 경영학을 전공했지만 예린은 춤추는 걸 좋아했고 아주 잘 추었다.

하지만 캔디라는 예명으로 활동 중인 사촌 오빠가 이 일을 하지 않았다면 여자인 그녀가 다른 사람들의 눈을 속이며 드랙퀸을 할 수는 없었을 것이다. 오빠와 팀원들의 묵인하에 그녀는 남자 행세를 하며 엄마의 병원비를 벌었다.

물론 처음부터 그들이 그녀를 받아 준 건 아니었다. 많은 반대가 있었지만, 사촌 오빠의 설득 반, 협박 반으로 팀원들은 결국 그녀를 받아 주었다. 이제 주말에 공연으로 벌어들인 수익은 그 어떤 아르바이트보다 많았다.

그래서 힘이 들고 고단했지만, 그녀는 버틸 수 있었다.

엄마가 완치되면 드랙퀸 생활도 접을 작정이었다. 몇 달만 버티면 되는데 이런 일이 벌어지다니. 예린은 앞이 깜깜했다.

똑똑!

다른 드랙퀸이 온 모양이었다. 대기실은 모두가 함께 사용하는 곳이다 보니 공연 시간에 따라서 이용하는 사람들이 바뀌었다. 다음 공연을 하는 엔젤이 오기엔 이른 시간이었다.

"네."

그녀는 자리를 비워 줄 요량으로 서둘러 짐을 챙겨서 자리에서 일어났다.

"들어오세요."

무의식적으로 목소리를 바꾸지 않았다. 순간 놀랐지만 뭐 매일 보는 사람들이니 신경 쓰지 않을 것이다.

"……."

하지만 문 안으로 들어온 사람을 본 순간 예린은 충격으로 영혼이 빠져나가는 느낌이었다. 문 앞에는 그녀의 상사인 민준이 서 있었다.

"여, 여기는 관계자 외 출입금지라고요!"

놀란 마음에 소리를 지른 예린은 문을 닫으려고 했다.

"……."

하지만 민준이 문을 잡고는 뭔가를 묻듯이 예린을 바라보았다.

"나가 주세요."

"가려던 길인가?"

그녀의 손에 들린 짐을 보며 그가 물었다.

"무슨 상관이죠?"

"우리 어디서 본 적이 있나? 왜 이렇게 아는 얼굴 같지?"

그는 궁금증이 가득한 얼굴로 그녀를 보았다.

"오래된 수법이군요. 식상해요."

그녀가 무시하는 척하며 그를 지나쳐 나가려고 하자 그가 그녀의 팔을 붙들었다.

"이, 이거 안 놔요? 사람을 부르겠어요."

"남자라면 이 정도는 혼자서 해결해야 하는 거 아니야? 당신 정말 남자 맞아?"

그가 정곡을 찌르는 바람에 예린은 당황해서 어쩔 줄을 몰랐지만 들키면 안 된다는 생각뿐이었다.

"남자 맞아요."

예린은 팔의 고통보다 그가 사실을 알게 될까 두려워 평소보다 굵은 남자 목소리를 내기 위해 노력했다.

"정말?"

"남자라니까요. 도대체 원하는 게 뭐죠?"

이제 예린도 필사적이었다.

"진실."

"난 남자고 그게 진실이에요. 조금 있으면 여기로 다음 공연 팀이 와요. 비켜 주세요."

"아니, 난 알아야겠어."

그는 꿈쩍도 하지 않았다.

"LK의 황태자면 이래도 되는 건가요?"

예린은 그가 무례하게 구는 게 싫었다. 회사에서 민준은 까칠한 성격의 상사였지만 무례하지는 않았다.

"내가 누구든 간에, 날 속이는 게 싫은 것뿐이야."

"기분 나쁘니까 꺼져!"

예린이 조금 강하게 나갔다. 무례한 상대에게는 그녀도 똑같이 행동하는 게 필요했다. 그래야 그녀를 여자로 생각하지 않을 것 같았다.

"뭐?"

"너 같은 새끼들은 뻔해. 여자를 원하면 여종업원이 있는 곳에 가. 여긴 게이 클럽이니까. 알았어?"

예린이 지지 않고 그를 보며 씩씩거렸다.

"남자란 말이지?"

"맞아…… 읍!"

순간적인 일이었다. 뭔가를 생각할 겨를도 없이 벌어진 일이었다. 두껍게 바른 립스틱이 미끄덩거리며 눌리는 것이 입술에서 느껴졌다. 드랙퀸 분장을 하고 키스를 당하는 건 처음이었다.

물론 지금은 입술만 맞대고 있을 뿐이지만 예린의 정신은 아주 혼란스러웠다. 천하의 바람둥이이자 부하 직원들에겐 폭군인 이민준이 지금 그녀의 입술을 자신의 입술로 누르고 있었다. 너무 놀란 나머지 예린은 숨조차 제대로 쉴 수가 없었다.

"으으읍!"

그의 어깨를 밀어냈지만, 힘으로는 그를 당할 수가 없었다. 오히려 그의 힘에 밀려 그녀는 그와 문 사이에 갇히게 되었다. 그의 혀가 예린의 입술을 벌리고 들어와 그녀의 치열을 훑고 있었다.

그녀가 이를 악물고 열어 줄 기미가 보이지 않자 민준이 그녀의 턱을 손으로 잡아 힘을 주었다.

"아아……. 읍!"

억지로 벌어진 입술 사이로 그의 혀가 빠르게 들어왔다. 왜 이렇게 집요하게 키스를 하려고 드는 건지 예린은 알 수 없었다. 그가 거칠게 밀고 들어오는 바람에 그녀의 목이 뒤로 꺾였다. 예린은 몸을 지탱하기 위해 그의 어깨를 붙잡았다.

기분이 나빠야 하는데 아주 묘한 느낌이었다. 상사와의 키스라니 기막힐 노릇이었다. 하지만 그가 기가 막히게 키스를 잘한다는 건 인정하지 않을 수 없었다. 그때였다. 그의 키스에 감동하는 사이에 그의 손이 점차 그녀의 가슴 쪽으로 올라오고 있었다.

예린이 지금 압박 붕대를 한 걸 알아차리기라도 한다면 정말 큰일이었다.

'어쩌지?'

입술이 타들어 가는 예린은 더는 생각만 하고 있을 순 없었다. 그의 손이 벌써 가슴 쪽에 다 왔기 때문이었다.

퍽!

"윽!"

제발 그가 남자 구실을 할 수 있기를 바라며 그녀는 있는 힘껏 그의 중심부를 찼다. 다행인지 불행인지 그녀의 무릎에 그의 남성이 제대로 맞은 것 같았다. 그가 찍소리도 못하고 바닥에서 굴렀다.

"미안하다고는 못 하겠어요. 그리고 난 남자입니다."

그녀는 이렇게 말을 하고는 빠르게 대기실을 빠져나갔다. 자신의 마티즈에 오른 예린은 서둘러 시동을 걸고 차를 출발시켰다.

"큰일 날 뻔했어."

집 앞까지 앞만 보고 달린 그녀는 아파트 근처의 공터에 차를 세운 후 짙은 화장을 지우기 시작했다. 손거울 안에 비친 그녀의 얼굴은 엉망이었다. 두껍게 칠한 립스틱 때문에 그녀의 얼굴의 반이 번진 립스틱으로 난리가 아니었다.

리무버로 얼른 색조를 지운 예린은 손거울에 비친 자신의 얼굴을 보았다.

"알아봤을까?"

정말 걱정이었다. 주말이 지나고 월요일이면 민준이 그녀를 알아봤는지 알 수 있을 것이다. 하긴 만약 사실을 알게 됐다면 그녀의 휴대폰으로 전화가 걸려올지도 몰랐다.

"후……."

그렇게 생각을 하고 나니 걱정이었다. 화장을 지우고 옷을 대충 갈아입은 예린은 엄마가 기다리는 집으로 향했다.

Chapter 1

　월요일 아침, 예린은 분주하게 움직였다. 먼저 LK본사 1층 커피숍에 들려 샷을 추가한 아메리카노에 에그 샌드위치 하나를 사 들고 빠르게 엘리베이터로 향했다. 이게 다 본부장이 아침 운동을 하고 출근해서 매일 같이 먹는 아침 식사였다.

　본부장이 출근하기 전에 책상에 가져다 놓지 않으면 난리였다. 벌써 예린은 4년 동안 하루도 빠지지 않고 이 일을 했다.

　"잠깐만요!"

　커피를 쏟지 않기 위해 곡예에 가까운 몸짓을 하며 엘리베이터에 오른 예린은 33층의 버튼을 눌렀다.

　"헉헉……."

엘리베이터 안에서 가쁜 숨을 몰아쉬며 예린은 불안한 마음으로 점차 올라가는 숫자판만 보고 있었다.

숫자가 33에 가까워질수록 예린은 입술이 바짝바짝 마르고 있었다. 주말 내내 그녀를 알아본 본부장에게 연락이 오지나 않을까 걱정이 태산이었다. 다행히 그런 일은 없었지만 일단 오늘 본부장을 만나 그의 반응을 확인해 봐야 안심이 될 것 같았다.

"모를 거야……."

불안한 마음에 저도 모르게 중얼거리고 말았다.

"뭐가?"

같은 엘리베이터 안에 윤 실장이 있다는 것도 모르고 있었다.

"깜짝이야, 언제 타셨어요?"

"같이 탔지. 타기 전에 인사 한 번, 타고 나서 인사 한 번 가볍게 씹히고……."

"죄송합니다."

"뭔 생각을 그렇게 해? 오 비서답지 않게……."

마침 엘리베이터가 33층에 도착해서 그들의 대화는 멈추었다. 본부장실을 바라보며 예린은 잠시 멈추어 섰다. 이렇게 불안한 적은 없었는데, 기분이 좋지 않았다.

"안 들어오고 뭐 해?"

윤 실장이 이상하다는 듯 그녀를 보며 말했다. 정신을 가다듬은 예린은 윤 실장을 따라 사무실 안으로 들어갔다.

"안녕하세요? 좋은 아침입니다."

입사 1년 차인 수진과 2년 차인 성욱이 그들을 보며 반갑게 인사했다. 예린은 평소처럼 서둘러 커피와 샌드위치를 쟁반에 담아 본부장의 사무실로 들어가려고 했다. 본부장이 출근하기 전에 얼른 가져다 놓을 생각이었다.

"본부장님 와 계세요."

"어?"

수지의 말에 예린은 그 자리에서 굳어 버렸다. 벌써 왔을 리가 없었다.

"오늘 아주 일찍 출근하셨어요."

"……."

난감한 상황이었다. 주말 내내 '모를 거야.'라고 자신을 안심시켰는데 상황은 그렇지 못한 것 같았다. 4년 동안 본부장이 먼저 출근한 적은 단 한 번도 없었다. 불안했다.

"수지 씨, 미안한데 오늘은 수지 씨가 가져다드려."

예린이 쟁반을 수지에게 건네려 했다.

"네? 제가요?"

놀란 수지가 그녀를 보며 물었다.

"어, 갑자기 배가 아파서……."

"저도 그러고 싶지만, 본부장님이 얼마나 까다로운지 아시잖아요. 뭐든 바뀌는 걸 별로 좋아하지 않으시니 제가 들어가면 혼날 것 같아서…….”

"오 비서님답지 않게 왜 그러십니까? 무슨 일이라도…….”

성욱이 끼어들었다. 다들 평소와 다른 그녀의 행동을 이상하게 여기는 것 같았다.

"아니, 알았어.”

한숨을 쉬며 쟁반을 들고 본부장실로 들어갔다. 입사 이후 처음으로 이 문을 여는 게 떨렸다. 알아보지 못했을 것이다. 아니 그랬으면 하는 바람이었다.

똑똑!

노크한 후에 본부장실에 들어선 예린은 쟁반을 떨어뜨릴 뻔했다. 본부장이 재킷도 벗지 않은 채 소파도 아닌 자신의 책상에 기대서서 그녀를 노려보고 있었다. 그렇게 화가 난 얼굴은 처음이었다.

들킨 게 틀림없었다. 손이 떨려 들고 있던 쟁반을 놓칠 뻔했다. 하지만 그러는 와중에도 예린은 본부장의 입술에 저도 모르게 시선이 갔다.

"본부장님…….”

먼저 말하는 게 좋을 것 같았다. 말하려고 했는데 기회를 놓쳤다고 둘러대는 방법이 좋을까? 순간적으로 머릿속이 복잡해졌다.

"커피 두고 나가."

본부장의 낮은 저음의 목소리가 오늘따라 더 무섭게 들렸다.

"드릴 말씀이……."

"나중에."

아예 말을 들으려고도 하지 않았다. 예린의 입이 또다시 바짝바짝 말랐다. 언제나 이성적으로 일을 처리하는 예린인데 오늘은 뭔가 자신이 생각하기에도 달랐다. 그의 키스 때문인 걸까? 마음은 불안한데 자꾸 심장은 두근거렸다.

"네?"

"나가라고. ……잠깐."

그가 나가려는 예린을 불러 세웠다.

"그런데 오 비서, 향수 뭐 쓰지?"

"코코 샤넬을 쓰고 있습니다."

그의 인상이 확 구겨졌다.

"여기저기 다 쓰는군."

그가 그녀의 향수를 알아차린 것일까?

"본부장님, 드릴 말씀이……."

더욱 불안해진 예린이었다.

"지금은 듣고 싶지 않으니까 중요한 일이 아니면 다음에 해."

"……네."

아리송한 말이었다. 일단은 그의 입에서 드랙퀸이라는 말이 나오지 않았으니 일단은 안심이었다. 본부장과 일을 하면서 처음으로 예린은 떨고 있었다. 그 어떤 상황에서도 긴장하지 않았던 그녀가 오늘 처음으로 흔들렸다. 본부장실에서 나온 예린은 화장실로 달려갔다. 그리고 화장실 문을 잠근 후에 사촌 오빠에게 전화를 걸었다.

"여보세요?"

[으으음…….]

오빠는 아직 잠들어 있을 시간이었다.

"혹시 그날 우리 본부장에게 무슨 소리 못 들었어?"

[으음…….]

"오빠!"

급한 마음에 소리를 버럭 지르고 만 예린이었다.

[귀청 떨어지겠다. 그날 본부장이 너 고소 안 한 것만 해도 다행으로 알아.]

"뭐?"

[그날 대기실에서 바닥에 구르고 난리인 걸 엔젤이 겨우 진정시켰다고 하더라. 입술엔 립스틱이 아주 덕지덕지 묻어서 클렌

징도 친절하게 해 줬다고 하던데…….]

본부장이 화날 만했다.

"나 당분간 못 나가."

[어림없는 소리 한다. 네 공연 예약 꽉 찼어.]

"오빠!"

[캔디라고 부르라고 내가 몇 번을 말해!]

"캔디, 알았으니까. 이번 주만 봐주라."

[엄마 병원비는?]

핵심을 찌르는 말이었다. 예린의 입장에선 엄마의 치료비 때문에라도 돈을 벌어야 하는 입장이었다.

"편의점에서라도 알바해야지 뭐. 여기서 잘리는 것보다는 나아."

[으그, 궁상아…….]

"이번 주만 봐줘."

[알았어.]

전화를 끊은 예린은 긴 한숨을 내쉬었다. 알더라도 모른 척해 주면 좋겠다는 생각을 하며 예린은 자리로 돌아갔다.

"오 비서님 속은 괜찮으세요?"

조금 전의 일이 미안했는지 수지가 그녀의 안색을 살피며 물었다.

"어, 괜찮아. 오늘 본부장님 일정입니다."

윤 실장에게 본부장의 계획을 건네고 돌아온 예린은 일에 집중하기 위해 노력했지만 전부 허사였다.

주말 내내 머리가 복잡했던 민준은 일찍 출근해서 멍하게 책상에 기대앉아 있었다. 팔짱을 끼고 문 쪽을 응시하던 그의 머릿속엔 오직 코코뿐이었다.

"강아지 이름도 아니고……."

그는 강아지 이름 같다고 생각했지만, 성현의 말로는 코코 샤넬을 너무 좋아해서 붙인 이름이라고 했다. 하긴 키스할 때 익숙한 샤넬 향이 나기는 했었다.

"어디서 맡았지?"

워낙 유명한 향수라서 지나다가 맡았겠지만, 왠지 그것보다는 더 익숙한 향이었다. 민준은 저도 모르게 자신의 입술을 혀로 쓸었다.

"미친!"

남자와 키스라니. 자신이 해 놓고도 믿어지지 않는 일이었다. 평소에 이성적이라고 생각했는데 아니었던 모양이었다. 분명 키스를 했더라도 불쾌하게 생각해야 하는 게 맞았다. 모르는 성인 남자와 뽀뽀를 하는 것조차 상상하기 어려운데 혀까지 밀어 넣다니. 정신이 나간 게 분명했다.

그것도 안 하겠다는 남자를 억지로 붙잡고 말이다. 정말 지금 생각해도 믿기지 않는 일을 그가 저질렀다.

"후……."

그런데 더 기가 막힌 건 며칠이 지났는데 이상하게 그 키스가 계속해서 기억이 난다는 것이었다. 정말 환장할 일이었다. 어제도 거의 잠을 이루지 못해서 오늘은 평소보다 빠르게 출근했다.

침대에 누워 멍하게 코코와의 키스만 떠올리는 자신이 한심했기 때문이었다. 이렇게 갑자기 남자에게 매력을 느끼는 자신을 이해할 수가 없었다. 답답한 마음에 그는 일을 하면 좀 나아질까 싶어 일찍 출근을 했다. 하지만 그의 머릿속은 여전히 코코에 대한 생각뿐이었다.

커피가 절실하게 생각나는데 아직 직원들은 출근하지 않은 모양이었다.

똑똑!

드디어 오 비서가 출근한 것 같았다. 오 비서는 칼 같은 여자였다. 흐트러짐이라고는 하나도 없었다. 물론 웃는 일도 없었지만 말이다. 사계절 검은 치마 정장에 머리카락 한 올 빠져나오지 않는 깔끔한 승무원 머리를 한 그녀는 미모는 훌륭했지만 보기에 아주 답답한 스타일이었다.

물론 일 처리는 완벽했지만······.

오 비서가 문을 열고 들어오는데 코코의 향이 났다. 민준은 저도 모르게 인상을 썼다. 코코에게서 났던 향이 익숙하다 했더니 바로 오 비서의 샤넬 향이었다. 순간 민준은 코코와의 키스가 생각나 온몸이 후끈거렸다.

"본부장님······."

매일 커피만 놓고 나가던 오 비서가 그를 부른 건 처음이었다. 처음으로 오 비서의 눈빛이 흔들리고 있었다. 직원들의 이런 눈빛을 종종 보곤 했다. 사직서를 내기 직전의 눈빛이었다. 미안한 마음과 자신을 잡아 주었으면 하는 마음이 공존하는 눈빛 말이다.

"커피 두고 나가."

하지만 오늘은 그런 말을 들을 기분이 아니었다. 지금 코코 생각만으로도 머리가 터질 것 같았다.

"네?"

"나가라고. 그런데 오 비서 향수 뭐 쓰지?"

"코코 샤넬을 쓰고 있습니다."

"여기저기 다 쓰는군."

이렇게 빠르게 그 향을 맡을 거라곤 상상도 해 보지 않았는데. 매일 맡고 있는데도 몰랐다니 기분이 묘했다.

"본부장님, 드릴 말씀이⋯⋯."

불안한 눈빛의 오 비서가 또 한 번 그에게 말을 걸었다. 그만 두려고 그러는 것 같았지만 지금 회사엔 오 비서가 필요했다. 이럴 땐 상대방의 말을 듣지 않는 게 가장 좋은 방법이었다.

"지금은 듣고 싶지 않으니까 중요한 일이 아니면 다음에 해."

"⋯⋯네."

오 비서가 나가고 민준은 자리에 앉아 업무를 보기 시작했다. 잠시 후 윤 실장이 일정을 말해 주러 들어왔고, 그는 저녁 시간에 약속이 없는 걸 확인한 후에 '클럽 레드'에 가기로 마음먹었다. 다시 한 번 코코를 본다면 이 느낌이 뭔지 알 수 있을 것 같았다.

"호기심이야⋯⋯."

그는 이렇게 중얼거리며 서류를 살피기 시작했다.

빠른 두뇌와 정확한 판단력, 그리고 거침없는 추진력은 마치 폭주하는 기관차처럼 사람들을 압박했다. 뭐든 잘하는 상사 밑에서 일하는 직원들은 가랑이가 찢어질 것 같았다. 매일같이 반복되는 회의와 아이디어를 내지 않으면 바로 내쳐지는 상황에서 직원들의 한숨은 날로 깊어 갔다.

"미칠 것 같다."

짧은 점심시간을 마치고 돌아오는 직원들의 입에선 저마다 한숨과 함께 본부장에 대한 원망이 가득했다. 이민준이 본부장이 된 지 4년이 흐르고 LK그룹의 기업 순위도 1위로 바뀌었다. 할아버지인 이석우 회장과 아버지인 이현성 부회장과는 확실히 다른 사업관을 가진 민준은 직원들을 스파르타로 몰아붙였다.

"오늘 본부장님 조금 이상하지 않았어?"

"어?"

"아니, 다른 날에는 정신없이 몰아붙이셨는데 오늘은 가끔 멍하게 있는 것 같기도 하고……."

"정신은 김 과장이 멍한 거 아니야? 어디 봐서 본부장님이 멍해? 평상시하고 똑같구먼."

최 과장은 발표 중 그에게 신나게 깨져서인지 오늘 본부장이 더욱 무서웠다.

"아니, 자기가 무슨 조선 시대 왕도 아니고. 맨날 이렇게 사람을 신하 부리듯 하면 우리가 어떻게 버텨?"

"돈."

"……."

최 과장은 할 말이 없었다. 국내 기업 중에 연봉이 최고니 시키는 일이 아무리 빡빡해도 다들 말을 못 하는 것이었다.

"복지."

"그만해."

복지 수준도 다른 기업은 쫓아오지도 못할 정도였다. 이러다 보니 본부장이 아무리 폭군처럼 굴어도 다들 입도 뻥긋할 수가 없었다.

"할 거 다 해 주면서 뼈까지 우려먹겠다는데, 뭐라고 할 거야?"

"알았다, 알았어. 일이나 하자."

둘은 구시렁거리며 다시 회의실로 들어갔다. 밥 먹고 딱 체하기 좋은 분위기였다. 과장급 이상 임원들이 모인 자리였다. 각 부서에서는 대장이었지만 이곳에서는 먼지만도 못한 인간이 되는 느낌이었다.

오늘은 LK화학의 배터리 사업에 관한 내용이 주요 회의 대상이었다. 정부에서 국내 사업의 활성화와 청년실업 문제를 내세워 기업들에 떠넘기기 식의 할당량을 부과했는데 이번에 LK화학이 폭격을 맞았다.

"유럽 공장의 지역이 확정된 마당에, 공장 설립을 국내로 돌리는 건 말이 안 되는 상황입니다."

LK화학 정 상무의 말에 모두가 입도 떼지 못하고 있었다. 그걸 몰라서 모인 게 아니라 대안이 필요해서 이곳에 모인 건데, 정 상무는 언제나 원론적인 이야기만 했지 대안이 없었다.

"정 상무님, 우리가 그걸 모르고 이 자리에 온 건 아니지 않습니까. 대책은요?"

"……."

차가운 표정의 본부장의 말에 정 상무의 얼굴이 굳어졌다.

"글로벌 완성차 업체가 몰린 유럽기지에 공장이 필요하단 건 이미 알고 있지만, 정부의 의견 또한 무시할 수 없는 일입니다. 특정 지역에 배터리 공장을 세우면 몇 천 명이 일자리를 얻을 수 있으니 그 또한 좋은 일이지만 우리에겐 득이 될 게 없죠. 임금이 낮게 책정되는 것도 아니고……."

"……."

모두가 쉽게 입을 뗄 수가 없었다. 정부가 내민 손을 저버릴 수도 없고 다들 난감한 상황이었다.

"LK캐미컬 공장이 확장해야 한다고 했나? 그러면 캐미컬을 그쪽으로 보내세요."

"하지만 1공장, 2공장으로 나뉘면……."

"기업 이미지를 살리면서 우리의 실리를 챙기는 일은 그것뿐인 것 같은데. 다른 대안이 있습니까?"

"아닙니다……."

언제나 이런 식이었다. 대안을 제세하지 않으면 모든 말이 무시되는 상황이었다. 세부적인 회의가 계속되는 동안 기획 본부장의 옆에 오 비서가 계속해서 왔다 갔다 하며 자료를 전달하고 있었다.

"예쁘긴 예뻐."

"맞아."

저도 모르게 김 과장이 중얼거리자 최 과장이 받아쳤다. 모두가 인정하는 미인이었다. 하지만 그 누구도 접근하기 힘든 얼음 공주가 오 비서였다. 그 상사에 그 직원이라고 했던가? 완벽한 그녀의 모습에 질려 버려 남자들은 쉽게 접근하지 못하고 있었다.

그림의 떡 같은 존재가 바로 오 비서였다.

"애인도 없다지?"

"누가 접근하겠어요. 심장까지 얼려 버릴 것 같은데……."

김 과장은 오 비서의 미끈한 다리를 보며 입맛만 다셨다.

회의 내내 본부장은 시한폭탄 같은 표정을 지으며 터트릴 대상을 찾고 있는 것 같았다. 윤 실장은 오늘도 살얼음판을 걷고 있는 기분이었다. 그런데 오늘은 혹이 하나 더 붙어 있었다. 그건 오 비서도 본부장과 같은 상황인 듯 보였다.

중간에 끼어서 위, 아래의 눈치를 보려니 죽을 맛이었다.

"오 비서, 무슨 일 있어?"

"아뇨."

간결하게 말한 오 비서였지만 누가 봐도 일주일째 기분이 좋아 보이지 않았다. 더군다나 오늘 회의 주제 또한 좋은 내용은 아니어서 본부장도 기분이 최악인 상황이었다.

"후……. 둘 다 그러니 답답하네."

"네?"

옆에서 해맑게 있는 수지가 그를 보며 물었다.

"아니야. 수지 씨는 오늘 기분이 좋은가 봐?"

"네, 전 회의 때 본부장님의 카리스마 넘치는 모습을 보는 게 너무 좋아요."

"그래, 많이 좋아해."

"네."

LK그룹에 들어올 정도면 머리가 좋을 텐데 수지는 아닌 것 같았다. 아니면 공부 머리만 좋든지. 눈치는 영 없었다.

"오 비서는 너무 딱딱해."

오 비서가 본부장에게 다음 자료를 전달하러 간 사이에 윤 실장이 저도 모르게 말했다.

"그래도 멋지지 않아요? 여자 중에선 최고로 멋진 것 같아요."

"오 비서는 사감 선생 같아."

"아니에요. 얼마나 매력이 있는데요. 모르셔서 그렇지……."

수지가 괜히 상상하게 했다. 하긴 몸매도 저만 하면 끝내줬고 얼굴도 정말 예뻤다.

"꽃에 향기가 있어야지."

"그게 무슨 뜻이에요?"

"그런 게 있어. 수지 씨는 몰라도 돼."

LK화학의 사장은 입도 못 떼고 있는 상황에서 갑자기 본부장이 상무를 몰아치기 시작했다. 뭐 매번 있는 일이라서 윤 실장은 태연하게 바라보고 있었지만, 이상하게 오늘은 다른 날보다 더 예민하게 굴었다.

특히 오 비서가 서류를 줄 때마다 미간을 찌푸리는 게 이상했다. 윤 실장은 눈치가 빠른 사람이었다.

"오 비서."

"네."

"향수 바꿨어? 오늘따라 향기가 좋네."

매일 같은 향수를 쓰는 건 알았다. 하지만 그냥 기분이나 풀어 주려고 한 말에 여직원들의 시선이 곱지 않았다. 아무래도 오늘은 되는 일이 없는 것 같았다.

"네?"

"아니, 그냥……."

"저야 늘 쓰던 향수를 쓰죠. 왜 그러시는데요?"

놀란 눈을 한 오 비서의 얼굴을 보니 괜히 민망한 생각이 들었다.

"아니 오늘은 좀 다른 것 같아서."

"아니에요. 그리고 그런 말씀 하시는 거 싫습니다."

"미, 미안. 그런 의미는 아니야."

당황해서 괜히 횡설수설하게 된 그를 수지까지 이상한 눈으로 보고 있었다.

"난 그런 뜻이 아니고……."

"……."

오 비서가 찬바람을 날리며 다음 서류를 준비해서 본부장에게로 향했다.

"실장님, 요즘 사내 성희롱 문제가 아주 심각하다죠?"

"뭐?"

수지가 이상한 눈을 하며 그를 보았다. 졸지에 부하 직원에게 나쁜 상사가 된 느낌이었다.

"아니라니까……."

"압니다. 알아요."

수지의 표정도 좋지 않았다.

"오늘은 왜 이렇게 일이 꼬이는지……."

"그러게 왜 오 비서님에게 그런 말씀을 하십니까?"

성욱이 옆에 있다가 끼어들었다.

"오늘 본부장님도 오 비서도 기분이 별로인 것 같아서."

"제 눈에도 그렇게 보이긴 했습니다. 위에 눈치 보랴 아랫사람 눈치 보랴 고생이 많으십니다."

"그래, 우리 차 비서뿐이네."

성욱만이 유일하게 그의 마음을 알아주는 것 같았다. 윤 실장은 오늘이야 말로 말조심을 해야겠다는 생각이 들었다.

검은색 치마 정장은 오 비서를 단정하게 보이게 했지만 답답해 보이게도 했다. 한여름에 목까지 채운 단추라니, 오 비서가 얼마나 꽉 막힌 사람인지 단번에 말해 주었다. 차림새만큼이나 오 비서는 융통성이 없었다. 원리 원칙에 따라서 행동하는 오 비서는 비서로서는 아주 안성맞춤이었지만 여자로서는 큰 매력을 느끼지 못했다.

그렇다고 예쁘지 않은 것도 아니고 몸매가 안 좋은 것도 아닌데 말이다. 그런 오 비서에게 뜻밖의 취향이 있었는데 그건 향수였다. 하고 다니는 걸 봐서는 향수 같은 건 안 뿌릴 스타일로 보이는데 은근히 섹시한 향수를 뿌리고 다닌다는 게 묘하게 그를 자극했다.

물론 코코를 만나기 전까지는 오 비서의 향 따위는 하나도 관심이 없었는데 절묘하게 시기가 잘 맞아떨어졌다. 민준은 오 비서가 가까이 올 때마다 인상이 절로 써졌다. 오 비서는 언제나 무표정이었지만 오늘 오 비서의 표정도 다른 날보다 더 굳어 있었다. 기분 탓일까? 그와 같이 향수에 신경을 쓰는 눈치였다.

그의 표정이 너무 티가 난 것 같았다. 그녀는 코코 때문에 괜히 그의 화풀이 대상이 되어 버렸다.

"오 비서."

"네?"

마지막 자료를 건네는 그녀를 부르자 놀란 표정으로 민준을 바라보는 오 비서였다.

"향수 바꿔."

"……."

오 비서의 표정이 굳었다. 하지만 민준은 지금 오 비서의 기분을 맞춰 줄 상황이 아니었다.

"다른 거로 10개 사고 나에게 청구해."

"네?"

"내 말 못 알아들었어?"

"아닙니다. 그렇게 하겠습니다."

도저히 신경이 쓰여서 살 수가 없었다. 일주일 동안 그는 매일같이 클럽 레드를 찾았고 그때마다 코코를 볼 수 없었다. 코코의 무대가 언제 있냐고 물어도 그들은 알 수 없다고만 답했다. 그렇게 코코를 만나지 못하며 오 비서를 통해서 코코의 향기만을 느끼다 보니 그도 폭발한 것이었다.

회의가 끝이 나고 그는 사무실로 돌아갔다. 회의를 통해서 골치 아픈 일을 해결해 보려 했지만 역시나 그의 눈높이를 따라 주는 직원들은 없었다.

"오늘 황 의원과 저녁 약속 잡아요."

"네."

정부에서 원하는 지역형 일자리가 그들에겐 부담이었다. 그래서 오늘은 특정 지역 국회의원을 만나서 회의 때 말한 것을 처리할 예정이었다. 주고받는 딜을 해야 하는 것이었다.

"부담이군."

정부의 인심 쓰기 정책에 기업들만 힘이 들게 생겼다. 일단은 둘 다 만족하게 할 방법을 찾는 게 최선이었다. 그 덕에 오늘은 클럽에 못 갈 것 같았다. 코코는 잠시 접어 두고 일을 먼저 처리해야 하기 때문이었다.

윙—

성현이었다. 윤 실장을 제외하고 그와 개인 전화로 통화를 하는 유일한 직원이었다.

"여보세요?"

[본부장님.]

"말해."

이름이 아닌 본부장이라고 부를 때에는 뭔가 용건이 있는 것이었다. 속이 훤히 보이는 성현이었다. 아마도 클럽에 같이 가자는 말을 할 게 뻔했다. 공부도 잘하고 모범생인 성현이 게이란 사실을 알게 되었을 때 민준은 놀랐었다.

거기다가 가끔씩 그를 이상한 곳에 끌고 다니니 귀찮아 죽을 것 같았다. 그리고 지금은 어디에 가는 게 중요한 것이 아니라, 그도 지금 코코 때문에 혼란에 빠진 상황이었다. 이런 상황에서 성현을 만나는 건 좋지 않았다. 괜한 화풀이를 할 것 같기 때문이었다.

[주말에 뭐 해?]

"왜?"

목소리가 곱게 나가지 않았다.

[화나는 일 있어?]

이 모든 사단이 클럽 레드로 그를 데려간 성현의 잘못이었다. 그날 그곳에 가지 않았다면 코코를 만나는 일도 없었을 것이고, 그렇다면 이렇게 머리가 아플 일도 없었을 것이다.

"말해."

[주말에 시간 되면 코코 만나러 갈까?]

"싫어."

뚝!

친구고 뭐고 도움이 안 되는 인간이었다. 수석 연구원이고 뭐고 차세대 반도체 개발의 1등 공신이든 말든 지금은 상관없었다.

"나쁜 새끼."

당분간은 성현을 만나지 않을 생각인 민준은 자리를 박차고 일어났다. 그리고 한동안 씩씩거리며 화를 참아 냈다. 안 그랬다간 그대로 성현에게 달려가 한 방 날릴 것 같은 기분이 들었다.

퇴근 시간에 사무실을 빠져나오는 민준의 눈에 오 비서가 보였다. 답답하리만치 단정한 오 비서와 코코가 묘하게 겹쳐 보였다. 아무래도 그가 미친 게 틀림없었다. 코코와 풀지 못한 일을 왜 오 비서와 연관을 시키는지 도저히 알 수 없었다.

"본부장님, 오 비서가 무슨 실수라도……."

황 의원과의 약속 장소로 이동하는 동안 윤 실장이 조심스럽게 물었다.

"아니."

"그런데 오 비서만 보면 인상을 쓰고 계셔서……."

"아니야. 그냥 기분이 좋지 않은 거지. 오 비서 때문이 아니야."

"네."

남들의 눈에도 그가 오 비서를 의식하는 게 보이는 모양이었다.

황 의원과 일식집에서 만난 민준은 술을 많이 마셨다. 오가는 얘기도 속이 터지는 내용이었지만 회사일 사이에 다른 잡생각이 드니 술을 더 마시게 되었다. 황 의원과 한참을 이야기한 후에 그는 술 취한 채로 자신의 아파트로 향했다. 오늘은 아무것도 생각하지 않고 이대로 잠이 들기를 바라는 마음이었다.

클럽 레드는 평일에도 사람들로 북적이는 곳이었다. 특별한 공연과 술이 어우러진 퇴폐적인 분위기를 사람들은 좋아했다. 무료한 일상에 특별함을 주는 이곳은 손님들뿐만 아니라 공연을 하는 드랙퀸들에게도 특별한 장소였다.

마음껏 자신의 끼를 발휘할 수도 있었고 자신들의 과장된 화장과 의상에도 환호를 보내는 팬들이 있었기 때문이었다.

"코코 안녕."

한창 분장 중인데 같이 공연하는 팀원들이 들어왔다. 모두 10 명인 레인보우는 한 팀이었다. 예전엔 개별적으로 움직였지만 캔디가 엔터테인먼트를 만들어서 지금은 팀으로 활동하고 있었다. 그녀의 사촌 오빠라서가 아니라 공연 기획자로서의 캔디는 정말 대단한 사람이었다.

"오늘은 뭐로 분장할 거야?"

"바니."

"예쁘겠다."

서로를 격려하는 그들 덕분에 예린은 코코라는 예명으로 버틸 수 있었다. 모두가 그녀의 사정을 알고 예린이 여자인 건 비밀로 해 주었다. 물론 코코의 인기 때문에 그들의 공연을 찾는 사람들이 많았기 때문일 수도 있었지만 말이다.

타고난 재능이 있는 코코는 무대 매너도 훌륭했지만, 외모 또한 단연 눈에 띄었다. 173cm의 장신의 키에 끝도 없이 긴 다리는 코코의 트레이드 마크였다. 남자처럼 보이려고 애를 썼지만 여성스러운 몸매를 완벽하게 가릴 수는 없었다.

이왕 그렇게 된 거 장점을 더 부각한 그녀는 수영복처럼 생긴 의상을 많이 입었다. 오늘은 바니 의상으로 플레이보이 모델을 연상시킬 생각이었다.

"어머니는 어떠셔?"

"덕분에 많이 좋아지셨어요."

친하게 지내는 엔젤이 그녀에게 물었다. 처음에 그녀가 드랙 퀸을 한다고 했을 때 많이 반대하던 사람이었다. 남자인 자신들이 설 무대가 좁아지기 때문이었고, 드랙퀸이라는 말 자체가 남자 게이들을 위한 것이기 때문이었다.

엔젤은 드랙퀸에 대한 자부심이 강한 사람이었다. 그런데 예린의 가정사를 듣고는 마음을 돌려 주었다. 그리고 다른 드랙퀸들도 설득해 준 고마운 사람이었다. 지금은 드랙퀸들 가운데서 가장 친한 사람이기도 했다.

"일본 공연은 못 가지?"

"회사 때문에 힘들어요."

"나도 회사 때문에 힘들었는데 이번엔 운이 좋게 빼 주더라고. 우리 회사 미쳤나 봐."

엔젤은 자유로운 분위기의 코스메틱회사에서 메이크업 아티스트로 일했다. 유쾌한 분위기 속에서 화장하고 있는데 갑자기 캔디가 인상을 쓰며 들어왔다.

"우리 공연에 다른 클럽 애들이 와서 영업하고 갔대……."

"네?"

"자기네 공연 보러 오라고. 이건 완전 상도덕이 꽝 아니니?"

"도대체 거기가 어느 클럽이래요?"

"그런 쓰레기 같은 짓을 할 만한 곳이 한 군데밖에 더 있어? 다이안지 큐빅인지 하는 그 멍청한 것들이겠지."

엔젤이 파운데이션을 펴 바르며 말했다.

"다이아요?"

"그래, 다이아. 나도 조안이 하는 다이아 별로야."

"그래서 캔디 얼굴이 저래요?"

"응."

일주일 동안 자리를 비운 탓에 클럽이 어떻게 돌아가는지 알지 못했다.

"아 참, 일주일 내내 널 찾아온 남자가 있었는데 아주 뒤집어지게 잘생겼더라. 대체 누구야?"

"……."

그가 매일 온 줄은 몰랐었다. 그렇다면 회사에서의 그녀를 알아보지 못한 게 확실했다.

"비밀이야?"

"아니에요."

"오늘은 오려나?"

"안 올 거예요."

오늘 국회의원과 술자리가 있었다. 그리고 당분간은 계속해서 저녁에 약속이 잡혀 있었다.

"아쉽다. 안구가 정화되던데 그 사람 우리 쪽이면 넘겨."

그가 남자를 좋아하는 취향이면 넘기라는 말이었다.

"아니에요."

그는 게이가 아니었다. 아니, 혹시 모를 일이었다. 그녀가 남자인 줄 알고도 덤빈 걸 보면 말이다.

"게이인가……?"

순간 그가 게이가 아닌지 조금 의심스러웠다. 그랬으니까 코코에게 키스를 한 것이었다. 남자인 줄 알면서도…….

"뭐지?"

갑자기 당황스러운 예린이었다. 어떻게 그런 생각을 하지 않았는지 모를 일이었다. 그저 그녀에게 키스한 것에만 집중했지 그가 그녀를 남자로 알고 키스한 건 생각조차 하지 않았다.

"게이였어……."

예린은 본부장이 게이라는 사실에 놀라울 따름이었다.

"오늘도 우리 코코 찾아온 손님들이 많네."

"맞아, 일주일 쉬었으니 더하지."

동료들의 말에 정신이 든 예린은 나머지 화장을 하고는 가발과 옷을 입었다.

"안 들키게 잘해. 오늘은 더 여자 같으니까."

"고마워요."

엔젤의 말에 예린은 미소 지었다. 붉은 조명 아래 예린은 끈적이는 재즈 한 곡을 멋지게 불렀다. 예린의 마이크 퍼포먼스에 사람들은 환호와 함께 엄청난 박수를 보냈다. 그녀 뒷 순서로 뱀쇼와 엔젤의 특기인 불 쇼까지, 오늘은 손님들의 반응도 좋아서

즐겁게 쇼를 끝낼 수 있었다.

일주일 동안 쌓였던 스트레스도 모두 날려 버린 기분이었다.

"오늘 술 한잔할까?"

"좋아요."

"캔디하고. 그리고 우리 자기도 올 건데⋯⋯."

"괜찮아요."

공연을 마친 그들은 근처 실내 포장마차로 자리를 이동했다. 예린의 사촌 오빠인 재혁은 캔디라는 예명으로 활동하는 드랙퀸계의 대부였다.

"오늘 수고했어."

자리에 모인 사람은 네 명이었다. 예린과 사촌 오빠 재혁, 엔젤. 그리고 엔젤의 남자 친구인 진태였다. 진태 역시 게이였다.

모두 화장을 지우면 아무도 그들이 공연하는 사람이란 걸 알지 못했다. 그만큼 화장은 분장에 가까울 정도로 진했고 본 얼굴을 몰라볼 정도였다. 하지만 이곳은 이태원이었고 그들은 화장을 지울 필요가 없었다. 그래서 술자리에서 자주 만나는 진태도 예린이 여자인 줄도 모르고 있었다.

"오늘 바니 춤은 정말 죽여 줬다."

엔젤이 예린을 보며 엄지를 척하고 들어 올렸다.

"뭘요, 엔젤 공연이 더 좋았는데요."

"칭찬 모드인 거야?"

재혁이 두 사람만을 보며 말했다. 재혁은 진태를 좋아하지 않았다. 그래서 진태가 같이 있어도 사람 취급을 하지 않았다. 완전 없는 존재인 것같이 행동했다. 엔젤이 진태를 사귄다고 했을 때 뜯어말린 사람이 바로 재혁이었다. 재혁이 둘 사이를 갈라놓으려 한 이유 중에 하나가 진태의 직업 때문이었다.

인터넷 BJ인 진태는 입이 너무 가벼웠다. 거기에 이슈가 될 만한 이야기는 자신의 채널에서 가감 없이 이야기했고 엔젤이 자신의 애인인 걸 방송에서 여러 번 밝혔다.

급기야 몇 주 전에는 엔젤을 방송에 출연시키기도 했었다. 재혁이 어찌나 화를 내던지 진태가 결국 다시는 엔젤을 출연시키지 않겠다고 각서를 쓴 후에야 일이 끝이 났다. 각자 직장이 있었고 만에 하나 게이라는 사실이 알려지면 직장을 그만두어야 하는 사람들이었다. 그건 엔젤도 마찬가지였다.

그렇기 때문에 재혁은 가만히 있지 못했을 것이다.

"오늘도 수고했으니까 한잔합시다."

예린이 분위기를 띄우기 위해 술잔을 들자 다들 어색하게 잔을 들었다.

"체하겠어."

"알았어. 엔젤, 넌 다음부터 저 자식 데려오지 마. 아니면 나한테 나오라고 하지 말든가."

"진태 씨 없으면 심심하고. 캔디가 없으면 물주가 없잖아."

엔젤이 재혁의 팔에 팔짱을 끼며 애교를 부렸다.

"미친년……."

재혁도 그런 엔젤에게 못 이기는 척했다. 하긴 예린도 엔젤만 아니었으면 진태와 상종도 하지 않았을 것이다. 그녀도 진태가 싫었다. 그는 언제나 음흉한 눈빛으로 예린을 보곤 했다.

"엔젤은 직장에 계속해서 다닐 거야?"

"우리 진태가 돈을 많이 벌어야 그만두지."

둘은 동거를 했는데 진태가 그냥 엔젤의 집에 몸만 들어간 상황이었다.

"기다려."

그 말을 하면서도 진태의 눈은 예린을 향해 있었다.

"둘은 같이 산 지 얼마나 된 거야?"

"2년."

"그전부터 사귄 거야?"

예린도 엔젤이 아깝다는 생각이 들어서 물었다.

"사귀고 일주일 후에 집으로 들어왔어. 그때 진태가 아는 사람에게 사기를 당해서 힘들었거든."

잔을 기울이면서 엔젤은 진태 이야기뿐이었고 눈에서는 애정이 쏟아지고 있는 상황이었다.

술자리가 끝이 나고 술에 취한 엔젤과 재혁이 화장실에 가 버렸다. 그렇게 진태와 둘이 남은 예린이었다.

"어머!"

갑자기 그녀의 핸드폰을 뺏은 진태가 자신의 번호를 입력했다.

"뭐 하는 거예요?"

"내 번호."

그가 다시 그녀에게 핸드폰을 주었다.

"엔젤에게 말할 거예요."

"믿지 않을 거야. 내일 전화할 테니까 받아."

"아뇨, 싫어요."

예린이 정색을 하며 말해도 진태는 그저 능글맞은 미소만 지을 뿐이었다.

"일 때문에 물어볼 게 있어서 그래."

"지금 말해요."

"여기선 캔디가 있어서 곤란하고, 내일 전화할 테니까 받아. 나만 좋자고 이러는 거 아니야. 코코, 너도 돈이 필요하잖아?"

그때 멀리서 술 취한 재혁과 엔젤이 비틀거리며 걸어오고 있었다.

"자기야!"

이 사실을 모르는 엔젤은 기분이 좋은지 진태에게 손을 흔들었다.

"입 다무는 게 좋을 거야."

진태가 협박했다. 무슨 생각으로 이러는 건지 도무지 알 수가 없었다.

"둘이 왜 그래?"

재혁이 술은 취했지만, 진태의 낌새가 이상했는지 그녀에게 물었다.

"가요."

일단은 캔디를 부축한 예린이 진태를 째려보았다. 아주 재수 옴 붙은 날이었다. 대리기사를 불러 재혁을 집까지 데려다주고 자신의 집으로 돌아오는 길에 진태로부터 문자를 받은 예린은 더욱 열이 받았다.

지금 엔젤과 같이 있으면서 그녀에게 문자를 하는 것이었다. 일 때문이라고는 하는데, 기분이 좋지 않았다.

"미친놈."

그녀는 대리를 보내고 차 안에서 화장을 지운 후에 집으로 들어갔다. 집에 들어오니 새벽 5시였다. 2시간 후에 일어나야 하는데 걱정이었다.

"어떻게든 되겠지."

눈꺼풀이 내려앉아 그대로 잠이 든 예린이었다.

클럽레드의 대기실은 조명을 밝혀도 언제나 어두운 느낌이었다. 뿌연 느낌의 대기실은 드랙퀸들이 화장도 하고 옷도 갈아입고 신세 한탄도 하는 곳이었다. 그곳에서 예린은 옷을 갈아입고 있었다.

가슴에 붕대를 감고 뱀 가죽처럼 달라붙는 드레스를 입었다. 지퍼를 올려야 하는데 아무도 없었다.

"캔디!"

언제나 그녀의 지퍼는 캔디가 올려 주었다. 이 정도로 크게 부르면 어디선가 나타나는 캔디인데 아무런 인기척도 들리지 않았다. 할 수 없었다. 이럴 땐 엔젤을 부르는 수밖에 없었다.

"엔젤!"

엔젤도 답이 없었다.

"아무도 없어요?"

이제 곧 그녀의 차례인데 시간이 없었다. 팔을 뒤로 아무리 뻗어 보아도 손이 닿지 않았다. 그렇다고 이대로 나갔다가는 가슴의 묶인 붕대를 다른 사람들이 볼 게 뻔했다. 난감한 상황이었다.

그런데 그때 누군가 그녀의 지퍼를 올려 주었다.

"감사해요……."

인사를 하면서 뒤를 도는 순간 그녀는 깜짝 놀라 자리에 주저
앉았다.

"보, 본부장님."

"내가 모를 거라 생각했어?"

"……."

"다른 사람들은 다 속여도 난 아니야."

"……."

"안 그래? 오 비서!"

"아니야……. 난 코코야……."

본부장이 그녀에게 한 발 한 발 다가왔다. 벽과 본부장 사이에
갇힌 예린은 몸부림을 쳤다.

"아니, 아니야! 아악!"

자리에서 벌떡 일어난 예린의 온몸은 식은땀으로 축축했다.
꿈이었다. 너무 생생해서 아직도 그녀의 몸은 떨리고 있었다.
언제나 피곤한 상태라서 베개에 머리만 대면 잠이 드는 예린이
었는데 이런 꿈까지 꾸다니, 본부장이 마음에 걸리긴 하는 것

같았다.

　다시 잠을 청해 보았지만, 그녀는 쉽게 잠을 이룰 수가 없었
다.

Chapter 2

"헉헉헉!"

입사 후 처음으로 지각을 할 판이었다. 그래도 그 와중에 아메리카노와 샌드위치를 산 예린은 엘리베이터에 슬라이딩하다시피 해서 겨우 탔다.

"잠깐……. 감사합니다. 헉헉……."

핸드폰을 보니 이제 1분이 남았다. 예린의 눈은 오늘따라 느리게 바뀌는 숫자를 향해 있었다. 다리는 절로 움직이고 있었다.

"헉헉……. 어쩌지……."

이렇게 간당간당하게 출근한 게 처음이라서 속이 타 죽을 것만 같았다. 아무도 그녀에게 뭐라고 하진 않겠지만, 그녀의 스타일상 지각은 용납이 되질 않았다. 이건 다 어제 그녀가 늦게까지 술을 마신 탓이었다.

재수 없게 아침에도 진태로부터 문자가 와 있었지만, 그녀는 보지 않았다.

"누굴 원망하겠어……."

오늘따라 혼잣말이 많아진 예린이었다.

"맞아, 누굴 탓하겠어. 늦게 출근한 본인 잘못이지."

낮은 저음의 목소리 때문에 예린은 등줄기가 오싹했다. 감정이 실리지 않는 차분한 음성이 온몸에 소름이 돋게 했다.

"보, 본부장님."

놀란 예린이 그대로 얼어붙었다. 엘리베이터의 문을 잡아 준 사람이 다름 아닌 본부장이었다. 그녀가 중얼거린 것도 다 들었다는 뜻이었다.

"죄송합니다."

"이제 지각이군."

그가 시계를 보더니 이렇게 말하고는 먼저 엘리베이터에서 내렸다. 얄밉다는 생각이 들긴 했지만 예린은 지금 상황을 빠르게 정리할 필요성을 느꼈다.

"다음부터는 조심하겠습니다."

"그것보다 내가 향수를 바꾸라고 하지 않았던가?"

"죄송합니다."

향수를 바꿀 시간적인 여유가 없었다. 오늘은 점심시간에라도 잠깐 나갔다가 와야겠다는 생각이 들었다. 본부장에게 들키고 싶은 마음은 조금도 없었다.

"오늘은 아침부터 죄송할 짓을 참 많이 하는군."

그의 말에 뭐라 답할 말이 없어 예린은 입술을 꾹 다물었다.

"내 건가?"

"네, 제가 쟁반에 담아서⋯⋯."

"아니, 내가 들고 가지."

그가 예린의 손에 들린 커피와 샌드위치를 가져갔다. 그때 그들의 손이 잠시 부딪쳤다. 예린은 갑작스러운 접촉에 놀라 얼른 손을 뺐다.

"나와 닿는 게 그렇게 싫은가?"

"그게 아니라 당황스러워서⋯⋯."

"그래?"

본부장은 사람을 약간 무시하는 투로 말을 했다. 태어나면서부터 모든 걸 가진 그이지만 신께서는 공평하게도 '싸가지'는 허락하지 않으신 듯했다. 그의 거칠 것 없는 자신감은 업무에서는 최상의 힘을 발휘했지만, 주변 사람들을 힘들게 하는 건 사실이었다.

"좋은 아침."

"오늘은 어쩐 일로 늦으셨어요?"

"……"

"그리고 왜 본부장님과……."

"엘리베이터에서 마주쳤고, 지각 때문에 혼났어."

"아……."

궁금한 게 많은 수지였다.

"아 참, 회장실에서 잠깐 올라오시랍니다."

"날?"

"오늘 윤 실장님은 본부장님과 함께 오전에 회의 잡히셨거든요."

"알았어."

가끔 윤 실장 대신 회장실에 갈 일이 있었다. 그건 회장 일가의 개인적인 일정이 있을 때였다. 예를 들어 집안의 결혼식이라든지, 아니면 어른들의 생신이라든지 뭐 그런 일들이었다.

대충 정리를 하고 회장실로 올라간 예린이었다.

"찾으셨다고요."

회장실 비서인 김 실장이 그녀를 반갑게 맞이했다.

"금요일 퇴근 후에 본부장님 일정이 어떻게 되시지?"

"현재까지는 괜찮으십니다."

"그럼 비워 둬."

"무슨 일인지 알아도 되겠습니까?"

"국제그룹 손녀분과 선을 보는 자리야."

"아, 네……."

"이건 국제그룹 손녀분의 프로필 사진하고 이력, 그리고 개인적인 내용을 조사한 거니까 본부장님께 참고하시라고 전해 드려."

김 실장이 서류 봉투 하나를 그녀에게 건넸다.

"알겠습니다."

그녀는 본부장의 선을 보는 날짜를 한두 번 잡은 건 아니었지만 오늘은 좀 기분이 이상했다. 그날의 키스 때문인 것 같았다. 일단은 윤 실장에게 보고를 하고 다이어리에 적어 두었다. 그리고 그날 본부장이 개인적인 일정을 잡으면 안 되는 관계로, 예린은 직접 일정을 보고할 생각으로 본부장실로 들어갔다.

똑똑!

노크하고 문을 열었는데도 본부장은 고개조차 들지 않았다. 평상시에도 이랬지만 오늘은 뭔가 다르게 느껴졌다. 키스하고 난 후에 많은 게 달라진 예린이었다. 아니면 그가 게이라는 걸 알게 되서 그러는 걸까?

왠지 본부장을 보니 갑자기 그는 게이가 아니었으면 좋겠다는 생각이 들었다. 입는 사람마다 다른 실루엣을 표현한다는 아르마니 슈트를 그 누구보다도 잘 소화하는 사람이 바로 본부장이었다. 모델을 하는 게 기업인보다 더 잘 어울릴 것 같은 사람이었다.

지금은 일하기 편하게 와이셔츠 차림이긴 했지만 완벽한 슈트일 때보다 오히려 멋스러움이 더했다.

"감상은 다 끝났나?"

"……."

그가 고개도 들지 않은 채 그녀에게 물었다.

"무슨 일이지?"

"일정에 관해 드릴 말씀이 있어서요."

김 실장이 준 서류 봉투를 그의 책상 위에 놓으며 말했다.

"뭐지."

"금요일 퇴근 후에 국제그룹 따님과……."

"안 가."

"네?"

"바쁜데 그만하고 나가. 아 참, 회장실엔 안 간다고 보고해. 안 그러면 국제그룹 딸만 바보가 될 테니까."

본부장은 선보는 걸 극도로 싫어했다. 그동안은 그냥 이 여자 저 여자 만나느라 그러는 줄 알았는데 그 이유를 알게 되니 본부장이 안 됐다는 생각이 들었다.

"이해합니다."

"뭘?"

"네? 아니······. 회장실에 못 가신다고 보고드리겠습니다."

본부장이 이상하단 얼굴로 그녀를 물끄러미 보고 있었다. 예린은 저도 모르게 툭 튀어나온 말 때문에 난감한 표정으로 사무실을 나왔다.

"거기서 왜 이해한다는 말을 한 거야······."

본부장이 의심하지 않길 바라며 예린은 회장실로 향했다. 회장실에 상황을 보고하고 내려오는 길에 진태에게 전화가 걸려왔다.

"진상!"

핸드폰 화면에 뜬 번호를 보며 예린은 이렇게 중얼거렸다.

"여보세요?"

전화가 계속해서 오는 바람에 예린은 어쩔 수 없이 전화를 받았다.

[왜 이렇게 늦게 받아?]

"도대체 무슨 일이에요?"

목소리를 조금 굵게 내야 해서 예린은 비상계단으로 들어왔다.

[내가 드랙퀸들을 모아서 엔터를 차렸는데 널 영입하고 싶어서.]

"네? 미쳤어요?"

[아니 정신 멀쩡해. 정신이 나간 건 캔디지.]

"뭐라고요? 비열하게 무슨 거짓말을 해도 그런 식으로 해요?"

재혁 오빠 욕을 하는 건 참을 수가 없었다.

[거짓말이 아니라 진실이야. 캔디가 약에 찌들어 있는 동영상 하나 보내 줄까? 아니면 너희들 돈을 가지고 흥청망청 쓴 명세서를 보여 줄까?]

"미쳤어……."

[난 네가 이 일을 영리하게 처리할 거라 생각해. 네가 아끼는 캔디를 살릴 방법은 네가 우리에게 오는 것뿐이야.]

"거짓말."

[나도 거짓말이었으면 좋겠는데 사실이거든. 그리고 이 사실을 너희 레인보우 팀원들이 안다면 좋을 게 하나도 없지 않겠어?]

"비열한 새끼."

[엔젤에게는 비밀이야. 걘 별로 데려오고 싶지 않아서 말이지. 그리고 오늘 저녁에 잠깐 만나. 공연 후에 술이나 한잔해.]

"……."

전화를 끊고 나자 곧바로 동영상이 도착했다. 정말 재혁 오빠가 약에 취해 있는 영상이었다. 세 명의 남자들이 약에 취해서 정신을 못 차리고 있는 모습이었다.

"오빠……. 어쩌려고……."

머리가 터질 것 같았다. 오빠는 결코 이런 사람이 아니었다. 하지만 만약 이게 사실이라면 재혁을 위해서라도 그녀가 레인보우에서 다른 팀으로 옮겨야 했다. 재혁도 그녀처럼 집안의 가장이었다. 그의 수입이 끊긴다면 당장 이모가 살길이 막막해지는 상황이었다.

이모부가 계시긴 했지만 나이가 많으셔서 이젠 경비일 정도밖에 할 수 없으셨다.

예린은 일단 오늘 진태에게 사정을 해 볼 생각이었다.

오 비서가 어떻게 보고를 했는지 그는 오 비서가 나간 지 10분 만에 회장실에 호출이 되어 불려 올라온 상황이었다. 그의 미래의 모습 같은 할아버지는 많은 나이에도 불구하고 아직도 일선에서 젊은 사람들을 지휘하고 계셨다. 여든이 넘은 나이였지만 그의 열린 생각과 경영 철학은 많은 후배 경영인들의 본보기였다.

하지만 집 안에서의 할아버지는 앞뒤가 꽉 막힌 사람이었다.

그가 들어오자마자 마음에 안 든다는 얼굴로 그를 노려보고 계셨다.

"안 간다고?"

"네."

"네에? 안 가냐는 질문에 '네.'라는 대답이 숨도 안 쉬고 나와?"

"죄송합니다."

민준은 깐깐한 할아버지를 대하는 법을 알았다. 조금의 여지를 주면 할아버지는 집요하게 그 점을 파고들어 사람을 미치게 했다. 단칼에 거절하는 게 나았다. 하지만 그 누구도 할아버지의 고집은 꺾지 못했다. 그런데 그 고집을 그대로 물려받은 게 바로 그였다.

둘 사이에 긴장감이 흐르고 있었다.

"나가는 게 좋은 텐데?"

"할아버지……."

이럴 때 할아버지는 양쪽 귀를 솜으로 틀어막은 것 같았다. 백발에 팽팽한 아직도 피부를 자랑하는 할아버지는 고집스러운 입을 다물었다.

"여자라도 생긴 거야?"

"아니요. 바빠서 여자 만날 틈이 없습니다."

"없어? 그럼 이건 다 뭐냐?"

할아버지가 사진 여러 장을 그의 앞에 놓았다. 전부 그가 잠깐 상대했던 여자들의 사진이었다.

"이건 또 언제……. 사람이라도 붙여 놓으셨습니까?"

"넌 내 손안에 있어."

"이건 다 지난 일입니다."

"지난 것도 사실은 사실이지."

"할아버지."

속이 터지는 순간이었다.

"결혼은 제가 알아서 합니다."

"알아서 하는 놈이 여태 그 모양이야? 네 아비도 내가 골라준 여자와 결혼해서 너 낳고 지금까지 아주 행복하게 살고 있어."

"압니다. 하지만 그건 아버지고 제가 아니지 않습니까? 전 제가 고릅니다."

"그래도 나가. 안 그러면 널 묶어서라도 데려갈 거니까."

역시 말이 안 통하는 분이었다. 그리고 묶어서 데리고 가겠다고 마음먹으면 정말 그를 묶어서라도 보내실 분이었다.

"전 싫습니다."

"넌 가게 될 거다."

결국은 할아버지의 승리였다.

금요일 퇴근 시간, 도저히 발걸음이 떨어지지 않았지만 그는 결국 할아버지의 손에 이끌려 서울호텔로 향하고 있었다.

"다섯 살짜리 유치원생도 아니고. 이런 자리까지 할아버지가 쫓아다녀야 해? 혼자 알아서 가면 얼마나 좋아."

"······."

퇴근 시간에 빼도 박도 못 하게 사무실 밖에서 지키고 계신 할아버지의 손에 끌려온 민준은 지금 그의 기분만큼 인상이 그리 좋지 않았다. 그리고 오늘 그만큼이나 인상이 좋지 않은 사람이 있었으니, 그건 오 비서였다.

대부분 윤 실장이 그의 퇴근 후의 일정을 소화하지만, 오늘 윤 실장이 개인적인 볼일이 있어서 오 비서가 대신 그를 수행하게 되었다. 하지만 오 비서도 약속이 있는지 계속 핸드폰을 보며 불안해하고 있었다.

다른 날 같으면 누가 옆에서 뭘 하든지 자신이 바쁘기 때문에 신경을 쓰지 않았을 텐데 오늘따라 오 비서가 자꾸만 그의 신경을 건드렸다. 샤넬 향수가 아닌 다른 향수로 바꿨는데도 오 비서의 몸에선 아직 샤넬 향이 나는 것 같았다.

그리고 그 향기에 대한 기억은 코코에 대한 기억으로 이어졌다. 일주일간 그도 침묵의 시간을 갖기로 했다. 자신이 왜 코코에게 집착하는지 차분히 생각하는 한 주를 보내기로 마음먹은 그였다.

그러면 집착에 가까운 마음도 조금은 가라앉을 것 같았지만, 전혀 그렇지 않았다.

"내 말은 듣고 있는 거야?"

"네?"

"잘하라고."

"네."

할아버지가 혀를 차곤 먼저 앞장서서 레스토랑 쪽으로 걸어갔다.

"할아버지, 여기서부터는 저 혼자 가겠습니다."

"그래? 창피한 줄은 알아?"

"할아버지……."

"오 비서, 여기서부터는 오 비서가 잘 지켜."

"네, 회장님."

할아버지가 가시자 그는 오 비서를 향해 말했다.

"약속 있어?"

"네?"

"급한 일이 있는 것 같아서……."

"아닙니다. 저녁 드실 동안 기다리고 있겠습니다."

"10분 있다가 먼저 가."

"아닙니다. 전……."

"그렇게 해. 내가 저 여자랑 호텔이라도 가면 어쩌려고……. 하긴."

비서들은 그가 뭘 하든지 놀라지 않고 자신의 자리를 지켰다. 물론 일 잘하는 오 비서는 더할 것이다.

"10분 후에 퇴근해. 말썽부리지 않을 테니까."

"네?"

"최대한 신사답게 해서 돌려보낼 테니 가라고."

그의 말에 오 비서의 눈빛이 흔들렸다. 묘한 눈빛이었다. 하지만 오 비서의 그런 눈빛을 뒤로한 채 그는 국제그룹의 딸을 만나기 위해 안으로 들어갔다.

레스토랑 안의 여자는 예뻤다. 그게 민준의 느낀 첫인상이었다.

"안녕하세요? 강서현입니다."

"안녕하세요. 이민준입니다."

그들은 어색하게 인사를 했고 체할 것 같은 침묵 속에서 저녁 식사를 했다.

"말씀이 원래 없으신가 봐요."

"아뇨."

"그럼 제가 마음에 안 드시나요?"

"네."

"간결해서 좋군요."

여자는 생각보다 담담하게 그의 말을 받아쳤다. 시크한 그녀는 왠지 말이 통할 것 같았다.

"남자가 있군요?"

"네."

"그런데 오늘 왜 나왔습니까?"

"같은 이유 아닐까요? 난 아버지가 여기까지 직접 데려다주셨는데, 민준 씨는 누가 데려다주셨나요?"

"할아버지께서……."

"호호, 저보다 더하네요."

커피를 마시는 내내 민준은 살피듯 서현을 바라보았다. 흠잡을 곳이라고는 하나도 없는데 왜 이렇게 매력적으로 느껴지지 않는 걸까? 남자가 있는 건 문제가 되지 않았다. 골키퍼가 있다고 골이 안 들어가는 건 아니니까.

"키스 좋아합니까?"

"네?"

"내가 키스한다면 받아 주겠습니까?"

"……이런 질문은 좀 당황스럽네요."

"그럼 무례하지만, 키스를 부탁해도 되겠습니까?"

"……."

놀란 눈의 여자는 그의 박력 넘치는 질문에 이제까지와는 다르게 거의 넋이 나간 것 같았다. 재벌녀에게 그런 무례한 질문을 하는 남자는 아마도 그가 처음이었을 것이다. 그는 확인하고 싶었다. 그동안 너무 일에 미쳐서 금욕적인 생활을 해서 그날 그런 짓을 한 건지 아니면 정말 그는 남자인 코코를 좋아하게 된 건지. 성 정체성에 혼란이 오기 시작한 민준이었다.

"아닙니다. 무례한 소리를 해서 죄송합니다."

"……."

하지만 그녀에게는 키스하고 싶은 마음이 없었다. 아무리 확인을 하기 위해서라도 아무 감정 없는 사람에게 폐를 끼칠 순 없는 일이었다.

"오늘 실례가 많았습니다."

"괜찮아요. 이게 우리의 운명인걸요. 좋아하지 않는 사람과 결혼하는 것. 사랑과는 담쌓고 살아야 한다는 점."

"그런가요?"

"건투를 빌어요. 아참, 우리 집엔 제가 차인 걸로 하죠."

"선수를 뺏겼네요."

커피까지 마신 민준은 국제그룹의 딸을 집까지 데려다주었다.

그리고 그길로 바로 클럽 레드로 향했다. 오늘은 코코가 있을 것 같은 예감 때문이었다. 좀 더 기다리려고 했지만, 더 이상 참을 수가 없었다.

"오늘은 기필코 확인해야겠어."

클럽 레드에 도착한 그는 자리에 앉아 드랙퀸들의 공연을 보고 있었다. 술을 한 병쯤 마셨을 무렵 코코를 외치는 사람들의 소리가 들렸다.

"코코!"

"언니, 멋져요!"

"꺄아악! 언니!"

난리도 이런 난리가 없었다. 그런 와중에 코코가 등장했다. 오랜만에 보는 코코의 모습은 더 과감해져 있었다. 오늘은 무슨 삼바 축제의 쇼걸 같았다. 음악도 삼바풍의 노래를 불러 관중을 압도하는 공연을 선보였다.

무대에서의 코코를 보는 동안 그는 성적 흥분을 느끼진 않았다. 몰입하는 코코의 모습이 멋지다고 생각하긴 했지만, 그 이상 이성적인 느낌은 들지 않았다. 다행이었다.

그를 처음 보고 자신의 성 정체성이 흔들리는 순간 민준은 많은 고민을 했었다.

그날 그 빌어먹을 키스만 하지 않았어도 그는 자신이 남자를 좋아하는 건 아닌지 고민하지 않아도 됐을 것이다. 이제 코코를 만나서 그날의 일은 술김에 벌어진 실수였다는 것만 확인하면 되는 것이었다.

화려한 코코의 공연이 끝이 나자 민준은 코코의 대기실로 향했다.

"민준아!"

누군가 그의 팔을 잡았다. 뒤를 돌아보니 성현이었다. 연구실에서 연구나 할 것이지 정말 천재는 천재인 것 같았다. 이렇게 놀러 다니면서도 대단한 실적을 내다니 말이다.

"그렇게 싫어하더니 여긴 어쩐 일이야?"

"볼일이 있어서."

"무슨 볼일?"

성현이 눈을 가늘게 뜨며 의심스럽다는 눈으로 그를 보았다.

"네가 참견할 일은 아니야."

"왜 이렇게 날카로워?"

"……."

성현의 말이 맞았다. 그는 지금 아주 날카로운 상황이었다. 굳이 그렇게 날카롭게 반응할 일이 아니었다. 하지만 그는 성현을 상대하는 것보다 코코를 만나는 게 더 중요했다.

"민준아."

"넌 더 놀다가 가. 난 먼저 갈게."

민준은 이렇게 말하고는 성현을 뒤로한 채 대기실로 향했다.

팍!

"어머! 뭐예요?"

안에 있던 남자가 소리쳤다. 옷을 갈아입던 남자는 그를 보자마자 옷으로 자신의 벗은 몸을 가렸다.

"코코는?"

"갔어요."

한발 늦은 모양이었다. 그는 실례했다고 말하고는 서둘러 밖으로 향했다.

공연이 끝나고 예린은 집으로 가기 위해 밖으로 나갔다. 오늘 본부장이 선을 보는 바람에 그곳까지 쫓아갔다가 오느라 공연 시간이 뒤로 많이 밀려 버린 예린은 평소보다 늦게 일을 마치게 되었다.

"엄마가 걱정할 텐데……."

전화도 못 하고 엄마에게 온 전화도 받지 못한 상황이었다.

"코코!"

그때였다. 진태가 큰 소리로 그녀의 이름을 불렀다. 그가 다른 팀에 대해 할 얘기가 있다고 했는데 솔직히 지금은 듣고 싶은 마음이 없었다. 시간이 없어서 캔디와 이야기도 하지 못했기 때문이었다. 진태의 말만 듣고 판단할 수 있는 문제가 아니었다. 그리고 그녀의 비밀을 진태는 모르고 있었다. 그러니 다른 팀으로 갈 수 없었다.

"코코!"

진태가 다시 한 번 부르고 나서야 예린이 걸음을 멈추고 뒤돌아섰다.

"네."

"뭘 걸음이 그렇게 빨라."

"엄마가 기다리고 있어서요."

"그래? 그럼 빨리 말할게. 다음 달부터 우리 팀에 들어와야 하니까 캔디하고는 잘 정리해."

"난 그 팀에 들어간다고 한 적 없어요. 그리고 간다 해도 캔디에게 확인하고 정할 거예요."

최대한 예의를 갖추고 말했다. 안 그러면 정말 육두문자를 쏟아낼 것 같았다.

"그렇다면 나도 할 수 없지. 캔디 사진을 내 방송에 내보낼 수밖에."

"미쳤어?"

어이가 없었다.

"왜 그렇게 사람이 이기적이야. 캔디가 얼마나 엔젤을 아끼는지 몰라? 그리고 엔젤이 당신한테 해 준 게 얼만데?"

"인생이 그렇게 아름답지는 않아. 헛소리 그만하고 잘 생각해. 그리고 내일까지 답해. 안 그러면 나도 내 방법대로 할 거니까."

"뭐?"

그때였다. 갑자기 진태가 예린의 허리를 자신의 팔로 감았다. 그리고 그녀의 턱을 다른 한 손으로 잡았다.

"이 예쁜 얼굴 안 다치려면 너도 조심하는 게 좋을 거야……."

"그 손 안 치워?"

갑작스러운 민준의 등장에 예린은 머리가 멍해졌다. 이런 상황은 상상조차 해 보지 않았다. 앞에는 진태가, 뒤에는 민준이. 이게 도대체 무슨 상황인 건지…….

"넌 뭐야? 상관하지 말고 꺼져."

"나도 코코에게 볼일이 있어. 난 너보다 훨씬 오래전부터 기다렸으니까 지금은 내가 먼저 얘기하는 게 맞아. 그러니까 넌 꺼지라는 말이야."

"뭐라고? 미친 새끼가 뭐라는 거야?"

"말로 하니까 못 알아듣겠어? 꺼지라고."

"악!"

순간적인 일이었다. 그가 진태의 팔을 꺾어 그대로 바닥에 내리꽂았다. 너무나 순식간에 벌어진 일이라서 예린은 멍하게 그들을 바라보고 있었다.

"아앗……!"

꺾인 팔이 아픈지 진태가 불쌍할 정도로 소리를 질렀다.

"꺼져. 알았어?"

"윽……."

진태가 답도 못 하고 신음을 흐리며 고개를 끄덕였다. 민준이 팔을 놓자마자 진태는 몸을 일으키곤 쏜살같이 자리를 빠져나갔다.

"코코, 우리 얘기는 아직 안 끝났어!"

끝까지 자신의 말만 하고 진태는 사라졌다.

예린은 민준과 단둘이 어두운 골목에 서 있다는 걸 그때야 깨달았다. 지금은 그녀에게는 진태보다 민준이 더 위험한 존재였다.

"……"

둘 사이에 어색한 침묵과 함께 긴장감이 흐르고 있었다. 예린은 저도 모르게 뒷걸음을 치고 말았다.

"왜 피하지?"

"……."

그가 예린의 손을 잡았다. 빼내려고 했지만, 그녀의 힘으로는 그를 당할 수 없었다.

"놔주세요."

"피하지 마. 나도 내가 왜 이러는지 알고 싶으니까."

그는 아주 심각해 보였다.

"……."

그들의 눈이 희미한 가로등 아래서 마주쳤다. 서로를 바라보는 눈에 불길이 치솟았다. 그는 어떤지 모르지만 지금 예린은 호흡이 가빠지고 입술이 바싹 마르고 있었다. 예린은 저도 모르게 자신의 마른 입술을 혀로 축였다.

"머리가 어떻게 된 것 같아."

"……."

그가 머리를 흔들었다. 그러다가 그녀의 턱을 부드럽게 손으로 잡았다. 그날의 키스가 떠오르자 예린의 심장은 타들어 갈 것 같았다.

"뭔가 잘못된 게 분명해……."

"놔줘요."

불안했다.

"내가 누군가에게 이렇게 키스를 하고 싶다고 생각한 적은 단

한 번도 없었어."

그가 키스라는 말을 꺼내자마자 예린은 공포에 휩싸여 필사적으로 고개를 돌렸다. 하지만 민준의 힘을 당할 수 없었다.

"읍!"

그의 입술이 그녀의 입술을 삼켰다. 거칠었다. 하지만 그의 입술의 움직임에는 간절함이 담겨 있어서 그녀를 슬프게 만들고 있었다. 그는 게이가 분명했다. 그녀가 남자라고 생각하는 가운데 민준은 간절함을 가득 담은 키스를 그녀에게 하고 있었다.

그녀는 남자가 아니었다. 그가 그녀에게 키스하는 건 남자라는 전제로 하는 것이었다. 그를 밀어내야 했다.

"으으읍!"

그의 가슴을 양손으로 힘껏 밀어냈지만, 그는 꼼짝도 하지 않았다. 그의 체격이 큰 줄은 알았지만, 오늘따라 더 거인 같았다. 그녀의 힘으론 당해 낼 수 없는 엄청난 힘을 가진 거인이었다.

민준의 혀가 그녀의 입안으로 들어오자 더는 생각이란 것을 할 수가 없었다. 이건 너무했다. 그녀의 모든 것을 그는 너무 쉽게 무너뜨리고 있었다.

미친 듯이 그녀의 입안을 헤매는 그의 입술은 그녀의 목젖까지 닿을 만큼 깊이 들어가서 그녀를 미치게 했다. 어떻게 키스만으로 사람을 이렇게 미치게 만들 수 있을까? 알 수가 없었다. 그는 확실하게 위험했다.

예린의 두툼한 아랫입술을 빨아들이던 그가 갑자기 그녀에게서 입술을 떼어 냈다.

"아니야!"

"……."

그는 아니란 말을 여러 번 반복하더니 그녀를 똑바로 바라보았다.

"내가 남자를……."

"……."

그는 괴로운 표정이었다.

"흡!"

그러더니 다시 그녀의 입술을 빨아들였다. 처음과는 확실하게 달랐다. 더 농염했고 더 야릇했다. 처음의 키스가 확인이 목적이었다면 지금은 그저 욕망이었다. 그의 혀가 예린의 입안을 철저하게 점령하고 있었다. 간간이 욕설이 섞었지만, 그는 확실하게 코코를 원하고 있었다.

"으으읍."

인적이 드문 곳이었지만 누구든지 올 수 있는 곳이기도 했다. 민준의 키스는 점점 더 위험 수위로 치닫고 있었다. 그녀의 엉덩이를 잡은 그의 손에 힘이 가해졌다. 그의 페니스와 거리를 두기 위해 최대한 엉덩이를 뺐지만, 그가 힘을 더 준다면 그들의 중심이 닿을 것만 같았다.

하지만 더 큰 문제는 그의 손이 지난번처럼 가슴 쪽으로 천천히 올라오고 있다는 것이었다.

"으으읍!"

이번엔 조금 더 힘을 주어 그를 밀어냈다. 그런데 이번엔 그가 순순히 물러났다. 예린은 멍한 얼굴로 그 자리에 그대로 서 있었다. 얼얼하게 아파져 오는 입술만이 조금 전 상황을 얘기해 주고 있었다.

둘은 서로의 얼굴을 마주 보고 있었다.

"코코!"

재혁이 그녀를 부르는 소리가 들리자 겨우 정신이 돌아온 예린이었다. 하지만 정신이 돌아 온건 그녀만은 아니었다. 민준은 서둘러 그 자리를 떠났다.

"뭐야?"

뭔가 이상함을 느낌 재혁이 예린의 양팔을 잡고는 물었다.

"오빠……."

속상한 마음에 울음이 터져 버린 예린이었다.

"왜 그러는 거야?"

"내가 미친 것 같아······. 흑흑흐······."

엄마 때문에 돈을 벌어야겠다는 생각만으로 살던 예린에게 고민거리가 생기고 말았다. 바로 그녀의 상사인 이민준 본부장이었다. 민준은 항상 위에 있는 사람이었다. 그가 매일 보는 상사라는 것도 머리가 아픈데, 그는 게이였다.

하지만 더 문제인 건 예린의 마음이 그를 향해 한걸음 내디뎠다는 것이었다. 거짓으로 점철된 너무나 꼬여 버린 관계였다.

"오빠······."

예린은 화장이 번지는 것도 신경 쓰지 않고 눈물을 흘렸다.

"왜 그러는 거야?"

예린의 모습에 놀란 재혁이 그녀의 가늘게 떨리는 어깨를 다독이며 물었다.

"진태, 그 자식 때문이야?"

"······."

"그 자식이 너한테 치근덕거린 거야? 그 자식이 억지로 키스했어?"

그녀의 번진 입술을 보고는 재혁이 완전히 격분하며 말했다. 안 그래도 싫어하는 놈인데 예린에게 억지로 키스까지 했다고 생각하는 모양이었다.

"아니야."

"그럼, 입술을 왜 이런 거야? 다른 놈이야?"

"……."

"누군데?"

"……."

예린은 본부장이라는 말을 차마 할 수 없었다.

"오빠 속 터지는 꼴 보고 싶어서 그래?"

재혁 오빠의 얼굴을 빤히 바라본 예린은 오빠가 약을 할 사람이 아니란 걸 알 수 있었다. 아니 그런 믿음이 생겼다. 괜한 오해를 한 것 같은 기분이 들었고, 확실하게 확인부터 해야 더 이상 진태에게 휘둘리지 않을 것 같았다.

"오빠."

"왜?"

그녀는 말없이 동영상을 그에게 보여 주었다.

"뭐야? 이거 때문에 그러는 거야?"

"……."

오빠는 기가 막히다는 듯이 그녀에게 말했다.

"이거 설정이야. 설마 내가 진짜 약이라도 했을까 봐?"

그녀가 고개를 끄덕이자 그가 예린의 등을 쳤다.

"미쳤어? 내가 약 빨 시간이 있으면 무대 하나를 더 서겠다."

"하지만……."

"이건 엔젤이랑 친구들이 우리 레인보우 홍보 사진 찍었을 때 콘셉트였어. 우리한테 이렇게 빨려 들어간다는 뜻인데, 사진도 아니고 이건 누구한테서 받은 거야?"

"김진태가……."

"설마 내가 약하고 다닌다고 했어?"

"어."

"내가 진짜……. 이 자식을 죽여 버리겠어!"

다행이었다. 다리에 힘이 빠져나가는 느낌이었다. 재혁은 정말 그럴 사람이 아니었다.

"오빠……."

안심되는 마음에 예린은 재혁을 끌어안았다.

"내가 이렇게 타락하기엔 너무 바쁘다."

"알아……. 미안해."

"됐으니까. 너 입술 번지게 한 놈부터 말하라니까."

"……."

예린은 재혁을 떼어 내고는 서둘러 자신의 차로 향했다.

"말 안 할 거야?"

"……."

예린은 머리 위로 손을 흔들며 자신의 차에 올랐다.

"다행이다……."

문제 하나는 풀렸지만 다른 문제는 풀리지 않았다. 왜 그는 자꾸만 코코에게 키스하는 것일까? 게이인 그가 코코가 여자인 걸 안다면 얼마나 혼란스러울까? 예린은 머리가 아팠다.

잠을 한숨도 자지 못해서 눈이 따가웠다. 하지만 그런 것 따위는 아무것도 아니었다. 두 번째 키스에 그는 확실하게 정체성을 잃어버렸다. 코코와의 키스는 너무나 좋았다.

"으윽!"

그는 자신의 머리를 손으로 감쌌다. 그때의 키스 생각만으로도 미칠 것 같았다. 그의 페니스가 단단해졌다. 아무리 섹시한 여자를 본다고 해도 그렇게 반응을 보이지 않았던 녀석이 코코를 생각하는 것만으로도 반응했다.

"하아……."

한숨을 쉬어 보았지만 뜨거움은 식지 않았다. 코코가 그를 밀어냈을 때 그가 순순히 물러난 건 더 큰 일을 저지를까 봐 물러난 것이었다. 남자와 섹스를 한다는 건 아직 감당이 안 되는 일이기 때문이었다.

"윽!"

아랫도리가 여전히 뜨거웠다. 여자들에게도 잘 반응하지 않는 그의 페니스가 미친 듯이 코코를 원하고 있었다. 당황스러웠다.

"미친놈."

진짜 미친 것 같았다. 그가 언제부터 이렇게 남자를 원하게 됐는지 알 수 없었다. 그는 게이라는 단어를 검색하기 시작했다. 하지만 그는 한 번도 동성을 좋아한 경험이 없었다. 오히려 그런 것에 무관심한 편이었다. 그런데 이상했다. 왜 유독 코코에게만 느끼는 것일까?

여성과도 섹스하는 그는 바이일 확률이 높은 것이었다. 여자도 상대하고 남자도 상대하는……. 최악의 상황이었다.

운동도 하지 않고 일찍 출근한 그는 아침부터 머리가 터질 것 같았다.

똑똑.

"안녕하십니까?"

오 비서가 커피와 샌드위치를 가지고 온 모양이었다. 그는 아침 식사를 출근해서 했다. 오 비서가 커피와 샌드위치를 그의 책상 위에 올려놓기 위해 몸을 숙였다.

신선한 풀 향이 그의 코끝을 건드렸다. 보통 아침은 은은한 커피 향으로 시작하는데 오늘은 달랐다.

"맛있게 드십시오."

착각일까? 오 비서의 목소리가 떨리고 있었다. 민준이 고개를 들어 오 비서를 바라봤다. 요즘 들어 오 비서가 상당히 매력적으로 느껴지고 있었다. 그리고 자꾸 코코와 겹쳐져서 야릇한 느낌이 들곤 했다. 4년 동안 단 한 번도 오 비서를 이성으로 생각해 본 적이 없는 그였다.

그런데 요즘 자꾸만 오 비서가 그의 신경을 건드렸다.

"오 비서."

"네?"

나쁜 짓을 하다가 걸린 것처럼 오 비서는 화들짝 놀랐다.

"커피에 독약이라도 탔나?"

농담한 건데 오 비서의 표정은 겁에 질린 것 같았다. 마치 정말로 독약을 탔다가 들킨 것처럼 말이다.

"네?"

"왜 그렇게 놀라지?"

"아닙니다."

"아닌 게 아닌 것 같은데?"

오 비서의 눈이 두 배는 커진 것 같았다. 그런 오 비서를 보니 갑자기 웃음이 났다.

"농담이야."

"네……."

오 비서가 나가는 뒷모습을 말없이 보던 민준은 혼자 중얼거렸다.

"정신 차려. 코코 하나로도 벅차니까."

하지만 이상하게 민준의 뇌리엔 오 비서의 뒷모습이 선명하게 그려지고 있었다. 아담한 어깨와 가는 허리, 그리고 볼륨감 넘치는 엉덩이까지……

"미쳤군."

그는 머리를 흔들고는 얼음 가득한 아이스 아메리카노를 마셨다.

"정신 차리자."

단정한 선생님 같은 오 비서와 화려한 코코가 그의 신경을 자극하고 있다는 사실을 이제는 인정하지 않을 수 없었다. 이제껏 경험하지 못한 스펙타클한 감정에 그는 돌아 버릴 것 같았다.

"여보세요?"

그는 성현에게 전화를 걸었다.

[본부장님께서 어쩐 일이십니까?]

"통화 가능해?"

[그럼요.]

"넌 게이냐? 바이냐?"

[미친놈, 아침부터 남의 약점 가지고 지랄이냐?]

이번엔 성현이 화를 냈다. 둘은 이런 식의 대화를 단 한 번도 나눈 적이 없었다.

"궁금해서 그래. 바이가 나은 건지 게이가 나은 건지……."

[미친놈, 둘 다 나을 게 뭐가 있어. 다 신의 뜻인 거지. 우리라고 그렇게 태어나고 싶어서 태어났겠어? 왜 그러는 거야?]

"머리가 좀 복잡해서 그래."

[지난번에 이태원에 간 것도 그렇고, 너 좀 수상해…….]

"나도 내가 왜 이러는 건지 모르겠다."

[술이나 한잔할까?]

"봐서."

[마시고 싶으면 언제든지 연락해라.]

"연구나 열심히 해."

[누가 오너 아니랄까 봐. 알았다. 연락해.]

"그래."

누군가와 이야기할 수 있다는 건 좋았지만 근본적인 해결책은 아니었다.

"신의 뜻이라……."

하긴 신에게 축복을 받았다고 할 만큼 모든 걸 가진 그였다. 그런데 이렇게 큼지막한 거로 신이 그의 뒤통수를 사정없이 칠 거라고는 상상도 해 본 적이 없었다.

"어떻게 해야 할까……."

한숨부터 나왔다. 하지만 그의 한숨 섞인 하루는 이제 시작에 불과했다.

Chapter 3

이태원의 작은 커피숍은 옛날 다방을 떠올리는 구조였다. 앉아 있는 사람도 없었고 주인 아주머니가 마담 겸 바리스타였다. 진태는 한번 두리번거린 후에 조심스럽게 핸드폰의 사진을 확인했다.

"사진발 죽이네."

열 받아서 찍은 장면이었는데 그 상대가 생각보다 더 대단한 인물이었다.

"LK기업의 후계자라……."

진태의 입가에 비릿한 미소가 걸렸다. 그를 때리고 코코에게 키스한 남자는 일반인이 아니었다. 처음엔 화가 나서 코코에게 협박하기 위해 찍은 것이었는데, 왠지 모르게 익숙했던 그 남자가 누구인지 떠올리자 이 사진은 그의 돈줄이 되어 줄 것 같았다.

그래서 가십 기사를 전문으로 하는 인터넷 신문사에 연락해서 오늘 기자를 만나기로 했다.

"오래 기다렸죠? 오는데 차가 너무 막히네요."

날카롭게 생긴 기자가 그를 찾아 왔다.

"서울이야 항상 그렇죠."

진태는 여유롭게 말하며 기자에게 커피를 시켜 주었다.

"이제 사진을 볼 수 있을까요?"

"네, 여기……."

그가 사진 한 장을 보여 주자 기자의 표정이 달라졌다. 만족스러운 것 같았다.

"이런 사진은 얼마나 받을 수 있을까요?"

"쓸 만하면 장당 백만 원 드리죠."

그렇다면 열 장만 팔아도 천만 원이었다. 그는 요즘 조안에 꽂혀 있었다. 엔젤과는 이제 그만 헤어지고 싶었다. 그 정도의 액수면 조안의 환심을 살 수 있을 것 같았다. 더 받으면 좋겠지만 말이다.

"좋습니다."

그 자리에서 그는 열 장의 사진을 팔았다. 완전 땡잡은 날이었다. 기자도 아주 만족스러워했다.

이 사진들이 그의 인생에 얼마나 큰 파문을 일으킬지, 이때의 진태는 몰랐다.

LK 회장실엔 전운이 감돌았다. 현성은 아버지 이 회장 때문에 머리가 터져 버릴 것 같았다. 손자를 못 잡아먹어서 안달이 났기 때문이었다. 벌써 5분째 아버지와 아들 민준이 아무 말 없이 서로를 노려보고 있는 걸 옆에서 보고 있자니 속이 터질 것 같았다.

"아버지……."

보다 못한 현성이 아버지를 불렀다.

"저도 그렇고 민준이도 곧 회의에 들어가 봐야 합니다."

"그래서?"

"네?"

"우리 집안의 대가 끊어질 판이야. 남자를 좋아한다고?"

오늘 검색어 1위는 '이민준 게이'였다. 그리고 민준이 이상한 화장을 한 여장 남자와 키스를 하는 장면이 아주 선명한 사진으로 찍혀 있었다.

"아버지 그걸 믿으세요? 요즘 얼마나 합성 기술이 뛰어난지 아시잖아요. 그런 사진을 만드려고 마음만 먹으면 저는 몇 만 장이라고 만들 수 있습니다."

"진짜야?"

"아버지……."

"날 바보로 아는 거야!"

아버지가 이렇게 화를 내는 모습은 실로 오랜만이었다. 알아듣게 설명했음에도 아버진 그냥 넘어가지 않을 작정인 것 같았다.

"이민준, 넌 왜 답이 없어? 그래서 국제그룹 딸을 그렇게 까버린 거야?"

"까다니요. 천천히 만나려고 하는 거죠."

현성이 아들의 편을 들었다.

"이현성!"

"네, 아버지."

"넌 빠져."

더는 끼어들 수가 없었다. 이제 한마디만 더 하면 뭐라도 날아올 기세였다. 한 장의 사진이 오늘 LK그룹을 초토화하고 있었다. 주식 시장은 말할 것도 없고 직원들의 사기에도 막대한 영향을 주고 있었다. 이건 아주 악의적인 기사였다. 현성은 자기 아들이 게이일 리 없다는 확신을 가지고 있었다.

이 사진은 분명 악의적인 합성 사진으로 LK그룹을 흠집 내기 위한 모략이었다.

"남자가 좋냐고 물었다."

"……."

"왜 답이 없어. 내 말이 대답할 가치도 없다는 거야! 그래 말해 봐. 이 사진 속 녀석이 네 짝이냐고 물었다."

"제 사생활에 대해 다 말씀드릴 필요는 없을 것 같습니다."

"……."

민준의 말에 아버지와 현성은 입을 벌리고 있을 수밖에 없었다. 민준이 부정을 하지 않았다. 아니 어쩌면 긍정의 말을 한 것이나 다름없었다.

"전 더 이상 이 이야기를 하고 싶지 않습니다. 결혼은 제가 알아서 합니다. 그리고 전 국제그룹의 딸은 마음에 들지 않습니다."

"선봐."

"결과는 같습니다."

"남자가 아니라서?"

아버지의 말에 이번엔 현성이 발끈했다.

"아버지, 이건 해도 해도 너무하시는 거 아닙니까? 어떻게 우리 민준이를 그리 몰아붙일 수 있으십니까? 서운합니다."

"서운해? 네가 제일 문제야. 아버지란 놈이 아들 녀석이 어떤 마음을 가지고 있는지도 몰라?"

아버지의 말에 현성은 할 말이 없었다. 그동안 민준이 잘하겠거니 생각하며 소홀했던 건 사실이기도 했다.

"할아버지, 괜히 아버지까지 걸고 넘어가지 마십시오. 결국 제가 결혼하면 되는 거 아닙니까?"

"결혼으론 안심이 안 돼. 손자까지 낳아야지. 그럼 내가 가만히 있겠다."

"알겠습니다. 손자가 될지 손녀가 될지는 모르지만 제가 어떻게 해서든지 할아버지 앞에 데려다 놓겠습니다. 그러니 아버지까지 힘들게 하지 마십시오."

"효자 났네."

"……."

할아버지의 말에 민준의 얼굴이 빨갛게 달아오르더니 자리를 박차고 일어났다.

"열 받은 건 받은 거고. 3개월 주지."

"3개월 만에 어떻게 아이를 만들어 옵니까? 입양이라도 할까요?"

"아니, 결혼할 여자를 데리고 와. 그리고 먼저 저 사진부터 해결하고."

"네."

민준이 지지 않고 대답을 하고 나가 버리자 아버지 이 회장과 단둘이 남은 현성은 조마조마했다.

"하하하!"

"……."

민준이 나가고 아버지가 호탕하게 웃었다.

"저 녀석은 할 거야."

"네?"

"오늘 한 약속을 지킬 거라고. 진작 이렇게 할 걸 그랬어."

"혹시 그 사진을 아버지께서……."

"아니. 사진은 내가 한 게 아니야. 시기가 딱 맞아떨어진 거지."

"민준이가 남자를 좋아하는 건……."

"쯧쯧쯧……. 아들 녀석을 그렇게 몰라?"

아버지는 민준이를 믿고 있었다. 그러면서도 다그치고 계신 거였다.

본부장실은 말 그대로 초토화된 상황이었다. 분노한 본부장의 욕받이가 된 윤 실장은 불쌍해서 보기 힘들 정도였다. 하지만 남 걱정할 상황이 아니었다. 지금 본부장과 키스를 하고 있는 사람이 누구인지 다른 사람들은 몰라도 예린은 알고 있기 때문이었다.

"도대체 여자예요? 남자예요?"

수지는 모니터 안의 사진을 보며 머리를 갸웃거렸다.

"그런데 이상하게 낯이 익지 않아요?"

수지의 말에 예린은 심장이 뚝 하고 떨어졌다.

"얼굴선하고 몸매가……."

"수지 씨 안 바빠?"

예린이 수지의 말을 잘랐다.

"바쁜데, 지금은 이게 더 궁금하지 않으세요?"

다들 모니터에서 눈을 떼지 못하고 있었다.

"딱 봐도 남자지. 여자가 저렇게 화장을 하고 다니겠어?"

"젠더는 여자 아니에요?"

"젠더?"

"딱 트렌스 젠더인데?"

수지와 성욱은 모니터를 뚫어지게 보며 말했다.

"일 안 해요?"

화가 난 예린이 그들을 보며 다시 한 번 말했다.

"대리님, 본부장님에게 관심 있으셨어요?"

"네?"

"꼭 화난 사람 같아서요⋯⋯."

눈치 없는 성욱이 그녀를 더 화나게 만들었다. 성욱은 벌써 2년 차임에도 눈치가 꽝인 직원이었다. 될 수 있으면 그와 말을 안 하는 게 예린의 정신 건강에 좋았다.

"오늘 본부장님 회의 자료는 뽑았어요?"

"아차차⋯⋯."

그녀의 지적에도 성욱은 아무렇지 않게 회의 자료를 복사하러 복사실로 향했다. 얄미운 인간이었다.

"오 비서님은 이 사진 속의 사람이 누구인지 궁금하지도 않으세요?"

"아니."

"왜요? 역시 저 상황 아시는 거죠? 오 비서님하고 윤 실장님은 본부장님에 대해 뭐든 아시잖아요."

"몰라."

그때 뒤에서 윤 실장이 본부장실에서 나오면서 말했다.

"괜한 거 신경 쓰지 말고 일이나 똑바로 해."

"네⋯⋯."

윤 실장도 화가 머리끝까지 난 것 같았다. 웬만해서는 얼굴을 붉힐 사람이 아닌데 본부장의 짜증이 극에 달한 상황인 것 같았다.

"이 기사 올린 기자는 뭐래요?"

"제보가 들어와서 올린 것뿐이라고 하더라고."

"제보요?"

"응, 지금 알아보고 있으니까 연락이 올 거야."

예린은 누가 제보했는지 감이 왔다.

"본부장님은 어떠세요?"

"기사 하나 못 막았다고 있는 성질 없는 성질 다 부리고 있어."

"……."

애석하지만 기사를 못 나가게 막는 것도 비서실의 업무였다.

"이번엔 너무 충격이어서 나도 할 말이 없어. 기자의 상상력에 놀란 건지 사진 속의 상황 때문에 놀란 건지, 1년 치 놀랄 일을 한꺼번에 놀란 기분이야."

윤 실장이 고개를 절레절레 흔들었다.

"기자들 전화가 빗발치는데 어쩌죠?"

"어떻게 아니라고 해야지. 절대로 본부장이 아니라고 해야 해."

"얼굴이 그렇게 정확하게 찍혔는데 어떻게요."

"후……."

윤 실장도 멘붕인 상황이었다. 정말 빼도 박도 못하는 상황임엔 틀림이 없었다.

Rrrrrrr—

"네, LK그룹 본부장실입니다."

[서울일보 김세나 기자입니다. 혹시 본부장님과 통화 가능할까요?]

"아니요. 본부장님께선 지금 회의 들어가셨습니다."

[그럼 비서분께 여쭙고 싶은 게 있는데요.]

"죄송합니다. 전 아는 게 없습니다."

뚝!

"잘했어. 그렇게만 말하고 끊어."

"네."

"한동안 잠잠했던 이유가 이렇게 핵폭탄을 투하하려고 그랬던 거야."

본부장은 여자들에게 인기가 많았다. 그래서 헤어지고 나면 그 뒤처리를 하기에 바빴다. 그중에서도 특히 윤 실장이 고생이 많았다. 장가도 안 간 사람이 탈모까지 올 정도로 그의 업무는 고단했다.

Rrrrrrr—

예린의 개인 휴대전화가 울렸다. 진태의 전화였다. 이번 일을 제보한 게 진태가 아닐까 하는 의심이 들었다. 그녀는 조용히 전화를 받았다.

"여보세요?"

[인터넷 기사에 대문짝만하게 나간 소감이 어때?]

역시 이번 사진 사건의 범인은 진태였다.

"뭐 하자는 거야?"

[이제 캔디의 사진도 대문짝만하게 실릴 거야.]

"이러는 이유가 도대체 뭐야?"

[그날 그 자식 때문에 열 받은 것도 사실이고, 난 제대로 된 드랙퀸 팀을 만들고 싶어.]

"그래도. 이건 아니잖아."

[난 코코가 들어오면 우리 팀이 완벽해질 것 같아.]

뭔가 수상했다. 왜 이렇게 그녀에게 집착을 하는 건지 알 수 없었다. 그녀가 여자란 사실을 아는 사람도 아니고. 그렇다고 그녀의 공연을 좋게 보는 사람도 아니었다. 그는 언제나 자신의 애인인 엔젤만 챙기는 인물이었다. 뭔가 수상했다. 뒤를 알아볼 필요가 있었다.

"팀은 누가 들어오는 건데? 엔젤도 안 데리고 온다며? 그럼 내가 아는 사람도 없는 곳에 가야 하는데, 그건 싫어."

[찬밥 더운밥 가릴 때가 아닐 텐데?]

"사진을 뿌리기 전에 나하고 먼저 상의해야 했어."

[왜? 애인이 걱정되는 거야?]

"애인 아니야."

[그런 놈이 너 좀 안았다고 그 난리야? 넌 그놈과 깊은 사이가 분명해. 그리고 그렇게 키스까지 한 걸 보면 그놈도 게이가 분명하고.]

"그만해. 사진까지 다 뿌린 마당에 뭘 더 바라는 건데? 이런 상황에서 내가 갈 거라고 생각하는 거야?"

[사진이 그것뿐이라고 생각하지 마. 뿌릴 사진은 차고 넘치니까. 그리고 놈은 돈이 많은 녀석이니 협박이라도 해서 뜯어낼까 생각 중이야. 내가 기자 놈에게 받은 건 아무리 생각해도 푼돈 같거든.]

진태는 하고도 남을 것 같았다.

"생각해 볼 테니까 더는 사진 가지고 장난치지 마."

전화를 끊은 예린의 머릿속은 하얗게 변해 버렸다.

"어쩌지……."

"나도 어떻게 해야 할지 모르겠다."

어느새 옆자리로 온 윤 실장이 걱정 어린 표정으로 그녀를 보았다.

"왜요?"

"놈을 알아냈어. 인터넷 방송을 하는 녀석인데, 아주 질적으로 좋지 않은 놈이야. 전과도 있고. 김진태라고 인터넷 방송에서도 선정성 때문에 여러 번 경고까지 먹었대. 무서운 게 없는 놈이야. 한마디로 밑바닥 인생인 거지."

윤 실장이 진태를 알아낸 모양이었다.

"그래서요?"

"어떻게 해서든 막아야지."

그때였다. 본부장이 그녀를 호출했다. 윤 실장이 아닌 자신을 호출한 게 이상하기는 했지만, 특별히 잘못한 건 없는 것 같았다.

"본부장님, 찾으셨습니까?"

"잠깐 얘기 좀 하지."

심장이 쪼그라드는 기분이었다. 그가 왜 자신을 불렀는지 이유를 모르니 더 불안했다. 소파에 앉으라고 손짓을 한 그는 서류를 보고 있었다. 서류에 마저 사인까지 한 본부장이 그녀의 앞에 앉았다.

상쾌한 향이 그녀의 코끝을 자극했다. 뭔지는 모르지만, 그의 향을 맡으면 키스했던 순간이 떠올랐다. 그가 코코 샤넬 향수를 쓰지 말라고 한 이유를 알 것 같았다.

"오늘 저녁에 약속 있나?"

"네?"

본부장에게 이런 말을 듣는 건 4년 동안 처음이었다. 왜 갑자기 그녀의 저녁 약속을 묻는지 불안한 마음이었다.

"퇴근 후의 시간을 좀 내 줄 수 있나 해서."

"퇴근 후에요?"

"할 말도 있고 궁금한 것도 있고 해서."

"지금 말씀하시면 안 되는 일인지……."

솔직한 심정으론 저녁에 따로 만나고 싶진 않았다. 이렇게 얼굴을 마주하는 시간이 길어질수록 그가 그녀의 얼굴에서 코코의 모습을 찾아 낼 것 같았기 때문이었다.

"응, 지금은 곤란해. 지난번에 보니 근무 이외에 일을 하는 건 싫어하는 것 같아서 묻는 거야."

"……알겠습니다."

본부장이 이렇게 부탁을 하니 거절할 수가 없었다. 본부장실에서 나온 예린의 머릿속은 복잡하기만 했다.

한낮인데도 방 안은 어두웠다. 자욱한 담배 연기는 빠져나갈 공간조차 없었다. 담배 연기가 재혁의 폐에 그대로 쌓이는 느낌이었다.

"왜 이러는 건지 이유나 좀 알자."

"……."

재혁의 물음에 남자는 답도 없이 담배 연기만 길게 뿜어냈다.

"조안!"

"조용히 말해. 귀 안 먹었으니까."

조안은 재혁과 어깨를 나란히 하는 드랙퀸계의 전설이었다. 언제나 혼자서 조용히 움직이던 그가 갑자기 '레인보우' 처럼 엔터테인먼트의 개념으로 '다이아' 를 만들고 활동 중이었다. 그런데 재혁의 레인보우 공연 장소까지 와서 자신들의 공연 홍보를 하는 파렴치한 짓까지 했었다.

재혁은 이를 정리하기 위해 오늘 조안을 찾은 것이었다.

"왜 우리 공연 장소까지 와서 지랄인 거야?"

"우리도 먹고 살아야지."

너무 솔직한 답에 재혁은 어이가 없어 말문이 막혔다.

"어떻게 너희만 먹고 살아. 이태원은 좁은 동네고 우리의 밥벌이를 위해선 어쩔 수 없는 일이야. 안 그래? 사람이 왜 그렇게 이기적이야. 레인보우가 조금 잘된다고 이태원이 다 너희 땅 같아? 착각하지 마."

"아니, 너희 공연하는 건 하나도 관심 없어. 최소한 우리가 공연하는 장소에는 나타나지 말았어야지."

"그래? 우리는 사람이 많이 모이는 장소에 갔을 뿐이야."

"그리고 우리 애들한테 침 흘리지 마."

"어떻게 네 애야? 다들 성인이고 자신의 원하는 곳에 갈 수 있어. 그건 우리 팀원들도 마찬가지고."

"안 뺏길 자신이 있다?"

"물론. 내 실력이 캔디 너보다는 나은 것 같은데?"

조안은 코코가 나오기 전까지 드랙퀸계에서는 독보적인 존재
였다. 하지만 지금은 코코를 질투하는 늙은이 같은 느낌이었다.

"넌 이제 한물간 뒷방 늙은이야."

"그러는 너도 같은 뒷방 늙은이 아니야? 코코 믿고 까불지
마."

"난 나 자신만 믿어."

"그래?"

"그러니까 그만 까불고 네 일이나 잘해. 그리고 이 두더지 같
은 집에 환기도 좀 시키고. 폐병 걸릴 것 같으니까."

재혁이 자리에서 일어났다. 그리고 조안의 사무실을 나왔다.
이곳은 이태원에서 변두리 쪽에 속하긴 했지만 조안의 건물이었
다. 소문으로는 조안이 돈 많은 놈을 하나 물어서 대규모의 클럽
을 만든다는 얘기가 돌았다.

하지만 소문은 사실이었다. 지금 이 건물은 대형 클럽을 짓는
공사를 하는 중이었다.

"돈도 많으면서 욕심은……."

재혁은 정신을 바싹 차려야겠다는 생각이 들었다. 그리고 서

둘러 예린의 회사 근처로 향했다. 예린이 급한 볼일이 있다고 그를 불렀기 때문이었다.

"어, 늦었지."

약속 시각보다 5분 늦은 재혁이었다. 클럽에서와는 다른 예린의 모습에 재혁은 고개를 설레설레 흔들었다.

"누가 코코라고 생각하겠어."

"오빠……."

"그 표정은 뭐야? 사람 불안하게."

"아니야. 그러는 오빠도 표정이 만만치 않은걸."

"……조안이 우리처럼 '다이아'라는 드랙퀸 팀을 만들어서 활동 기획을 하고 있어. 그 정도로 끝이 나면 다행인데 내가 아는 조안은 일등이 아니면 참지를 못해. 그래서 안 좋은 방법을 쓸까 봐 겁이 나."

퍼즐 조각이 맞춰지는 기분이었다.

"……김진태 때문에 죽을 것 같아."

"왜?"

재혁이 예린을 걱정스러운 얼굴로 보았다.

"인터넷 사진, 김진태가 그런 거야."

"너랑 이민준 사진?"

이번엔 재혁이 제대로 놀란 얼굴을 했다.

"어, 자기 쪽으로 오라는 말도 했어."

"자기 쪽? 진태가 조안이랑 같은 편이라는 거야?"

예린이 고개를 끄덕였다.

"어쩐지. 그럼 엔젤이랑 가는 거였어?"

"아니, 엔젤은 안 데려간데."

"미친놈. 너는?"

"나도 안 가지. 내가 여자인 줄 알면 그쪽에서 더 난리가 날걸. 하지만 김진태가 자꾸 신경 쓰이게 구는 건 싫어. 그리고 우리 회사에서도 사실이 정확하게 밝혀지면 김진태 가만히 안 둘 거야. 우리 본부장은 그런 점에 관대하지 않거든."

"그래. 오늘 그것 때문에 보자고 한 거야?"

재혁이 그녀에게 묻는 동안 한 무리의 남자들이 카페 안으로 들어왔다. 그리고 그중에 민준이 끼어 있었다. 민준은 자신과 예린을 무서운 눈으로 보고 있었다.

"야, 너희 본부장이 우리를 잡아먹을 것처럼 쳐다보고 있어."

"뭐?"

예린이 고개를 돌려 민준을 보고는 자리에서 일어났다. 그러자 민준이 그들에게 다가왔다. 다행히 지금 재혁은 캔디 분장을 하고 있지 않았다. 멀쩡한 남자의 모습이었다. 하지만 눈에 확

튀는 컬러풀한 정장을 입고 있었다.

재혁은 예쁘장한 남자 스타일이었다. 그의 집안은 모두가 인물이 좋았다. 하지만 오늘 그는 인물 때문에 민준에게 당할 것만 같았다. 민준은 예린과 재혁의 관계를 오해하는 눈빛이었다. 민준은 코코일 때의 예린 뿐만 아니라 비서로서의 예린에게도 관심이 있는 것 같았다. 재혁의 촉이 말하고 있었다.

지금 민준의 눈빛은 질투가 가득한 눈빛이었기 때문이었다. 상당히 흥미로운 상황이라는 생각이 들었다.

"근무 시간 아닌가?"

"죄송합니다. 오빠가 오는 바람에……."

예린이 정신이 없어 사촌이라는 말을 빼먹고 이야기했다. 민준이 오해할 거라고는 생각도 하지 않은 것 같았다. 하지만 남자라는 동물의 특성상 관심이 있는 여자가 다른 남자와, 특히 '오빠'라고 불리는 남자와 있는 걸 싫어한다. 예린은 그걸 전혀 모르는 것 같았다.

"오빠?"

그의 예상대로 민준의 인상이 조금 전보다 더 험악해졌다.

"안녕하십니까? 유재혁입니다."

그가 목소리를 굵게 내며 민준에게 손을 내밀었다. 하지만 민준은 그가 내민 손을 거들떠보지도 않았다. 기분이 나빠야 할 상황인데 웃음이 나올 것만 같았다. 그리고 재혁은 조금 더 민준의 마음을 떠보고 싶었다.

"우리 예린이가 본부장님 이야기를 많이 했습니다. 아주 멋진 분이라고요. 실물로 보니……."

"오 비서, 오후에 일정 없어?"

"죄송합니다. 바로 들어가겠습니다."

끝까지 재혁의 말을 무시한 민준은 자신과 함께 온 일행에게로 돌아갔다.

"오빠, 미안해."

예린은 미안한 표정으로 그에게 사과했다.

"아니야, 난 재미있었어."

"어?"

"아니다."

예린은 민준이 그녀에게 관심이 있다는 걸 모르는 눈치였다. 하긴 예린은 연애에 관해서는 완전 백치에 가까웠다. 집안 사정상 제대로 된 연애를 할 마음의 여유가 없었기 때문이었다. 그와 같이 일하는 기간에도 예린은 남자 친구 하나 없었다.

"딱 봐도 알겠는데……."

"뭐가?"

"아니야. 내가 가끔 네가 눈치가 없다는 걸 잊을 때가 있다."

"헛소리 그만하고 일어나자. 나 이제 들어가 봐야 해. 그리고 김진태는 오빠가 손 좀 써 봐."

"알았어. 너희 본부장 가자미눈 되겠다."

민준이 그와 예린을 뚫어지게 보고 있었다. 그들은 그렇게 쫓기듯이 커피숍을 빠져나왔다. 재혁은 회사로 뛰어가는 예린을 보며 희미한 미소를 지었다. 아무리 생각해도 민준이 예린에게 관심이 있는 것 같았기 때문이었다.

퇴근 시간이 거의 다 되어 가자 예린의 심장이 미친 듯이 뛰기 시작했다. 호흡이 흐트러질 정도로 뛰는 심장 때문에 예린은 미칠 것 같았다. 사람이 안 하던 짓을 하려니 불안한 생각이 들었다. 아직 그가 자신이 코코란 걸 눈치채지 못했지만 그래도 따로 만난다면 부담스러웠다. 거기에 다른 사람이 동석하지 않는 눈치라서 더 그랬다. 단둘이 할 말이 과연 뭘까?

"오 비서님, 얼굴이 창백해요."

"괜찮아."

수지가 걱정하며 물었고 성욱이 시원한 물 한 잔을 가져다 줬다. 모두 그녀가 걱정되는 모양이었다.

"몸이 안 좋으신 거예요?"

"아니……."

"내일 오전에 회의 준비 때문에 일찍 나오셔야 하는데, 괜찮으시겠어요?"

"응."

그렇게 말을 하는 사이에 민준이 본부장실에서 나왔다. 모두들 본부장을 보자마자 자신들의 자리로 가서 앉았다.

"오 비서."

"네."

그녀가 가방을 들자 모두 그들을 바라보았다. 본부장이 사무실을 나가자 예린이 그의 뒤를 따르며 먼저 나간다고 인사했다. 다들 어안이 벙벙한 표정이었다. 사무실을 나온 예린은 엘리베이터 앞에 서 있는 민준의 뒷모습을 바라보았다.

떡 벌어진 어깨에 완벽한 슈트 핏은 여심을 홀리기에 충분했다. 뭐든 적당한 게 좋은데 그는 흘러넘치는 사람이었다. 왜 오늘 재혁 오빠와 있는데 그렇게 화가 난 건지 솔직하게 궁금했지만 물어볼 수 있는 상황은 아니었다.

"안 탈 건가?"

언제 엘리베이터가 왔는지 그는 벌써 엘리베이터 안에 타고 있었다.

"아닙니다."

엘리베이터 안은 숨이 막힐 정도의 침묵이 흐르고 있었다. 이렇게 지하 주차장까지 간다면 질식해서 죽을 것만 같았다.

"오늘 근무 중에 커피숍에 간 건 사촌 오빠와 급하게 할 이야
기가 있어서입니다."

"……."

"화가 나셨다면 죄송합니다."

"……."

사촌 오빠라는 말을 아예 믿지도 않는 것 같았고 이렇게 작은
일까지 구차하게 설명하는 자신도 마음에 들지 않았다. 지하 주
차장에 도착하자 오늘은 그가 운전대를 잡았다.

"제가 운전할까요?"

"아니, 안전벨트나 매."

당황한 상태에서 안전벨트가 쉽게 매지지가 않았다.

"……."

그때였다. 그가 손을 뻗더니 그녀의 안전벨트를 매 주고는 차
를 출발시켰다. 훅 들어오는 민준 때문에 예린은 숨이 멎을 뻔했
다. 어느 순간부터 민준의 모든 게 신경이 쓰였다. 그건 아마도
두 번의 키스 때문일지도 몰랐다.

지금도 그가 곁에 있다는 것만으로도 심장이 터질 것 같았다.
도대체 무슨 일이 일어나고 있는 건지……. 예린은 혼란스러웠
다.

그들이 도착한 곳은 평창동의 한 고급 주택이었다. LK그룹의 본가만큼이나 넓고 화려한 곳이었다.

"여긴……."

"내 집."

"네?"

민준이 지금 생활하고 있는 곳은 강남의 아파트였다. 그건 비서인 예린이 누구보다 잘 알았다. 그는 말없이 차를 주차시킨 후에 집 안으로 들어갔다. 예린은 그의 뒤를 따르면서 집 안의 곳곳을 둘러보았다.

수영장까지 갖추어진 집은 그야말로 궁궐 같았다. 그가 집 안으로 들어서자 예린은 다시 한 번 집의 규모에 놀랐다. 넓은 실내 공간 때문인지 집이 아니라 화랑 같은 느낌의 공간이었다.

집의 평수에 비교해 가구들이 적다 보니 더 넓게 느껴지고 있었다. 거기에 가구 대신에 예술품들이 곳곳에 자리를 잡고 있어서 정말 커다란 화랑 같은 느낌이었다.

"와인?"

"아닙니다."

그녀의 말에 그는 자신의 잔에만 와인은 따랐다. 그리고 그녀에겐 주스 한 잔을 주었다.

"감사합니다."

"이 집에 누군가를 들인 건 처음이야. 결혼하면 여기서 살려고 준비한 곳이거든."

"……."

집 안을 둘러보느라 바쁜 예린을 보며 민준이 말했다. 예린이 보기에도 집은 훌륭했다. 아이들을 키우기엔 조금 차가운 느낌이었지만 그건 어디까지나 안주인의 몫이었다.

"그런데 하실 말씀이 뭔지……."

궁금해서 참지 못하고 먼저 물었다.

"요즘 내 머리가 터질 것 같은 일이 있어서."

아무래도 본부장은 코코와의 사진 때문에 힘이 드는 것 같았다. 안팎에서 그를 조여 오는 게 예린의 눈에도 보였다.

"네……."

"난…… 내가 여자를 좋아한다고 생각했어."

"……."

그가 왜 이런 말을 그녀에게 하는 건지 예린은 이해가 가지 않았다.

"그런데, 아닌 것 같아."

"……."

하마터면 주스를 뱉어 낼 뻔한 예린이었다.

툭!

테이블 위에 툭하고 서류 봉투를 던진 민준을 예린이 멍하게 보았다.

"열어 봐."

"……."

서류를 열고 내용물을 확인한 예린이 얼굴이 빠르게 굳어졌다. 안에는 그녀에 관한 자료가 들어 있었다.

"이건……."

"기분 나쁘게 생각하지 마. 나도 상대방을 알아야 부탁이란 걸 할 수 있으니까 말이야."

무슨 부탁을 하려고 이렇게 많은 조사를 했나 싶었다. 다행히 그녀가 드랙퀸을 한다는 내용은 없었다.

"어머니가 아프시다고?"

"……네."

"빚이 있더군. 아버지 때부터 늘어난 빚은 갚아지기는커녕 어머니가 아프고 나서는 더 늘었지. 월급으로는 부족했을 텐데 용케 잘 버텼어."

그의 입을 통해 듣고 있자니 조금은 비참한 생각이 들었다.

"왜 이런 것까지……."

"우린 서로에게 도움을 줄 수 있어. 난 돈을 지급할 수 있고.

오 비서는 나의 부탁을 들어줄 수 있고."

그가 무슨 말을 하는지 도통 감을 잡을 수 없었다.

"무슨 말씀이신지……."

"장기를 팔라는 건 아니니까 너무 그렇게 공포에 질린 표정은 짓지 말았으면 좋겠어."

지금 본부장은 알다가도 모를 소리를 하고 있었다.

"내가 오늘 아주 곤란한 상황이 되었다는 걸 오 비서도 알 거야."

"……."

"확인하려고 한 일인데, 운 나쁘게 걸렸어."

그녀와 키스를 한 게 뭔가를 확인하려고 했다니, 가슴이 철렁 내려앉았다.

"그래서 알아내신 게 있나요?"

걱정스러운 마음에 물었다.

"더 혼란스러워졌어."

"혼란스러워지다니요?"

"그런 게 있어."

예린은 그가 무엇 때문에 혼란스럽다는 건지 이해가 되지 않았다.

"어른들께서 너무 걱정하시는 것 같아."

"······."

그건 당연한 일이었다. 멀쩡한 자식이 동성애자란 사실을 알았을 때 부모님이 받을 충격은 예린도 쉽게 예상할 수 있었다.

"그래서 내 부탁은 말이야, 당분간 내 연인인 척해 줘."

"네?"

"지금 이 상황이 잠잠해질 때까지만이야."

그가 갑자기 테이블 위에 봉투 하나를 내밀었다.

"이게 뭐예요?"

"열어 봐."

예린은 봉투 안에 든 수표를 보고 놀란 눈으로 민준을 보았다. 1억 원이었다.

"일이 잘 마무리되면 똑같은 액수를 더 주지."

"······."

"사람들 사이에 얼굴이 알려지고 일이 끝나면 회사를 그만둬야겠지만, 다른 직장을 구해준다고 약속해. 날 도와줘."

"본부장님, 전······."

"생각할 시간을 주고 싶지만 지금 그런 여유는 없어."

그가 단번에 와인을 마셨다.

"사진 속의 그분과 어떤 관계이신지 물어봐도 되겠습니까?"

예린은 민준이 코코를 어떻게 생각하는지 궁금했다.

"아무 관계도 아니야."

그가 망설임 없이 말했다. 이 말이 서운하게 들리는 이유는 뭘까?

"그럼 사실대로 말씀하시는 게……."

"남자와 키스한 상황인데 아니라고 하면 누가 믿어 주겠어. 안 그래?"

그건 민준의 말이 맞았다. 사진을 본 사람이라면 당연히 민준이 남자를 좋아하는 남자라고 생각할 것이다.

"날 도와줄 거지?"

"제가 어떻게……."

"그냥 나와 있는 장면을 언론에 노출하고 어른들 앞에서 다정한 척만 하면 돼."

"속으실까요?"

"우리가 그만큼 연기를 잘해야지."

그는 단단히 마음먹은 것 같았다. 하지만 문제의 사진 속 주인공이 그녀란 걸 안다면 그는 어떤 반응을 보일까? 걱정스러운 마음에 예린은 사실대로 말하기로 결심했다.

"본부장님, 사실 그 사진 속의……."

"사진 얘기는 더 이상 하지 말아 줘."

민준이 차가운 목소리로 그녀의 말을 막았다.

"꼭 아셔야 하는……."

그래도 말을 하는 게 맞았다. 이런 기회를 다시 잡기는 힘이 들 것 같았다.

"오 비서!"

"……네."

"나도 좀 혼란스러운 일이야. 내가 남자를, 아니 최악의 상대를 만났다는 게 용서가 안 되니까."

"……."

코코는 민준에겐 최악의 상대였다. 퇴폐적인 곳에서 이상한 화장을 한 채 공연을 하는 그렇고 그런 바닥 인생…….

순간 예린은 그에게 화가 났다. 자신은 몸을 파는 일을 한 것도 아니고 죄를 저지른 것도 아니었다. 돈이 필요했고 가진 재능이 춤과 노래여서 퇴근 후에 아르바이트를 한 것인데, 그게 그렇게 최악이라는 소리까지 들을 일인가 하는 생각이 들자 속에서 뭔가 끓어올랐다.

그렇다면 자신이 누구인지 굳이 말할 이유가 없었다. 그렇게 속고 있는 본부장을 보는 것도 또 하나의 복수가 될 것 같았기 때문이었다.

"좋습니다. 할게요. 다시는 사진 속의 인물에 대해 말하지 않겠습니다."

그녀는 본부장의 눈을 똑바로 쳐다보며 말했다.

"고마워."

"아닙니다. 이제 돌아가도 될까요?"

"바래다줄게."

"아뇨, 택시 타고 가면 됩니다."

예린은 그의 집을 빠져나오면서 입술을 악물었다. 너무 자존심이 상했다. 그녀의 손엔 그가 준 돈 봉투가 들려 있었다. 이렇게 큰돈을 손에 쥐어 본 적은 처음이었다. 이 돈으로 지금 본부장은 진실을 가리려고 하고 있었다.

그리고 예린은 자존심 때문에 그에게 진실을 말하지 않았다. 깊어 가는 밤 예린은 마음이 복잡했고 택시를 기다리는 내내 불안했다. 왜 불안한지 그때까지의 예린은 알지 못했다. 지금 그녀의 뒤에는 본부장이 붙여 놓은 파파라치가 그녀의 일거수일투족을 찍고 있다는 것을……

Chapter 4

운이 없는 사람은 뒤로 넘어져도 코가 깨진다는 말이 맞았다. 본부장의 돈을 받은 그날 저녁, 엄마가 갑자기 쓰러졌다. 구급차에 타고 응급실에 도착하기까지 예린은 정신이 하나도 없었다.

이번엔 엄마마저 잃게 될 것 같았다. 저녁 시간이라 필요한 조치만 취하고 예린은 응급실에서 밤을 지새우기로 했다. 공연이 끝이 나고 새벽 시간에 재혁도 응급실로 왔다.

"이모는?"

"……."

예린은 오빠를 보자마자 울음이 터져 말도 제대로 하지 못했다.

"왜? 무슨 일이야?"

재혁의 얼굴도 걱정으로 인해 창백했다.

"몰라, 갑자기 쓰러지셨어."

"의사들은 뭐래?"

"담당 의사도 없고 인턴들뿐이야."

"뭐?"

늦은 시간이라서 실력 있는 의사들은 다 퇴근을 했고 지금은 인턴과 레지던트뿐이었다.

"검사를 더 해 봐야 안대……. 우리 엄마 죽으면 어떡해……."

"예린아……."

재혁이 한숨을 쉬며 울고 있는 예린을 안아 주었다. 그 사이에 이모와 이모부가 오셨다. 오빠가 연락한 모양이었다.

"예린아!"

"이모……."

이모와 예린은 한참을 안고 울었다. 그렇게 날을 샌 예린은 윤 실장에게 오늘은 출근을 못 할 것 같다는 말을 전했다. 밤새 검사를 하고 오전에 담당 의사가 출근할 시간이 될 때까지 엄마의 상태는 그리 좋지 않았다.

그런데 그때였다. 멀리서 본부장이 모습이 보였다. 예린은 자신이 잘못 본 줄 알고 머리를 흔들었다.

"오예린 씨!"

환청까지 들리는 걸 보니 몸 상태가 좋지 않은 모양이었다.

"예린아⋯⋯."

이모의 눈에도 본부장이 보이는지 옆에 있던 이모의 입이 떡 하니 벌어졌다.

"지금 저 사람⋯⋯ 그 사람 맞지?"

TV에 자주 나오는 사람인지라 이모가 알아본 것 같았다.

"그런 것 같아. 그런데 병원엔 왜⋯⋯."

본부장도 몸이 아픈 걸까? 한국 병원은 LK그룹이 지원하는 병원이었고 이곳 병원장이 LK본가의 주치의였다. 그래서 LK그룹 총수 일가는 정기적으로 병원을 찾았다. 하지만 이번 주 일정에는 건강 검진은 없었다.

"예린 씨, 어머니는 괜찮은 거야?"

예린 씨⋯⋯. 너무 생소한 말에 예린은 멍하게 그의 얼굴을 바라보았다. 걱정이 가득한 얼굴로 본부장은 그녀의 손을 잡았다. 그의 손은 따뜻했다. 그 사실이 왜 그렇게 놀라운지 알 수 없었다.

"윤 실장에게 이야기를 듣고 얼마나 놀랐는지 알아?"

"⋯⋯."

지금 이 상황을 어떻게 이해해야 할까?

"예린아……."

옆에서 이모가 놀란 눈으로 그들을 보고 있었다. 이모의 등장에 본부장은 어리둥절한 표정이 되었다.

"본부장님, 저희 이모예요."

"아, 안녕하십니까? 저는 예린 씨의 상사이자 남자 친구인 이민준입니다."

"남자 친구……."

이모는 거의 눈이 튀어나올 것 같은 표정이었다.

"그, 그러니까 LK그룹 황태자가……."

"네, 예린 씨 남자 친구죠. 오늘 어머님이 쓰러지셨다고 해서 왔습니다. 건강하실 때 인사를 드려야 했는데……."

정신을 차리기 위해 노력하며 예린은 머리를 흔들었다. 그러자 주변에 사람들이 많이 모인 게 보였다. 마치 신기한 구경거리라도 되는 것처럼 사람들은 핸드폰으로 그들을 찍었다. 왜냐하면 본부장이 게이라는 기사가 난 지 얼마 되지 않아 일어난 일이기 때문이었다.

재혁은 멀찍이 서서 이쪽으로 오지도 못하고 그대로 등을 돌려 가 버렸다. 혹시나 그를 알아볼까 걱정이 됐던 모양이었다. 지난번 커피숍에서 보기는 했지만 가까이서 자세히 본 게 아니었다. 이번에도 마주치게 된다면 혹시나 재혁이 캔디란 걸 알아

133

볼까 걱정을 하는 것 같았다. 왜냐면 이번엔 이모가 있었기 때문이었다. 이모가 재혁이 무슨 일을 하는지 아는 게 싫은 것이다.

하지만 지금은 사람들의 시선도 이모의 놀란 얼굴도 솔직히 예린은 신경이 쓰이지 않았다. 지금 그녀가 온 신경을 집중하고 있는 건 그녀의 어깨에 올려진 그의 손이었다. 마치 연인을 다정하게 위로하는 사람의 모습이었다.

"잠깐 원장님을 만나고 오겠습니다. 예린 씨 같이 갈까?"

"⋯⋯네."

이모를 잠시 응급실 앞에 두고 그들은 정말 병원장실로 향했다.

"어떻게 된 일이에요?"

엘리베이터에 둘만 있게 되자 예린이 어깨에 올려진 그의 손을 살짝 밀어내며 물었다.

"어제 우리는 계약을 했고, 난 지키기 위해 온 거야."

"⋯⋯."

정신이 없어서 잊고 있었다. 그와의 계약⋯⋯. 마치 악마에게 홀려 영혼을 판 느낌이었다. 엘리베이터에서 내린 그는 정말 병원장에게 여자 친구의 어머니이니 특별하게 신경을 써 달라고 말했다. 정말 고마운 일이었다.

아무나 할 수 없는 일이었다. 이건 그의 비서이기 때문에 해

준 게 아니라 그의 여자 친구이기 때문에 해 준 일이었다.

"감사합니다."

"여자 친구는 남자 친구에게 그렇게 감사 인사를 하지 않아."

"네?"

그가 다시 그녀의 손을 잡았다. 그리고 그녀의 귀에 대고 조용히 속삭였다.

"계약은 어젯밤 우리 집을 나가면서부터 시작됐어."

"……."

무슨 말인지 예린은 알지 못했지만 지금 그들이 연인인 척해야 한다는 건 알았다.

그의 손에 잡힌 예린의 손은 아주 부드러웠다. 4년을 같이 일하면서도 예린이 무슨 향수를 쓰는지 그녀의 손이 이렇게 부드러운 느낌인지 그는 알지 못했다. 아니 관심이 없었다. 본부장이되고 4년 동안 그는 아주 열심히 일했다.

그전엔 남들이 노는 만큼 놀았던 것도 사실이었지만 정신없이 일만 하던 4년 동안은 그는 거의 금욕에 가까운 생활을 했었다. 시간이 없으니 여자를 안고 뒹굴 생각도 없었다. 그래서일까?

요즘 그의 몸은 아주 민감했다. 아무리 생각해도 이상했다. 여자가 필요한 시점인 것 같았다. 주차장으로 향하면서 그는 아직 예린의 손을 잡고 있음을 깨달았다. 예린에게 자신의 연인인 척 해야 한다는 말을 하고 나서인지 예린은 그에게 잡힌 손을 빼지 않았다.

아픈 어머니를 미끼로 계약을 제안하는 게 안 좋은 일이란 걸 알았지만 그들은 계약했다. 좋은 계약이든 나쁜 계약이든 그녀는 계약을 이행할 것이다. 그가 아는 오 비서는 그런 사람이었다. 그래서 연기를 잘하는 배우라든지 아니면 사업 관계가 얽힌 기업인의 딸은 생각조차 하지 않았다. 지금 그는 안전한 게 필요했다.

계약이 끝이 나면 깨끗하게 헤어질 수 있는, 철저한 계약 관계를 원한 그였다. 그리고 할아버지도 의심하지 않을 만큼 자연스럽게 연인이 될 수 있는 관계, 다른 사람들 모르게 연인으로 발전이 돼도 그렇게 놀랍지 않은 관계가 비서와 상사의 관계였다.

아침에 그의 핸드폰으로 자신의 집에서 나가는 예린의 모습이 전송되었다. 사진은 정말 연인의 집에서 몰래 빠져나가는 여자 친구 같았다. 그리고 출근하자마자 듣게 된 예린의 어머니에 관한 소식은 또 한 번 다른 사람들에게 그들의 관계를 알릴 좋은 기회였다. 그는 바로 병원으로 향했다.

그만큼 예린의 모든 일에 관심을 가진다는 모습을 보이고 싶었다. 파파라치는 어딘가에 숨어서 그들을 찍고 있을 것이다.

"오늘 정말 감사했습니다."

예린이 정말 진심 어린 감사 인사를 했다. 이런 인사를 받기엔 미안한 상황이었지만 그는 아무 말도 하지 않았다.

"연인끼리는 그렇게 인사하는 게 아니라고 했을 텐데?"

연인끼리의 인사는 이런 종류가 아니었다. 조금 더 사적이며 은밀한 인사여야 했다.

"네······? 헉!"

그가 예린의 가는 허리를 당겨 안았다. 드라마틱한 연기를 원했지만 그럴 필요가 없었다. 지금 그는 아주 묘한 느낌이었고 예린도 그와 같이 놀란 느낌이었다. 처음 품에 안아 본 예린이었다. 하지만 이 익숙한 느낌은 뭘까?

민준은 이상했다. 놀란 예린의 눈을 보는 순간 그는 또 한 차례 놀랐다. 언젠가 꼭 이렇게 했던 것 같아서였다. 회식 자리에서 술김에 했다고 하기엔 그는 술에 취한 적이 없었고 여직원들을 그런 식으로 대한 일은 한 번도 없었다.

그런데 왜?

이상한 건 여기서 그치지 않았다. 그의 시선이 예린의 놀란 눈에서 그녀의 입술로 향했다. 왜 자꾸 코코가 떠오르는 걸까? 미친 게 분명했다.

"본부장님······. 읍!"예린이 그를 부름과 동시에 민준은 파파라치를 의식해서가 아니라 그냥 저도 모르게 예린의 입술을 삼켜 버렸다. 예린의 입술은 마치 자석처럼 그의 입술에 붙어 버렸다. 운전기사와 지나가는 차들은 아무런 신경도 쓰이지 않았다.

저도 모르게 그는 예린의 입안에 혀를 밀어 넣었다. 처음엔 거부하던 예린이 입술을 열었다. 마치 익숙한 듯한 그들의 키스는 점점 깊어지고 있었다. 정말 뜨거운 연인처럼 그들은 서로의 혀를 빨아들이기에 바빴다. 예린이 이렇게 키스를 잘하는 여자인 줄은 몰랐다.

사감 선생님같이 흐트러짐이 없었던 예린의 적극적인 반응은 그의 욕망에 불을 지폈다. 그녀의 허리에서 엉덩이로 손을 옮겼다. 그의 단단해진 페니스가 그녀의 여성에 닿았지만, 그는 몸을 떼어 내지 않았다.

만약 지금이 저녁이고 그의 집이었다면, 그는 절대로 예린을 집으로 돌려보내지 않았을 것이다. 그는 예린의 뜨거움에 다시 한 번 놀랐다. 그의 혀를 빨아들이는 예린도 그만큼 흥분해 있었다.

빵!

그때 주차를 하기 위해 들어오던 차량이 그들의 애정행각을 보고는 경적을 울렸다. 그 때문에 정신의 돌아온 둘은 누가 먼저랄 것도 없이 몸을 떼어 냈다.

"흠, 흠……. 오늘은 쉬어. 윤 박사님께 이야기했으니 알아서 잘해 주실 거야. VIP룸으로 옮기라고 했으니까 어머니 그리로 옮기고, 병원비는 신경 쓰지 마."

"……."

예린은 그와 눈도 못 마주치고 있었다. 조금 전의 적극적인 모습은 온데간데없었다.

"내일 봐."

"네."

차에 오른 그는 자신이 무슨 일을 저질렀는지 이해할 수가 없었다.

"여자가 필요한 게 맞아."

아무래도 방법을 찾아야 할 것 같았다. 이대로 가다가는 정말 이상한 놈이 될 것 같았다. 회사에 도착했을 땐 그는 정말 이상한 사람이 되어 있었다. 새로운 사진이 올라온 것이었다. 물론 그 사진은 그날 코코와 키스한 장면의 연속이었다.

온종일 기자들의 쇄도하는 질문 요청에 본부장실은 거의 마비 상태였다.

이번엔 더 선명한 사진이었다.

"어쩌죠?"

윤 실장이 울상이 되어 그의 곁에 서 있었다.

"무시해."

"지금 무시할 상황이 아니라서……."

"이 사진 찍은 놈은?"

"찾았습니다."

"그래?"

"인터넷 방송을 하는 김진태라는 놈입니다."

"확실해?"

"네, 기자에게 사진을 주고 돈을 받는 모습을 잡았습니다. 어떻게 할까요?"

녀석의 사진이 그의 책상 앞에 놓였다. 안면이 있는 얼굴이었다. 그가 코코와 키스를 나누던 날 코코를 안고 있던 놈이었다.

"열 받은 모양이군."

"네?"

왜 이 사진을 찍었는지 대충 감이 왔다. 녀석은 분한 마음에 사진을 찍었고 그가 누군지 알고 나자 돈을 받고 사진을 판 것이었다.

"멍청한 놈."

그에게 가져 왔으면 돈을 더 받았을 것이다. 하지만 그날 그에게 맞았으니 화도 나고 또다시 험한 꼴을 당할까 봐 겁도 났기 때문에 오지 않았을 것이다.

"네?"

"아니야. 일단 기사는 더 이상 내지 못하게 막고. 녀석은 내가 알아서 처리하지."

"본부장님."

"왜?"

"……아닙니다."

윤 실장은 그에 관해 모든 걸 알고 있었다. 그건 개인적인 일도 포함이 되어 있었다. 그래서인지 그가 게이가 맞는지 아닌지 궁금한 얼굴이었다. 하지만 그도 '아니다.'라고 정확하게 말해 줄 수가 없었다.

"회장님께서 호출하셨습니다."

가면 아마도 잔소리 폭탄을 맞을 것이다. 아니 오늘은 진짜로 맞을지도 몰랐다. 벌써 두 번째 기사니 할아버지도 화날 만한 상황이었다.

"안 가."

"그래도……."

"오늘은 외근하다가 바로 퇴근할 거야."

민준이 재킷을 집어 들었다.

"본부장님."

"혼자 있고 싶어."

"네……."

그는 외부에서 처리해야 할 일을 하기 위해 회사를 나섰다. 인터넷 검색어 순위는 1위였고 할아버지로부터 전화가 빗발치게 오는 상황이었다. 머리가 복잡하긴 했지만, 그는 오후의 일정을 다 소화하고 강남의 조용한 바에 들어갔다.

가끔 혼자서 술을 마시고 싶을 때 가는 곳이었다. 나이 든 바텐더는 손님들의 이야기를 잘 들어 주었다.

"오랜만에 오셨습니다. 항상 드시던 거로 준비할까요?"

그가 고개를 끄덕이자 바텐더가 술과 안주를 준비해 주었다.

달그락!

술은 벌써 다 마셨고 유리잔을 움직이자 얼음만 달그락거렸다.

"요즘 아주 떠들썩하시던데……."

"……."

그의 잔에 양주를 따르며 바텐더가 그를 살짝 떠보았다.

"전 언제나 기자들의 관심의 대상이죠."

"그냥 복잡한 건 다 잊으시고 한잔하시고 가세요."

"네."

갑자기 코코 샤넬 향이 나더니 그의 옆에 아름다운 여자가 앉았다. 처음 보는 여자였다. 그가 시선을 여자에게 둔 단 하나의 이유는 그저 향기 때문이었다.

"안녕하세요?"

여자가 웃으며 그에게 눈인사했다. 아름다웠지만 이상하게 끌리지 않았다. 같은 향기와 비슷한 아름다움, 그리고 육감적인 몸매를 가진 여자가 그에게 추파를 던지고 있는데 그의 아랫도리는 별 반응을 하지 않았다.

"술 한잔하실래요?"

여자의 말에 그는 흔쾌히 응했다. 혹시나 하는 마음에서였다. 생각보다 여자는 적극적이었고 술자리가 무르익어 갈 무렵, 여자가 그의 허벅지를 은밀히 쓰다듬었다.

"……!"

갑작스러운 손길에 당황하긴 했지만, 그는 여자가 하는 대로 내버려 두었다. 여자는 더욱더 야살스럽게 그의 허벅지를 쓰다듬으며 귓가에 숨결을 불어 넣었다.

"하아……."

점점 더 민준에게 몸을 밀착한 여자는 야릇한 미소를 지었다. 하지만 그는 아무 것도 느끼지 못했다. 이런 느낌이 아니었다. 그는 자신에게 달라붙는 여자를 밀어냈다.

"이게 아니야……."

정말 여자에게 못 느끼게 된 것일까? 그렇다면 오 비서는? 일

하는 것도 피곤해서 죽을 지경인데 이렇게 개인사까지 복잡해지
니 민준은 숨이 막히는 것 같은 답답함을 느꼈다.

"왜 일어나세요?"

여자가 그의 팔을 잡으며 물었다. 하지만 그는 수표를 바텐더
에게 주고는 자리를 떴다. 술을 마셔도 해결된 건 아무것도 없었
다. 머리만 더 복잡해져 버렸다.

재혁이 차를 가지고 예린을 데리러 병원으로 왔다. 다행히 이
모가 당분간 엄마 곁에서 간병을 해 주기로 했다. 때마침 다니던
직장을 그만두고 휴식기였던 이모였다. 간병인을 쓰는 것보다
엄마의 친언니인 이모가 더 나을 것 같아 예린도 감사하게 생각
했다.

"이렇게 와 줄 것까지는 없었는데……."

"사람이 하루 사이에 이렇게 엉망이 됐는데, 안 오게 생겼어?"

재혁은 다정한 오빠였다.

"이모는 괜찮은 거야?"

"다른 곳에 전이가 됐는지는 수술해서 열어 봐야 알 것 같대.
검사상으로는 특이 사항이 없었나 봐."

"그게 뭐야? 이상이 없는데 그렇게 쓰러져?"

"몸 안에서 쇼크가 왔다고 하더라고. 이상이 없는 게 아니라

겉으로 드러나지 않은 것뿐이래."

"그럼 안심이 안 되는데……."

재혁이 걱정스러운 눈빛으로 그녀를 보았다.

"병원비는 어떻게 해서든지 오빠가 마련해 줄게."

그녀의 사정을 누구보다 잘 아는 재혁이었다.

"아니야. ……병원비는 해결됐어."

"뭐?"

"본부장이 줬어. 그리고 여기 병원비와 수술비는 따로 주겠데."

"왜?"

재혁이 물었다. 재혁이 그런 질문을 하는 건 당연했다. 피 한 방울 섞이지도 않은 사람이 거액의 돈을 준다는 게 이해가 되지 않는 게 분명했다. 아무리 그녀가 일을 잘하고 그가 재벌이라고는 하지만 이상하다고 생각하는 눈치였다.

"뭐야? 본부장 시한부야? 그리고 너의 심장이나 간, 뭐 이런 게 필요한 거야? 너는 죽고 본부장은 살고 뭐 그런 시나리오냐고?"

"소설 써?"

"아니지? 그런데 왜?"

재혁은 아무리 생각해도 이상한가 보다. 당연히 그녀라도 이상하게 생각할 것 같았다.

"둘이 그렇게 친밀한 관계는 아니지 않아?"

"맞아. 그런데 이번에 코코와의 스캔들이 좀 치명적이었나 봐."

"네가 코코라고 밝혔어?"

"아니."

"그럼?"

"본부장은 내가 코코인 건 몰라. 그런데 나한테 애인 역할을 해 달래."

"미쳤어. 나중에 알면 어쩌려고?"

재혁은 그녀가 걱정되는 눈치였다.

"난 돈이 필요해. 엄마 수술비도 내가 감당하기엔 힘든 액수고. 그리고…… 그 사람은 코코를 아주 최악의 상대라고 말했어. 난 말이야, 그렇게 최악은 아니라고 생각해."

"그래서…… 복수와 실리를 동시에?"

"……"

"나중에 너한테 부메랑이 되어 돌아올 수도 있어."

재혁의 말이 맞았다. 하지만 지금은 뚜렷한 방법이 없었다. 부메랑으로 돌아오면 그냥 맞는 방법뿐이었다. 지금은 그의 제의를 피할 수 없었다.

"알아. 하지만 오빠, 지금은 방법이 없어."

"……."

재혁이 예린을 측은한 눈길로 바라보았다.

"그냥 응원해 주면 안 될까? 오빠마저 등 돌리면 감당이 안 될 것 같아."

"알았어. 그런데 공연은 어떻게 하지? 인제 그만 나와야 하는데 이번 달 말일까지는 이미 광고가 나가 버렸어."

"이번 달까지는 마무리 잘 지을게."

"진태 이 자식은 또 어쩌지?"

"난 그쪽으로 가진 않을 거고. 아마 본부장이 알아서 할 거야."

"너도 참 팔자가……."

재혁이 예린의 손을 꼭 잡아 주었다. 사촌이지만 친오빠 같은 사람이었다.

"이왕 이렇게 됐으니까 잘해. 본부장이 끝까지 모르게 하는 수밖에……."

"고마워."

예린은 씁쓸한 미소를 지으며 집으로 향했다. 갑자기 일이 너무 커져 버렸다. 나중에 본부장이 알게 되면 아마도 그녀는 크게 후회하게 될 것이었다.

"나중 일은 나중에 생각하자."

예린은 침대에 누워 스스로를 다독인 후에 눈을 감아 버렸다. 지금은 다른 방법이 없었다.

새벽같이 출근한 예린은 아무도 없는 텅 빈 사무실에 앉아서 본부장실을 멍하게 바라보았다. 겁이 나지 않는다면 그건 거짓말이었다.

"어쩌란 거지?"

계약이란 걸 했지만 뭘 어떻게 하라는 건지 아직 아무런 말도 듣지 못한 예린은 불안했다. 매뉴얼이라도 있다면 그대로 하겠는데 변변한 연애도 못 해 본 예린에겐 어려운 일이었다.

"설마 계획은 내가 알아서 짜야 하는 건 아니겠지?"

머리가 아파 왔다.

"일이나 하자."

어제 출근을 못 한 관계로 아침부터 정신이 없는 예린은 본부장의 일정을 살폈다. 본부장과 연인인 척은 어떻게 해야 하는 건지 예린은 솔직하게 알 수가 없었다. 하지만 클럽 레드를 이번 달 말일까지는 나가야 하기 때문에 이번 달은 금, 토, 일에는 따로 만날 수 없다는 걸 말해야 했다.

본부장은 평소와 마찬가지로 출근하면서 직원들에게 가벼운 인사만 할 뿐 그녀에게 그 어떤 특별함도 보이지 않았다. 회사에 선 조심하잔 뜻인 것 같았다.

똑똑!

그녀가 커피와 샌드위치를 가지고 사무실 안으로 들어가자 그가 평소와는 다르게 그녀를 바라보았다. 보는 것만으로도 가슴이 두근거렸다.

"안녕하십니까?"

"……"

하지만 그것도 잠시, 그는 평소처럼 서류를 검토하기 시작했다.

"본부장님, 이번에 신경 써 주신 것 감사합니다. 뭐든 최선을 다하겠습니다."

진심이었다. 코코일 때의 자신을 최악이라고 표현한 것도 용서하고 싶을 만큼 이번 엄마의 일은 너무 고마웠다.

"최선을 다하겠다?"

"네."

그가 갑자기 자리에서 일어나 성큼성큼 그녀의 앞으로 걸어왔다. 예린은 저도 모르게 뒷걸음질을 치고 있었다. 하지만 그녀보다 본부장의 걸음이 더 빨랐다.

"헉!"

본부장이 예린의 허리를 팔로 감아 자신의 품으로 끌어당겼다.

"왜 피하지? 최선을 다한다고 하지 않았나?"

"최선을 다할 겁니다."

"그래? 그럼 어디 한번 얼마나 최선을 다하는지 볼까?"

"읍!"

그가 원하는 최선이 무엇인지 예린은 알 것 같았다. 본부장은 욕구 불만인 사람 같았고 그건 아마도 코코가 그의 눈앞에 나타나지 않기 때문인지도 몰랐다. 그의 입술이 무자비하게 그녀의 입술을 삼켰다.

아랫입술은 그의 밀어붙이는 힘 때문에 얼얼했고 가슴은 그의 가슴에 눌렸다. 남자와 키스 한번 안 해 본 건 아니지만, 그는 확실하게 달랐다. 거칠었지만 그녀를 사로잡는 무언가가 있었다.

예린은 자신이 부드러운 키스보다는 짐승 같은 거친 키스를 좋아한다는 걸 깨닫게 되었다. 그렇다면 그와의 섹스는 어떨까? 입안으로 들어오는 그의 혀를 받아들이며 예린은 문득 그런 생각이 들었다.

"하아……."

그의 혀가 그녀의 목젖까지 깊숙이 들어왔다. 그의 손은 어느새 그녀의 블라우스 속으로 들어왔다. 아무도 만지지 않은 비밀스러운 곳까지 그의 손은 맹렬히 돌아다니며 그녀를 만졌다. 예린의 온몸을 그는 하나도 남김없이 만질 생각인 것 같았다.

본부장은 그녀와 같이 영혼에서부터 우러나온 갈증을 느끼는 것 같았다. 키스만으론 부족했다. 그의 손이 어느새 그녀의 브래지어 안으로 들어와서 유두를 비틀었다. 그의 손을 뿌리쳐야 하는데 예린은 그러지 않았다.

이건 그들의 계약과는 무관한 그녀의 본능적인 반응이었다. 그의 손길이 싫지 않았다. 아니 거부할 수 없었다. 그녀의 몸이 그를 원했다. 정말 웃기는 일이었다. 얼마 전까지 그는 그저 멋지지만 까칠한 상사에 불과했는데, 지금의 그는 그녀의 몸을 더듬으며 영혼까지 불타오르게 했다.

"헉!"

갑자기 그가 그녀의 유두를 덥석 물었다. 누구라도 들어올 수 있는 상황이었다. 갑자기 정신이 번쩍 든 예린이었다.

"그만……."

그녀가 그의 머리를 밀어냈지만, 그는 꼼짝도 하지 않았다.

"누가 들어오면……. 읍!"

그가 예린의 유두를 이로 살짝 물었다. 그 짜릿함에 예린은 비명을 지를 뻔했지만, 얼른 손으로 자신의 입을 막았다.

"으으읍!"

그가 강하게 유두를 빨았다.

츄읍 츄읍!

더는 생각할 수 없었다. 이렇게 강한 쾌감은 처음이었다. 그때였다. 갑자기 그가 얼굴을 들더니 그녀를 살짝 밀어냈다. 멍한 얼굴로 예린은 그를 보았다.

"저녁에 집으로 와."

"네?"

"감사 인사는 그때 받도록 하지."

"……."

정신이 돌아온 예린은 서둘러 옷매무새를 정리하고는 들어왔을 때부터 하려던 말을 했다.

"이달 말까지 하던 아르바이트를 마무리해야 해서 금, 토, 일은 부르셔도 못 갈 것 같습니다."

"이달 말?"

"네."

"알았어. 오늘은 저녁에 집으로 와."

"네."

오늘은 수요일이었고 그의 부탁을 거절할 이유가 없었다. 오늘 저녁엔 왠지 조금 전의 일보다 더한 걸 하게 될 거란 생각이 들었다.

"오 비서님."

본부장실을 나오자마자 수지와 성욱이 그녀를 불렀다. 도둑이 제 발 저린다고, 놀란 예린은 그 자리에 주저앉을 뻔했다.

"뭘 그렇게 놀라세요?"

"아냐, 왜?"

"총무팀 김세영 씨가 지난번에 도와주신 일 때문에 고맙다고 커피하고 조각 케이크 가져 왔어요. 책상 위에 났으니까 드시라고요."

"고마워."

그녀는 고개도 들지 못하고 자리로 돌아갔다.

"오 비서님, 괜찮으세요? 어머니 일 때문에 오 비서님 몸도 상하시는 거 아닌지 모르겠어요."

"고마워, 괜찮아."

하나도 괜찮지 않았다. 손이 떨려서 펜을 잡을 수도 없었다. 아이스 아메리카노를 단숨에 마셔 버렸다. 그런 그녀를 수지가 이상한 눈으로 보고 있었지만 그걸 신경 쓸 여력이 없었다. 본부장실에서 나오자 정신이 번쩍 나는 것 같았다.

윙—

재혁의 전화였다. 예린은 핸드폰을 들고 비상계단으로 나왔다.

"여보세요?"

[오늘 어떤가 해서 전화했어.]

요즘 재혁은 그녀 때문에 걱정이 많았다.

"괜찮아."

[괜찮지 않다는 거네.]

"……."

[너의 괜찮다는 그 반대의 말이니까.]

"돗자리 깔아야겠네."

[너 나 신기 있는 거 몰라?]

"알아. 근데 일부러 전화해 줘서 고맙지만 나 지금 바빠."

[저녁에 술이나 한잔할까?]

"약속 있어."

[본부장?]

정말 신기가 있는 것 같았다.

[조심해. 그 남자가 코코의 존재를 알아서 좋을 거 없으니까.]

"……알았어."

재혁의 전화를 받고 나자 더 답답해졌다. 회의 준비를 하기 위해 예린은 복사실로 향했다. 머리가 아픈 상황의 연속이었지만 일을 허투루 하기는 싫었다.

아무리 생각해도 웃기는 일이었다. 4년을 매일같이 보던 오비서였다. 그런데 왜 이렇게 안고 싶어서 안달이 나는 건지 그는 이해할 수가 없었다. 아직도 그녀의 입술이 주는 감촉이 그대로 느껴지고 있었다.

그리고 그녀의 유두의 맛이…….

"미친……."

그녀가 들어오는 순간 그는 들고 있던 펜을 부러트릴 뻔했다. 그녀를 보지 않으려고 그 짧은 시간 동안 얼마나 노력했는지는 신만이 아실 것이다. 병원 주차장에서의 키스 이후에 그의 머릿속엔 온통 예린과의 키스 생각뿐이었다.

결국은 사고를 치고 말았다. 사무실에서 비서와 키스를 해 버렸고 그것도 모자라 끝까지 갈 뻔했다. 그는 미친 게 분명했다. 코코와의 일을 조금이나마 잊을 수 있어서 좋기는 했지만, 문제 하나를 해결하지도 않은 채 또 다른 문제를 저지르고 있는 기분이었다.

그는 휴대폰을 열어 보았다. 그곳엔 그가 예린과 주차장에서 키스하는 사진이 있었다. 파파라치를 너무 잘 고용해서 그런지 사진 하나하나 다각도로 예술로 찍혀 있었다. 그리고 인터넷상에 돌고 있는 코코와 그의 사진을 보았다.

여전히 코코는 그를 헷갈리게 만들었다. 하지만 민준은 더는 코코와의 관계를 진전시키지 않기로 했다. 있을 수 없는 일이었다. 민준은 LK를 이끌어 가야 할 인물이었고, 또 그에겐 예린도 있었다. 더는 물의를 일으킬 수 없었다.

앞으로 다시는 코코를 찾지 않을 것이다. 그리고 이제 이 일을 마무리 지을 때가 되었다.

"박 팀장."

그는 경호팀의 박 팀장을 은밀히 불러들였다. 그와는 고등학교 동기인 박 팀장은 그의 비밀스러운 일들을 조용히 처리해 주곤 했었다.

"부르셨습니까?"

커다란 체구에 날카로운 눈을 가진 박 팀장은 존재 자체만으로도 위압감이 드는 사람이었다.

"오늘 나와 갈 곳이 있어."

"네."

박 팀장은 그의 말에 토를 다는 법이 없었다. 그는 사무실을 나올 때 예린의 얼굴을 한 번 보고는 어딜 가냐고 묻는 윤 실장에게 아무런 말도 하지 않고 나왔다. 민준은 오늘로 코코에 관한 모든 걸 묻어 버리고 싶었다.

"여기로 가 줘."

"네."

박 팀장이 운전을 하고 녀석이 산다는 돈암동의 한 원룸으로 향했다.

"성현이 알지?"

"네, 압니다."

운전하면서 그는 박 팀장이 성현을 안다는 사실을 알았다. 같은 대학을 나오진 않았지만, 민준에게 무슨 일이 생기면 항상 성현과 연관되어 있다 보니 알게 되었다고 한다.

"이번에도 성현이가 연관되어 있습니까?"

"아니라고는 할 수 없지."

"천하의 모범생이 취미 생활이 워낙 별나서 사사건건 말썽입니다."

"하긴. 그래도 성현이는 게이는 아니야."

성현이 게이라는 걸 박 팀장이 모르는 것 같아서 거짓으로 둘러댔다.

"압니다. 하지만 변태는 맞는 것 같습니다."

"하하하, 맞아."

성현이 대학 축제 때 여장을 한 일이 있었다. 그때 오해를 받아서 봉변을 당할 뻔했는데 그를 뒤에서 경호하던 박 팀장이 성현을 구해 준 적이 있었다.

"너무 어울리지는 마십시오."

"나도 그럴 생각이야."

성현이 엉뚱하기는 했지만, 성현이 대학 동기 중에 그와 가장 친한 친구였다. 하지만 이제는 그와 그만 어울려야 할 것 같았다.

"다 왔습니다. 저 건물입니다."

"그래?"

그가 건물 쪽을 보며 어떻게 진태를 불러낼까 고민하던 사이, 낯이 익은 인물이 건물 밖으로 나오고 있었다.

"그 남자……."

예린이와 커피를 마시던 남자였다.

"어, 캔디?"

"캔디?"

"네, 드랙퀸으로 유명한 캔디라는 남자입니다."

"어떻게 알아?"

"그게……. 소개를 받았거든요."

"소개?"

"움직입니다."

차 안에서 보니 진태와 캔디가 다투고 있는 것 같았다. 뭔가 마음에 안 드는지 캔디가 일방적으로 진태를 쏘아붙이고 있었다. 무슨 일인진 모르겠지만 꽤 심각해 보였다. 캔디의 표정만 보면 벌써 주먹이 오갔을 상황이었다.

조금만 더 지켜보고 있자니 캔디가 진태에게 뭐라고 한마디
하고는 몸을 돌려 나갔고, 진태는 속이 타는지 원룸 주차장에서
담배를 피워 대고 있었다. 지금이 기회였다.

"김진태 씨?"

"……."

박 팀장이 진태의 이름을 불렀고 혹시 몰라 그는 뒤에서 몸을
숨기고 있었다. 그의 얼굴을 알아보고 달아날 수도 있기 때문이
었다.

"김진태 씨 맞죠?"

"누구시죠?"

"진태 씨 인터넷 방송 팬입니다."

"아……."

그제야 진태의 표정이 풀렸다.

"괜찮으시다면 사인 부탁드려도 될까요?"

"그럼요."

진태의 입이 귀에 걸렸다. 진태의 곁으로 다가간 박 팀장은 진
태의 급소를 쳐서 그를 단번에 기절시켰다. 그리고 진태를 차 안
으로 끌고 들어왔다.

"출발해."

진태는 완전히 뒷자리에 뻗어 있었다.

"무슨 문제인지······."

"사진 유출한 놈이야."

박 팀장은 더는 묻지 않았다. 그리고 조용히 계속 차를 몰았다.

그들이 도착한 곳은 인적이 드문 한강 변이었다. 제법 수풀도 우거지고 해서 사람들의 눈에 띄지 않는 곳이었다. 대충 주변을 살핀 민준은 진태를 차에서 내리게 했다. 그동안 정신이 든 진태는 그를 보더니 잔뜩 겁먹어선 아무런 말도 하지 못하고 있었다.

"묶어."

민준이 박 팀장에게 지시를 하자 박 팀장은 노끈을 가져와서 진태의 손발을 묶었다.

"······."

손발을 묶자 진태의 눈이 튀어나올 정도로 커졌지만 아무런 말도 못 하고 두려움에 떨었다.

"던져."

"형님, 제발 살려 주세요."

"형님?"

그가 날카롭게 진태를 쏘아보았다.

"아니, 사장님……. 회장님……. 제발 살려 주세요."

눈물까지 보이며 벌벌 떠는 진태를 보자 어이가 없어 웃음이
나올 지경이었다. 이렇게 겁이 많으면서 어떻게 그렇게 대범한
짓을 한 건지 이해가 되지 않았다.

"사진은?"

"핸드폰에…… 다 있습니다."

진태의 핸드폰을 살피던 민준은 그 짧은 시간 동안 찍은 수백
장의 사진을 보고 있었다.

"많이도 찍었다."

"죄송합니다."

"왜 유출한 거야?"

"그날, 형님께서 절 열 받게 했고 코코도 제 말을 안 들어서 그
만……."

그의 짐작이 대충 맞았다. 그런데 코코가 말을 안 들었다니,
혹시 코코를 어떻게 하려고 한 건 아닌지 하는 생각이 들었다.

"코코가 무슨 말을 안 들었다는 거지?"

"제가 팀을 하나 만들었는데, 그쪽으로 오라고 했는데 하도 안
온다고 해서……."

진태가 음흉하긴 해도 지금 상황에서 거짓말을 하는 것 같지
는 않았다.

"그럼 아까 캔디는 왜 만난 거지?"

"코코가 이달 말까지만 일하고 드랙퀸 공연 안 할 거니까, 이 제 괴롭히지 말라고……."

퍽!

갑자기 얄미운 생각이 들어서 그의 머리통을 쳤다.

"돈 얼마나 받았어?"

"백만 원이요……."

"뭐?"

그가 다시 진태의 머리를 때렸다.

"장당이요."

"몇 장 넘겼어?"

"두 장, 아니 열 장이요."

박 팀장이 손을 올리자 바로 이실직고했다.

"이제 그만해. 안 그러면 넌 천만 원에 그대로 수장될 수 있으 니까."

"네, 네. 다시는 안 그럴 겁니다."

"우리가 어떻게 믿지?"

"각서라도 쓸게요. 정말입니다."

진태는 얼마 맞지도 않았는데 눈물 콧물이 범벅되어 그의 앞 에 무릎 꿇고 사정했다.

"좋아, 각서 써. 그리고 이건……."

민준이 진태의 핸드폰을 초기화한 후에 한강에 던져 버렸다.

"이번 일로 한 번만 더 신경 쓰이게 하면 넌 끝이야."

"네, 네……."

진태를 다시 그의 집까지 데려다준 후에 박 팀장에게 또 다른 사진이 있는지 진태와 함께 원룸에 들어가게 했다. 그렇다 보니 벌써 퇴근 시간이 다 되었다. 이제 집으로 돌아가서 오 비서와의 일을 정리해야 할 상황이었다.

"이제 아무것도 없습니다."

"알았어. 오늘 고생했어."

"아닙니다."

"캔디를 안다고?"

"……네."

그는 더는 묻지 않았다. 어떻게 보면 그만 꽉 막힌 생활을 한 건지도 몰랐다. 어디까지나 그건 그들의 취향이니까 그가 상관할 문제는 아니었다. 민준은 집 안에서 오 비서를 기다리기로 했다.

집에 들어가자마자 그는 욕실로 들어가 찬물에 샤워했다.

쏴아악!

차가운 물줄기가 그의 살을 파고드는 것 같았다. 그래도 그의 몸은 식을 줄을 몰랐다. 뜨거운 무언가가 해소되지 않은 채 그를 답답하게 했다. 코코를 생각하지 않기로 해서 그런 건지 아니면 오 비서와의 키스의 여운 때문에 그런 건지. 그는 지금 차가운 물줄기 가운데 있었지만 꼭 답답한 사우나에 들어온 기분이었다.

샤워를 마친 그는 반바지만 걸치고 시원한 맥주 한 잔을 마셨다. 답답한 일의 연속이었다. 그리고 소파에 앉아서 주차장에서 오 비서와 키스하는 장면이 찍힌 핸드폰 속의 사진을 보았다.

그의 품 안에서 미친 듯이 키스를 하던 오 비서의 모습을 그는 말없이 보았다. 원래 이렇게 자극적인 여자였나 하는 생각이 들었다. 일 하나는 똑 부러지게 처리하는 오 비서였다. 그리고 한 치의 흐트러짐이 없는 완벽한 모범생 타입이었다.

허튼짓을 하기엔 틈이 없는 여자였다. 예뻤지만 가까이하기엔 버거운 상대가 오 비서였다. 민준의 입장에서 본다면 하나도 섹시하게 느껴지지 않는 여자였다. 그런데 왜 이렇게 된 걸까?

딩동!

오 비서가 온 모양이었다. 그는 그대로 자리에서 일어나 현관으로 향했다.

찰칵!

문을 열자 오 비서가 평소의 모습 그대로 단정하게 서 있었다.

"본부장님."

그녀가 그를 보며 말했다. 답답할 정도로 목까지 채워진 블라우스의 단추가 그의 눈에 가장 먼저 띄었다. 이렇게 단정한 느낌의 여자가 그의 품 안에서 뜨거워진다는 게 민준을 달아오르게했다.

"본부장님?"

들어오라는 말도 하지 않고 넋을 놓고 본 모양이었다.

"들어 와."

"네."

갑자기 집 안의 공기가 달라졌다. 두 사람 사이의 미묘한 기류 때문이었다. 이런 묘한 기류를 그만 느끼는 건 아닌 것 같았다.

"차 마실 텐가?"

"아니요, 시원한 물이 좋겠습니다."

오 비서에게 아니란 말은 처음 들었다. 지금 오 비서도 속이 타는 게 분명했다. 그가 뭘 원하는지 그녀도 알 테니까 말이다.

"저녁은?"

"괜찮습니다."

냉장고에서 생수병을 꺼내 오 비서에게 건넸다. 그에게 생수병을 받아 든 오 비서의 손이 떨렸다.

"내가 부른 이유는……."

"압니다."

작심한 것처럼 오 비서가 단호하게 말했다. 뭘 안다는 걸까? 지금 그의 검은 속내를 알게 된다면 오 비서는 이 집에서 도망칠 게 분명했다.

"안다고?"

"네."

갑자기 오 비서가 그의 앞에서 블라우스의 단추를 하나씩 풀었다. 기대는 했지만 그렇다고 오 비서가 이렇게 과감하게 나올 줄은 몰라 민준은 적잖이 놀랐다.

"감사한 마음을 달리 표현할 방법을 모르겠습니다. 원하지 않으신다면……. 읍!"

순간적이었다. 원하지 않는다니, 그런 말도 안 되는 소리는 처음이었다. 그녀의 나머지 단추는 그의 손에 의해 날아가 버렸다. 입술을 삼킨 채 민준의 손이 바쁘게 움직였다. 생각 따위는 할 수가 없었다.

오 비서의 뜨거운 육체가 그를 미치게 했다. 여자에게 이렇게 갈증을 느낀 적은 한 번도 없었다. 지금 그는 사춘기 소년처럼 욕망을 조절할 수가 없었다. 모든 게 서툴고 의욕만 앞섰다.

쿵!

오 비서가 뒤로 밀려 벽에 부딪혔지만, 그는 그녀의 입술을 먹어 치울 듯이 삼켰다. 뜨거운 무언가가 온몸을 관통하는 기분이었다. 욕망에 이렇게 사로잡힌 적은 단 한 번도 없었다.

"으으읍!"

서로의 숨을 삼키며 민준은 오 비서의 입술을 빨았다. 주차장이나 사무실에서보다도 뜨거운 열기가 그들을 위험스럽게 삼켰다. 그는 오 비서를 안아 들고는 침실로 향했다. 여자를 안아 들고 침대로 향한 적은 정말 처음이었다.

오 비서의 몸은 깃털보다도 가벼웠다. 그리고 그를 자극하는 무언가가 있었다. 그는 온몸의 피가 가운데로 쏠려 이제는 고통스러울 지경이었다. 더는 참을 수가 없었다.

촤악!

오 비서를 침대 앞에 세워 두자마자 그녀의 나머지 옷들을 찢어 버린 그였다. 벗기는 시간조차 그에겐 허락되지 않았다. 그는 급했다.

"헉!"

그는 완벽하게 벗은 오 비서를 품 안에 강하게 안았다. 그리고 그녀의 등에서부터 엉덩이까지 어루만졌다. 너무나 아름다운 곡선이었다.

"돈…… 때문이야?"

"……."

궁금했다. 돈 때문에 이렇게 자신의 몸을 던지는 건지. 정말이
라면 조금은 서운한 마음이 들 것 같았다.

"왜 말이 없지?"

"하아……."

그의 손가락이 오 비서의 유두를 잡아 비틀었다.

"이런 몸을 가지고 얼마나 많은 남자를 유혹한 거지?"

"아흐……."

오 비서의 이중적인 모습이 아주 섹시하게 느껴지고 있었다.

"단정한 오 비서보다 이 모습이 낫군."

"흡!"

그가 오 비서의 유두를 입에 물고는 거칠게 빨기 시작했다. 그
녀의 단단한 유두가 그의 혀에 닿자 미칠 것 같은 흥분이 그의 몸
을 관통했다. 여자의 가슴 때문에 이렇게 흥분한 적은 한 번도
없었다.

오 비서의 가슴이 풍만하기는 했지만, 그가 만났던 섹시한 여
배우들보다는 작았다. 하지만 그녀는 묘하게 그를 자극했다. 모
든 게 더하지도 덜하지도 않았다. 딱 그가 원하는 만큼이었다.
그것이 이상하게 그를 자극하고 있었다.

하지만 그의 생각에서 빗나가는 것이 있었으니, 그녀는 생각

보다 많이 젖어 있었다. 이렇게 젖어 있는 여성을 만져 본 건 처음이었다. 오 비서도 그만큼이나 흥분한 것 같았다.

"젖었어."

"그만……."

여성을 감싸 쥐자 오 비서가 그의 손을 잡았다.

"거부하기엔 너무 젖어 있다고 생각하지 않아?"

"……."

부끄러운지 오 비서가 몸을 파르르 떨었다. 그 틈을 타서 민준은 오 비서의 여성을 손가락으로 가르고 들어가 그녀의 질 안에 손가락을 넣었다.

"헉!"

오 비서가 몸을 비틀었다. 마치 이런 행위가 처음인 것처럼 행동을 했다. 생각보다 오 비서는 남자를 달아오르게 하는 법을 아는 것 같았다. 사실 민준은 오늘 오 비서를 자신의 것으로 만들 생각이 아니었다.

하지만 그의 생각과는 달리 민준의 욕망은 오늘 예린을 그의 여자로 만들 것 같았다.

Chapter 5

쫘악!

마지막 속옷이 찢겨 나간 후에야 정신이 든 예린은 욕망에 불타오르는 그의 눈을 보고 나서야 자신이 무슨 잘못을 저질렀는지 알게 되었다.

이 집에 오기 전에 예린은 재혁에게 진태로부터 사과를 받았다는 말을 전해 들었다. 어디서 얻어터졌는지 얼굴은 엉망이었고 두려움에 벌벌 떨며 진심으로 사과를 하고 갔다고 했다. 핸드폰도 없어서 직접 재혁을 찾아와 예린에게 미안하다고 꼭 전해 달라고 했다는 것이었다.

재혁이나 예린이나 민준이 손을 썼다는 걸 쉽게 눈치챌 수 있었다. 그렇게 근심 덩어리 하나가 해결되었다. 엄마의 일도 그렇고 진태의 일도 그렇고, 민준에게 너무 고마웠다.

그래서 예린은 저도 모르게 옷을 벗는 이상한 행동을 했다. 단순히 고마워서인지 아니면 그를 정말 원하는 것인지, 남자 경험이 없는 그녀로서는 이해하기 힘든 행동을 한 것이었다.

충동적으로 첫 단추를 풀어 내림과 동시에 후회하고 말았지만 확실한 건 민준이 그녀를 강하게 원한다는 사실이었다. 예린은 그간 남자 친구들과 키스를 나눈 게 전부지 섹스는 처음이었다. 섹스에 관해선 영화로 본 게 전부였다.

그런데 영화 속에서의 부드러운 베드신은 다 거짓이었다. 남자들이 흥분하면 이렇게 무섭다는 걸 오늘 처음으로 알게 되었다. 얼어붙은 예린은 민준이 그녀의 옷을 다 찢어 버려도 그의 카리스마에 눌려 꼼짝도 할 수 없었다.

"흡!"

그가 갑자기 그녀를 강하게 끌어안았다. 아무것도 입지 않은 채 남자에게 안기다니 믿기지 않는 일이었다. 더군다나 그의 팔은 견딜 수 없을 만큼 뜨거워서 예린은 정신을 차릴 수가 없었다. 그의 품이 주는 뜨거움이 좋았다.

민준의 입술이 그녀의 입술을 삼켰다. 그의 혀가 입안으로 들어오자 예린은 덜컥 겁이 났다. 다른 날과 다르다는 걸 알았지만 막상 이러고 있으니 두려운 생각이 들었다. 그래서 그를 살짝 밀어내 보았다.

"움직이지 마……. 오늘은 안 보낼 거니까."

"난……. 읍!"

처음이란 말을 하고 싶었지만, 그는 틈을 주지 않았다. 그의 혀가 입안에서 그녀의 영혼까지 녹이고 있었다.

"잠깐만요……."

"먼저 시작한 건 오 비서야."

"……."

다짜고짜 단추부터 푼 건 그녀가 맞았다. 그래도 막상 그와 섹스하려니 생각이 많아졌다.

"저…… 처음이에요."

"뭐?"

그가 놀랐다. 그녀가 처음이라는 말을 믿는 것 같지 않았다.

"이런 몸을 하고 겁도 없이 옷을 그렇게나 섹시하게 벗는 여자가 처음이라고?"

"……네."

"그런 거짓말로 오늘 이 상황을 모면하려면 곤란해."

"사실이라고……. 읍!"

그녀의 말은 그의 입술에 묻혀 버렸다. 그는 오늘 그녀를 봐줄 생각이 전혀 없는 것 같았다. 그녀를 안고 있는 그의 팔에 힘이 가해졌다. 거친 키스였다. 그와 이제까지 했던 키스는 지금의 키스에 비교하면 아무것도 아니었다.

혀의 뿌리까지 뽑을 생각인 것 같았다. 짜릿한 전율이 입안에서 중심까지 빠르게 타고 내려갔다. 아랫배가 전기에 감전된 것처럼 찌릿했다. 이렇게 하다가는 쓰러질 것 같았다. 하지만 그녀가 쓰러지는 건 그가 용납하지 않을 것이었다.

"읍!"

그가 그녀의 입술을 빨아들인 채로 안아 들었다. 그리고는 침대 위에 그녀를 던지듯이 내려놓았다. 푹신한 매트리스가 예린의 등에 닿았다. 민준은 정말 큰 침대를 사용하고 있었다. 그녀가 몸을 굴려 침대에서 빠져나가려고 했지만 두 번을 굴러도 어림없을 정도의 넓이를 자랑하고 있었다.

그녀를 뚫어지게 바라보던 그가 옷을 벗기 시작했다. 옷이라고 해 봐야 반바지가 전부였지만 말이다. 그는 완벽하게 알몸으로 그녀 앞에 서 있었다.

"본부장님, 오늘은 제가 잘못한 것 같아요."

"……."

"아직 이런 건…… 마음의 준비가……."

"언제나 이렇게 끝에 가서 발을 뺐나? 그렇다면 오늘은 사양

하지."

"본부장님……."

"오늘 내가 얼마나 원초적인지 알게 되겠군. 난 거칠 거야. 오늘 오 비서가 날 그렇게 만들고 있으니까."

"……."

그의 눈빛이 심상치 않았다. 이제껏 도발적이라고 생각했던 눈빛은 아무것도 아니었다. 갑자기 두려운 마음이 생겼다.

"전, 사냥감이 아니에요."

그녀가 팔꿈치와 발을 이용해서 조금씩 침대 헤드 쪽으로 움직였다.

"아니, 오늘 오 비서는 사냥감이야. 내가 맛있게 먹어 주지."

"하앗……."

그녀의 입에서 거친 숨이 뿜어져 나왔다. 본부장이 그녀의 다리를 잡아 자신 쪽으로 잡아당겼다.

"어머……! 헉!"

그가 그녀의 발을 잡아 입을 맞추었다. 놀란 예린은 그에게서 고개를 돌렸다. 발끝에서 전율이 느껴지고 있었다. 그의 입술이 다리를 따라 점점 위로 올라오고 있었다.

"헉헉……."

그의 끈적이는 입술이 거친 숨소리와 함께 그녀의 다리를 타고 점차 위로 올라왔다.

"하아……."

저도 모르게 신음이 터져 나왔다. 그녀의 다리 사이로 그의 무릎이 쑥 하고 들어왔다. 그리고 그는 그녀의 얼굴을 잡았다. 민준은 예린과 시선을 맞추며 자신을 보게 했다.

"오늘 누구와 섹스를 하는지 똑똑히 봐."

"……."

"난 오 비서가 이제까지 만난 남자들과는 다를 테니까."

"굉장한 자신감이네요."

순간 그의 지나친 자신감이 거슬리게 들려 한마디를 해 버린 예린이었다.

"처음이라면서 세게 나오는군. 그럼 이제부터 섹스를 해 볼까. 누군가의 첫 상대가 되는 건 나도 처음이니까."

말은 그렇게 했지만 그는 그녀의 말을 믿지 않고 있었다. 그의 입술이 그녀의 입술을 다시 한 번 거칠게 삼켰다. 그의 말대로 거친 입술은 그녀의 입술을 뜯어먹을 것처럼 강하게 짓눌렀다. 그의 치아에 입술이 눌려 피 맛이 났다.

츄읍 츄읍…….

그가 잠시 입술을 떼더니 그녀의 입술을 자신의 혀로 쓸었다. 아마도 그녀의 입술에 흐르는 피를 핥아 주는 것 같았다. 민준의 혀에 피가 묻어 난 게 보였다. 그의 모습은 악마의 모습 그 자체였다.

마치 그녀를 뜯어먹고 있는 것만 같았다.

"읍!"

그가 다시 입술을 거칠게 겹쳐 왔다. 그녀의 입술이 터진 건 신경도 안 쓰이는 모양이었다. 하지만 그 생각도 잠시, 그의 손이 가슴을 움켜잡자 예린은 아무런 생각도 할 수가 없었다.

"아아앙……."

그녀는 자신이 콧소리를 낼 수 있다는 걸 처음으로 알게 되었다. 거기다가 가슴을 만지면 온몸이 간질거린다는 것도 알게 되었다.

"핫!"

그가 정신을 차릴 틈도 주지 않고 그녀의 유두를 빨아대기 시작했다. 그의 입술 힘 때문에 그녀의 유두가 화끈거렸다. 하지만 너무나 짜릿하고 좋았다. 이래도 되는 건지 모르겠지만 확실히 예린은 욕망의 늪에 빠진 것 같았다.

"아……."

츄읍츄읍

방 안에 민준이 거칠게 그녀의 유두를 빠는 소리가 울리고 있었지만 예린은 부끄러움보다는 그가 더한 걸 해 주길 바라는 마음이 강했다.

"아앙……."

그의 입술은 위험스럽게 아래로 내려가고 있었다. 그리고 움푹 파인 그녀의 배꼽에 혀를 밀어 넣었다.

"헉!"

그의 혀가 주는 느낌에 예린은 몸을 활처럼 휘었다. 그의 입술이 위험하게 그녀의 검은 숲까지 내려왔다. 그리고 빠르게 그녀의 여성을 입술로 삼켜 버렸다.

"아악!"

놀란 예린이 몸을 틀었지만, 그는 꿈쩍도 하지 않았다. 어떻게 이런 일이……. 섹스는 그녀가 상상한 것 이상으로 은밀한 것이었다. 너무 놀라 숨이 턱까지 차올랐다. 이래도 되는 건지 몰랐지만 여성에서 느껴지는 그의 혀의 움직임이 예린의 생각을 멈추게 했다.

민준의 혀가 여성을 가르고 들어와 클리토리스를 자극하기 시작했다. 질척이는 소리가 예린의 귀까지 들리자 부끄러워 온몸이 달아올랐다. 하지만 그가 멈추기를 바라지 않았다.

갑자기 그녀의 여성이 허전해졌다. 그가 머리를 들고 벌어진 그녀의 다리 사이에 자리를 잡았다. 민준의 눈은 칠흑 같은 검은 빛이었다. 그는 두려움의 대상이었다.

"더는 참기 힘들어……."

"……."

그가 무엇을 하려는지 알기에 예린은 저도 모르게 다리를 오므리려고 했다. 하지만 민준은 그녀의 움직임을 그대로 두지 않았다. 예린의의 두 다리는 그의 손에 의해 넓게 벌려졌다.

"제발……."

그녀는 두려웠다. 하지만 민준은 여기서 멈출 생각이 조금도 없어 보였다. 예린은 처음으로 그의 페니스를 보았다. 예린의 눈이 두려움에 흔들렸다. 그를 온전히 받아 들일 자신이 없었다.

"난……. 아악!" 그녀가 말을 꺼내자마자 그가 페니스 끝을 그녀의 입구로 밀어 넣었다. 질은 벌어지는 느낌이 아니라 찢어지는 것 같았다.

"악!"

비명이 절로 나왔고 여기에 와서 호기롭게 옷을 벗은 걸 후회하는 눈물이 볼을 타고 흘러내렸다.

"아앗, 아파……."

"윽!"

그가 다시 힘을 주었고 예린은 참을 수 없는 고통에 그의 등에 손톱을 박았다.

"아악!"

"……."

그가 갑자기 동작을 멈추었다. 그녀가 처음인 걸 그제야 깨달은 모양이었다.

"그만!"

예린이 주먹으로 그의 가슴을 쳤지만, 그는 움직이지 않을 뿐이지 자신의 페니스를 빼지는 않았다.

"아파……."

"정말 처음이었어……."

"내가 처음이라고 했잖아요. 아……. 앗……. 빼요……!"

하지만 그는 요지부동이었다.

조금 전까지 섹스가 이상하긴 하지만 황홀하다고 생각했는데 지금은 너무나 고통스럽다는 생각뿐이었다. 아팠다. 그를 떼어내고 싶은 마음뿐이었다. 하지만 그는 잠시 멈춰 그녀를 의아한 눈으로 보았다.

"어째서……."

"뭐가요……."

"왜 이렇게 섹시한 여자를……."

"그만, 해요."

예린이 그의 가슴을 다시 주먹으로 쳤다. 그리고 그와 떨어지기 위해 허리를 비틀었다.

"움직이지 마. 안 그러면……."

"본부장님……."

그녀가 사정했지만 결국 그는 멈추지 않았고 급기야 허리를 움직이기 시작했다.

"아아……."

살이 벌어지면서 감각이 무뎌진 것인지 처음보다는 많이 나았다. 하지만 아프지 않은 건 아니었다.

"헉헉……."

"아아앙……."

그의 거친 호흡과 그녀의 신음이 뒤섞여 침실은 야릇하게 물들고 있었다.

퍽퍽퍽!

그녀의 비명이 신음으로 바뀌자 그의 움직임이 점점 빨라지고 있었다.

"아앗……!"

미칠 것 같은 감각이 그녀의 아래서 그대로 느껴졌다. 처음의 고통은 사라지고 아주 묘한 짜릿함이 그녀의 여성에서 느껴지고 있었다.

"깊이……."

자신의 입에서 나온 거라고는 믿어지지 않는 말이 나와 버렸다.

"헉헉헉······."

그녀의 말을 들었는지 그는 더 빠르게 움직이기 시작했다. 이 건 섹스라기보다 싸움인 것 같았다. 극한의 쾌감을 느끼는 몸싸움이었다.

"으윽!"

"아아악!"

민준이 마지막 몸부림을 쳤다. 그리고 자신의 분신을 그녀 안에 쏟아 넣었다. 그는 게이일 리가 없었다. 격한 관계 끝에 그런 생각이 들었다. 적어도 그는 여자도 좋아했다. 한꺼번에 모든 걸 쏟아 낸 탓인지 예린은 그대로 정신을 놓아 버렸다.

자꾸만 졸음이 쏟아졌다.

"······."

섹스 후에 바로 잠이 든 여자는 처음이었다. 민준이 물수건으로 손수 몸을 닦아 주는데도 아무것도 모르고 그대로 잠이 들어 버린 오 비서였다.

"기가 막히는군."

그는 어이가 없어 웃음이 나왔다. 그리고 그녀의 얼굴에 흘러내린 머리카락을 귀 뒤로 넘겨 주었다.

"게이는 아닌 것 같아."

그는 자신의 페니스가 다시금 살아난 걸 보고 이렇게 중얼거렸다. 그리고 침대에서 일어나 담배 한 대를 입에 물고는 주방으로 향했다. 술이 필요했다. 그대로 침대에 누웠다가는 첫 경험을 한 오 비서를 또 안을 것 같았기 때문이었다.

잔에 와인을 한가득 부은 그는 단숨에 와인을 털어 넣었다. 그리고 또다시 담배를 입에 물었다. 담배는 아주 오랜만에 입에 댔다. 요즘 끊기 위해 노력 중이었는데 전부 헛것이 되어 버렸다.

"어떻게 처음일 수가 있지?"

한 번도 오 비서가 처음일 거라고는 생각도 해 본 적이 없었다. 아니 솔직하게 스물여덟의 아름다운 여자가 여태 성 경험이 없었다는 게 믿기지 않았다. 그래서 더 자극을 받은 건지도 몰랐지만 솔직하게 너무나 놀랐다.

그녀는 완전히 섹시함 그 자체였다. 이제껏 그가 섹스를 나눈 여자 중에서 단연 최고였다.

"처음라……."

처음인 여자를 안아 본 게 처음이라서 그런지 그도 조금은 얼떨떨했다. 그래서 살짝 피해 나온 것이었다. 그는 짐승처럼 다시 그녀를 원했다. 여자와 관계를 가진 후에 또다시 갖고 싶다는 생각을 한 적은 지금까지 한 번도 없었다.

그냥 서로 각자의 욕망을 풀면 그뿐이었다. 그런데 이상하게 예린은 달랐다. 자꾸만 그녀에게 손이 갔다. 마치 중독성이 강한 음식 같은 느낌이었다. 배는 불렀지만, 자꾸만 손이 가는 그런 음식 말이다.

"미친 게 분명해."

일단은 할아버지와의 약속은 잘 지킬 수 있을 것 같았다. 오 비서와 속궁합이 이렇게 잘 맞을 줄은 몰랐다. 오 비서에게 당분간 애인으로 지내달라고 했지만 지금 상황이라면 할아버지가 원하시는 손자도 만들어 드릴 수 있을 것 같았다.

"자식이라……."

한 번도 생각해 보지 않았지만 그를 닮은 아들도 예린을 닮은 딸도 괜찮을 것 같았다. 그런 생각이 들자 피식 웃음이 나왔다. 그럼 일단 행동으로 옮길 필요가 있었다.

"후……."

마냥 기뻐야 하는데 아직 마음 한편에 알 수 없는 불편함이 있었다. 그건 다름 아닌 코코였다. 이쯤 해서 감정이 정리되어야 하는데 오 비서를 안으면 안을수록 이상하게 코코에 대한 미련도 쌓여만 갔다.

"미쳤어."

이렇게 복잡한 마음은 처음이었다. 어린 시절 여자들에게 한창 빠져 있을 때도 그는 양다리를 걸쳐 본 적이 없었다. 그런데 이렇게 동시에 두 사람이 그를 혼란스럽게 하는 건 처음이었다.

하지만 민준은 머리를 흔들며 코코에 대한 생각을 접으려고 애를 썼다. 이제는 본격적으로 움직일 때였다.

"여보세요?"

그는 파파라치에게 전화를 걸어 내일 아침 예린과 그가 집을 나서는 걸 찍으라고 의뢰했다. 이제 계획을 실행할 때였다. 코코와 찍힌 사진 때문에 회사의 이미지를 실추시킨 그였다.

이런 추문에서 벗어날 필요가 있었다. 지금은 오 비서의 도움이 절실하게 필요했다. 그는 침실로 들어가 깊이 잠든 오 비서의 옆에 누웠다. 매일 혼자서 잠든 침대에 다른 사람과 함께 있으니 나쁘지 않았다.

그가 오 비서의 옆에서 눈을 감았다.

"안 돼……."

민준의 페니스가 그에게 사인을 보내고 있었지만, 그는 무시한 채 눈을 감아 버렸다. 그녀의 살 내음이 코를 자극했다.

"안고만 잘까?"

그는 중얼거리며 잠든 예린을 자신의 품 안에 안았다. 8월의 더위도 상관없었다. 잠에 들기 전 에어컨의 온도를 낮추고는 예린을 안았다. 느낌이 너무 좋았다. 민준은 그렇게 잠이 들었다.

"으으음……."

오랜만에 정말 숙면한 것 같다. 격렬한 공연을 한 다음 날처럼 온몸이 욱신거렸지만 그래도 푹 자서 컨디션은 괜찮았다.

"……."

기지개를 켜려고 손을 뻗으려는 순간 예린은 침대 안에 자신만 있는 게 아니란 걸 알았다. 순간적으로 몸이 굳은 예린은 눈동자를 바쁘게 굴렸다. 그리고 이곳이 자신의 침실이 아닌 본부장의 침실이라는 사실이 떠올랐다.

곧이어 빠르게 어제의 일들이 그녀의 뇌리를 스쳐 가고 있었다. 침실 밖에서 요란하게 울리는 그녀의 핸드폰 알람 소리로 봐서 지금이 7시라는 사실을 알게 되었다.

"후……."

저도 모르게 한숨이 나왔다. 출근은 해야 하는데 옷은 다 찢어졌고 지금 일어나서 준비하지 않으면 지각이 분명한데 본부장은 꼼작도 하지 않고 누워 있었다.

"윽!"

일어나려는 그녀의 몸을 본부장의 팔이 감쌌다. 이제 예린은 돌처럼 굳어 버렸다. 숨을 쉬고 있다는 게 스스로 생각해도 기특할 지경이었다. 그의 팔이 이렇게 무거울지 생각도 못했었다.

"본부장님······."

어떻게 해서든 일어나야 다른 사람들에게 티 내지 않고 출근할 수 있을 것 같았다. 하지만 그는 꿈쩍도 하지 않고 있었다.

"일어나실 시간입니다."

"······."

예린은 어제와 달리 비서 모드가 되어 있었다. 하지만 본부장은 아닌 것 같았다. 그의 팔이 더욱 그녀를 강하게 안았다.

"본부장님······."

조금 더 크게 그를 불렀다.

"5분만······."

"······."

5분만 더 자겠다는데 더 깨울 수는 없었다. 하지만 그의 5분만은 그런 의미가 아닌 것 같았다.

"괜찮아?"

"네?"

"몸은 괜찮냐고."

"······네."

솔직하게 온몸이 욱신거리긴 했지만 죽을 정도로 힘이 든 건 아니었다. 예린은 그가 자신을 걱정해서 물은 줄 알았다. 하지만 그의 뜻이 그런 게 아니었다는 걸 바로 알게 되었다.

"읍!"

그가 갑자기 입술을 맞추었다.

"으으읍!"

밀어내려 했지만, 그의 힘을 당할 수가 없었다. 민준의 혀가 그녀의 입안을 휘저었다. 그리고 그의 손이 예린의 가슴을 움켜잡았다. 어제 그가 너무 빨아서 그런지 그녀의 유두가 아직 찌릿했다.

"본부장님……."

"새벽부터 참았어."

"……."

그는 계속해서 그녀를 원했다고 말했다.

"너무 예뻐."

그녀의 다리를 벌린 그가 수줍게 그를 향해 벌어진 여성을 보고는 감탄했다. 예린은 이렇게 남자 앞에서 다리를 벌리고 있는 자신이 너무 부끄러웠다.

"본부장님……."

다리를 오므리려고 했지만, 그의 힘은 당할 수가 없었다.

"새벽부터 참았더니 미칠 것 같아."

밝은 햇빛에 그의 커다란 페니스가 선명하게 보였다. 어제는 어떻게 저런 대물을 받아 들일 수 있었을까? 순간 예린은 두려움에 다리를 다시 오므리려고 했다.

"안 돼."

그는 단호하게 말하고는 자신의 페니스를 그녀의 여성에 대고 문지르기 시작했다.

"아악!"

어제보다 오늘이 더 아팠다. 몸이 두 동강이 나는 것만 같았다.

"아파……. 읍!"

그녀의 말은 그의 입술에 의해 삼켜졌다. 하지만 그가 허리를 움직일수록 고통보다는 쾌감이 느껴졌다. 그는 짐승이었고 그런 본부장이 예린은 아주 마음에 들었다. 하룻밤 사이에 자신의 정신이 이상해진 것 같다는 생각이 들었다.

정말 몸을 일으키기조차 힘이 들었다. 그는 그녀의 마지막 음기까지 쭉 빨아들인 것 같았다. 몸을 가누기조차 힘들었다.

본부장은 그녀를 침대에 두고 먼저 일어나 샤워를 하고는 그녀를 안아 욕실 앞에 내려놓았다.

"씻어, 지금 안 나가면 정말 사람들이 우리를 의심할 거야."

"……."

몸이 너무나 무거웠지만, 정신을 차린 예린이 샤워를 하고 욕실에 비치된 가운을 입고 밖으로 나왔다.

"으음."

커피 향이 코끝을 자극했다.

"커피 마셔."

본부장이 그녀를 위해 커피를 만들었다. 오래 살고 볼일이었
다.

"옷이……."

"우선 이거 입어."

그의 티셔츠와 반바지였다. 최소한 이 집엔 여자의 물건은 없
는 것 같았다.

"집에 데려다줄 테니 옷만 갈아입고 나와."

"네, 집에만 태워다 주시고 출근하세요. 전 옷 갈아입고 택시
타고……."

"아니야."

"그래도 사람들이 보면……."

"우린 사람들의 눈에 띄어야 하는 상황이야. 앞으로 사람들의
시선에 익숙해져야 해."

"노력하겠습니다."

그가 준 커피는 아주 맛있었다. 커피를 마신 그는 그녀의 집
에 데려다주고 그녀가 준비하고 나올 때까지 집 앞에서 기다려

주었다. 출근 시간은 겨우 맞추었다. 그의 운전기사인 강 기사가 이상한 시선으로 둘을 보기는 했지만, 그 이상의 반응은 없었다.

공연이 없는 날이어서 재혁은 예린 엄마의 병실을 지켰다. 어머니가 힘이 들 것 같아서 그가 대신 밤을 샜다. 이모도 이젠 혼자서 화장실을 갈 정도로 회복이 되어서 남자인 그가 있어도 괜찮았다.

밤을 새우고 병실에서 나오는데 낯익은 얼굴의 남자가 그의 앞에 서 있었다.

"박한석?"

"안녕하셨습니까?"

그와 소개팅을 한 남자였다. 뭐 소개팅이라기보다는 그냥 술자리에서 만난 사람이었다. 경호원이라고 했던가? 아주 몸이 끝내주는 남자로 기억하고 있었다.

"이거."

그의 손에 커피와 샌드위치를 건네는 한석이었다.

"우연히 만난 게 아닌가 보네?"

"기다렸습니다."

"왜요?"

"아침은 먹어야 하니까."

"내가 왜 한석 씨에게 아침을 받아야 하는지 모르겠네요."

한석은 그보다 한 살 어린 친구였다. 남자들의 세계에서 가장 애매한 게 한 살 차이인 사회 친구였다. 동생도 아니고 친구도 아닌, 서열을 정리하기 아주 곤란한 관계였다.

"본부장님께서 어제 김진태를 처리하셨습니다."

"죽였어요?"

처리했다니까 꼭 죽이거나 그에 준하는 뭔가를 한 것 같은 느낌이었다. 놀란 재혁이 그의 팔을 붙들어 병원의 구석진 곳으로 향했다.

"뭘 도대체 어떻게 한 거예요?"

진태가 얄밉긴 했지만 죽일 정도는 아니었다.

"손을 좀 본 것뿐입니다."

"그래서?"

"다시는 귀찮게 하지 않을 겁니다."

"잘되긴 했는데, 그렇다고 박한석 씨가 곤란해지는 건 싫은데……."

솔직한 마음이었다. 똥파리 같은 김진태 때문에 앞길이 창창한 사람이 곤란해지는 건 싫었다.

"……."

그가 뜨거운 시선으로 재혁을 보았다. 왜 어울리지도 않게 이런 시선을 보내는지 재혁은 알 수 없었다.

"진짜 게이 맞아요?"

"네."

"전혀 그런 느낌이 아니라서……."

한석은 거구의 남자였고 게이라기보다는 여자를 더 좋아할 것 같이 생긴 남자였다.

"팬입니다."

"팬?"

그러고 보니 그는 처음 만난 날에도 캔디의 팬이라고 했었다. 그런데 왜 이 남자가 이런 소리를 하면 부담스러운지……. 재혁은 오랫동안 공연을 해 와서 그런지 팬들의 관심을 오히려 즐기는 편인데 한석의 경우는 조금 달랐다.

"고마워요. 이제 집에 가야겠어요."

그냥 한석을 피하고 싶었다.

"차는?"

"택시 타고 가려고요."

"제 차로 가시죠."

"싫어요."

한석은 재혁의 스타일이 아니었다. 재혁은 섬세한 스타일을 좋아했지 한석처럼 투박한 남자는 싫었다.

"같이 가시죠."

"……."

한석의 표정이 굳어지자 갑자기 무서운 생각이 드는 재혁은 어느새 한석의 뒤를 따르고 있었다.

"이건 불공평해. 어디 무서워서 거절이나 하겠어?"

"……."

혼자 구시렁거리며 한석의 차까지 간 재혁은 불만스러움에 입이 툭 튀어나와 있었다.

"내 말은 거절하지 않는 게 좋을 겁니다."

"……."

차에 타자마자 한석이 더 무섭게 말했다. 일종의 경고였다. 좁은 공간에서 둘만 있는데 그런 소리를 들으니 소름이 돋았다.

"난 무서운 남자는 싫다니까."

"전 아무 때나 무서운 놈은 아닙니다."

"알았으니까 가요."

집으로 가는 내내 재혁은 한석의 눈치를 보았다. 그리고 묘하게 그는 앞으로 한석과 이런 일이 자주 있을 것 같다는 불안한 예감이 들었다.

"하하하!"

모처럼 호탕하게 웃고 있는 아버지를 보니 현성은 기분이 좋아졌다. 다행이라는 생각이 들었다.

"내 말이 맞지? 우리 민준이가 남자를 좋아할 리가 없지."

"네, 맞습니다."

"그리고 오 비서 정도면 아주 좋은 며느릿감이지."

"네, 맞습니다."

현성은 아버지의 기분을 맞추느라 정신이 없었다. 하지만 솔직하게 아들이 재벌가의 딸과 결혼했으면 하는 바람이 조금은 남아 있었다. 까칠한 성격의 민준이 곱게 자라 유한 성격을 가진 여자를 만나 조금 부드러워지길 바라는 그였다.

"그래도 국제그룹의 딸이 아깝기는 합니다."

"아니야, 국제그룹의 딸보다 오 비서가 나아."

"네?"

생각지도 못한 아버지의 말에 놀란 그였다. 국제그룹의 딸을 소개한 건 아버지였다.

"나중에 따로 알아보니 애인이 있었어."

"네? 그러고도 결혼을 하려고 했다는 겁니까?"

갑자기 꽤씸한 생각이 들었다. 재벌가에서 곱게 자라서 괜찮은 신붓감이라고 생각했는데 뒤통수를 맞은 기분이었다.

"차라리 까칠한 우리 민준이에겐 오 비서가 나을 수 있어."

"하지만 오 비서는 차갑기로 유명한데……."

"아무 놈한테나 친절한 것보다는 나아."

"네……."

하지만 솔직하게 조금 걱정이었다. 아무리 식구들이 잘해 준다고 해도 오 비서가 재벌가에 적응하지 못한다면 그것도 골치 아픈 일이었다.

"오 비서에 대해서 알아볼까요?"

"아니, 그냥 둬."

"네?"

"지금은 민준이와 오 비서를 그냥 내버려 둬야 할 때야. 내가 너희 결혼할 때도 이런 타임엔 조용히 있었어."

"알겠습니다."

그는 아버지를 당할 수가 없었다. 하지만 확실한 건 지금 아버지는 아주 만족하고 계신 것 같았다.

"이제 증손자만 본다면 난 소원이 없었다."

"아버지, 증손자는 셋 정도 어떠십니까?"

"너도 하나만 낳고는 왜 민준이만 셋이야?"

"하하하, 그렇네요."

현성은 아버지의 비위를 맞춰 드리려고 노력했다. 겉으론 멀쩡해 보이셨지만 아버지의 몸이 안 좋다는 걸 그는 알고 있었다. 그래서 민준의 결혼을 서두른다는 것도 말이다.

Chapter 6

날마다 검색어 1위를 장식하고 있는 예린이었다. 미칠 것 같았다. 일반인이 이렇게 많은 사람의 관심 대상이 되는 건 정말 부담스러움을 넘어 충격적인 일이었다.

"오 비서……."

윤 실장이 심각한 표정으로 그녀를 불렀다.

"어제는 아니라고 하지 않았나?"

"……."

"오늘 이 사진은 도저히 오 비서가 아니라고는 못 하겠는데?"

"……저 맞습니다."

비서실 안의 모든 사람이 그녀를 보고 있었다. 더는 숨길 수가 없었다. 차라리 밝히는 게 편할 것 같아 예린은 아무렇지 않은 표정으로 입을 열었다.

"얼마 되지 않았지만, 조심스럽게 만나고 있었습니다."

"……."

모두가 충격에 싸인 모습이었다.

"그렇다고 바람은 아니니까 그냥 지켜봐 주십시오."

예린이 복사할 서류를 들고는 자리에서 일어났다. 하지만 직원들은 궁금한 게 많은지 그녀를 붙잡고 계속해서 말을 걸었다.

"그래도 이건 좀……."

"저의 거취는 빠른 시일 내에 의논해서 말씀드리겠습니다."

"그만두는 거야?"

"본부장님이 그러길 바라시면 그렇게 될 수도 있습니다."

그건 사실이었다. 엄마의 병원비도 해결이 된 상황에서 그가 원한다면 그만둬야 했다.

"불편하시죠?"

"……솔직히."

부하 직원이 상사인 본부장의 애인이라는 것도 불편했지만 LK그룹의 후계자의 여자이니 더 그런 것이었다.

"오 비서님, 본부장님께서 찾으십니다."

"……."

수지의 말에 윤 실장이 그녀에게 들어가 보라고 했다. 이렇게 사람들의 눈치를 본 건 처음이었다. 복사할 서류를 다시 책상 위에 정리해서 놓고는 본부장의 사무실로 들어갔다.

"부르셨습니까?"

"이리와."

"네."

그가 그녀를 가까이 불렀다. 그와 밤을 보내고 이렇게 둘만 있는 건 이틀 만에 처음이었다.

"사람들이 수군거립니다. 전하실 말이 있으시면……. 읍!"

예린이 뭐라고 말을 끝마치기 전에 그가 그녀의 입술을 삼켰다. 민준의 혀가 그녀의 입안을 점령하고 있었다.

"하아……."

저도 모르게 신음이 튀어나왔다. 입술을 떼었지만, 그는 아직 예린을 안고 있었다. 그녀의 심장이 터질 것만 같았다. 예린은 저도 모르게 얼굴을 붉혔다.

"아주 좋은 반응이야."

본부장은 은근히 얄미운 스타일이었다. 모른 척 넘어가면 좋으련만 그녀의 반응에 즉각적인 표현을 했다.

"본부장님."

"이번 주말에 아버지가 집으로 오라고 하셔서."

"이번 달은 안 된다고……."

"아, 참. 그랬지? 그럼 다음 달 첫 주말은 비워 둬."

"네."

민준이 팔에 힘을 푼 사이에 예린은 얼른 그의 품에서 빠져나왔다. 그리고 그에게 또 붙잡힐까 봐 예린은 저도 모르게 뒷걸음질을 치고 있었다.

"알았어. 나가 봐."

"네."

본부장실에서 나가자 비서실 직원들의 시선이 그녀를 향했다. 예린은 얼른 시선을 피하고는 자신의 자리로 돌아왔다. 그리고는 서류를 검토하기 시작했다.

"정말로 사귀시는 거예요?"

이번엔 수지가 그녀에게 바짝 붙어 앉으며 물었다.

"어."

"언제부터요?"

"얼마 되진 않았어."

"그럼 지난번 사진 사건은 진실이 아닌 거예요?"

"그날 대학 동기 모임이라서 술김에 한 실순데, 일이 커져 버린 거지 뭐."

"아……."

수지는 이해하겠다는 듯이 고개를 끄덕였다.

"그래도 워낙 유명하신 분이라서 힘드시겠어요."

"맞아."

수지의 말이 맞았다. 워낙 유명한 사람이다 보니 거짓 연애라도 사람들은 관심을 가질 것이다.

"후……."

한숨이 절로 나왔다.

"힘내세요. 두 분 잘 어울려요."

"고마워."

수지의 응원이 마음에 와닿지는 않았다. 그들은 진짜 연애를 하는 게 아니었기 때문이었다.

퇴근 후에 예린은 클럽 레드로 향했다.

"이제 얼마 남지 않았네."

두 번의 주말 공연이 남아 있었다. 총 다섯 번의 공연만 끝내면 이제 다시는 무대에 설 일은 없을 것 같았다. 시원섭섭하다는 말은 이럴 때 쓰는 것 같았다. 캔디와도 말을 끝냈고 진태의 일도 잘 처리되어 신경 쓸 일들이 없었다.

그런데 뭔가 찜찜함이 있었다. 말로 표현하긴 어렵지만 찜찜

하다기보다는 불안함이었다. 혹시나 지금 본부장이 자신이 코코라는 걸 알기라도 한다면 큰일이었다.

"괜찮을 거야."

차 안에서 화장을 하고 있는데 잘못 느낀 건지 몰라도 누군가 그녀를 보고 있는 것 같았다.

"왜 이러지?"

화장은 거의 차 안에서 했다. 아무리 진실을 알아도 그녀가 여자일 때의 모습은 비밀이었다. 그러므로 클럽 안에 들어가기 전에 화장을 거의 다 하고 들어갔다. 들어가서는 의상과 가발을 착용했다.

의상과 가발을 착용할 때는 캔디가 도와주었다. 혼자 힘으로 입기 힘든 옷들이 많았기 때문이었다. 오늘도 짙은 화장을 마무리하고 예린은 차에서 의상을 챙겨 밖으로 나왔다. 그리고는 금요일의 뜨거운 무대를 펼치기 위해 클럽 안으로 들어갔다.

"안녕하세요?"

"안녕……."

엔젤이 풀이 죽은 채 앉아 있었다.

"왜 그래요? 무슨 일 있어요?"

"나…… 헤어졌다."

"네?"

"진태 새끼가 조안과 사귀고 있더라고. 다이안지 뭔지 하는 드 랙퀸 팀까지 만들고 아주 난리도 아니야."

엔젤이 드디어 알게 된 모양이었다. 미리 말을 해 줬어야 했나 하는 생각이 들었다.

"괜찮아요?"

"아니, 캔디 말을 들었어야 했는데. 내가 사람 보는 눈이 없었 던 것 같아."

"헤어지길 잘했어요. 그런 인간과는 끝내는 게 맞아요."

예린이 엔젤의 어깨를 토닥이며 위로했다.

"아 참, 코코도 그만둔다고?"

"네."

캔디가 미리 팀원들에게 말한 것 같았다.

"왜?"

"엄마 병원비도 해결이 됐고, 이제 그만둘 때도 된 것 같아서 요."

"잘됐다. 어머님은 많이 좋아지신 거지?"

"네, 다음 주에 퇴원하세요."

엔젤이 다정하게 코코를 안아 주었다.

"자주 연락해. 캔디는 물주고 우리 코코는 내 술친구니까."

"네."

오늘은 재즈를 부를 예정이라서 반짝이는 블랙 드레스에 붉은 색 가발을 쓰기로 했다.

"아주 고혹적이야."

"고마워요."

"아쉽다. 아까워."

캔디가 그녀의 모습을 보고는 진심으로 아쉬워하고 있었다.

"드랙퀸계의 스타가 사라지네."

그의 농담에 싱긋 웃은 예린의 머릿속에는 공연을 멋지게 해내려는 각오뿐이었다.

"코코! 꺄아악!"

함성 소리가 오늘따라 크게 들리고 있었다. 예린은 그동안의 일들이 떠올라 순간적으로 울컥 했지만 마음을 추스르고 무대로 향했다.

시끌벅적한 클럽 레드는 오늘도 사람들로 붐비고 있었다. 아니 오늘은 더 많은 것 같았다. 오는 게 아니었나 하는 생각도 들었지만, 마지막 미련이었다.

"웬일이냐?"

성현이 민준을 힐끔거리며 보고 있었다.

"네가 연구를 잘해서 오늘 술 사는 거야."

"오……. 근데 내가 일 잘하는 거야 대한민국이 다 아는 사실이고. 왜 하필 '레드'냐고?"

레드에 성현과 둘이 있으니 기분이 좀 묘했다.

"너 스캔들 나고 여기 몇 번이나 왔어?"

"스캔들?"

"모른 척하기는. 코코하고 사진 찍히고 몇 번이나 왔냐고."

"……."

"너 이번에 비서하고도 스캔들 났다며? 도대체 비서가 좋은 거야 코코가 좋은 거야?"

성현이 그를 보며 물었다.

"코코! 코코!"

때마침 코코가 무대로 나오고 있었다. 오늘은 다른 때보다 훨씬 더 아름다운 코코였다.

"너, 코코 좋아하지?"

"……."

"그럼 그냥 놔줘. 너같이 유명한 사람이 게이란 게 알려지면 너무 힘드니까. 널 위해 그냥 마음 접어."

현실적인 충고였다. 마음을 접었다고 생각했는데 오늘 이곳에 와서 코코를 보니 그게 아니었다는 생각이 들었다.

"오지 말았어야 했어……."

민준은 단숨에 양주를 입안으로 털어 넣었다. 오늘 이곳에 온
건 순전히 충동적인 결정이었다. 오늘 오 비서와 만나려고 했지
만 오 비서는 약속이 있었고, 다른 저녁 약속을 잡았지만 전부
취소가 되고 말았다.

그래서 시간이 남아도는 성현과 약속을 잡은 그였다. 그런데
우연히 박 팀장도 이곳에서 만나게 되었다.

"우리 동창회하는 거야?"

셋은 같은 고등학교를 나왔다. 성현과 그는 한국대를 나왔지
만 박 팀장은 체대 출신이었다.

"그런가?"

"솔직히 한석이는 우리 쪽인 거 알았지만, 민준이가 그렇다는
건 좀 놀랐다."

"난 아니야."

성현의 말에 민준은 단호하게 답했다.

"자신할 수 있어?"

오늘따라 성현이 집요하게 물고 늘어졌다.

"……."

민준은 다시 묻는 성현의 말에 똑 부러지게 아니라고 답할 수
없었다.

"거봐."

"닥치고 공연이나 보자."

코코의 공연이 한창이었다. 립싱크하고 있다는 걸 알지만 코코는 라이브를 하는 듯한 착각을 불러일으켰다.

"매력적이지 않아?"

"⋯⋯."

코코는 확실하게 매혹적이었다. 여자들도 이런 식의 공연을 하기 힘들었다. 코코의 공연을 인정하지 않을 수 없었다.

"어머, 저 몸짓 좀 봐. 미치겠다."

"맞아."

성현의 말에 박 팀장도 홀린 듯한 표정으로 동의했다. 코코의 움직임 하나하나가 예술이었다.

공연이 끝이 나고 그는 성현과 박 팀장을 뒤로하고 주차장으로 향했다. 그리고 코코의 차 앞에서 그를 기다리고 있었다.

코코를 대기실에서 기다리는 것보다 이곳에서 기다리는 게 나을 것 같았다. 담배 한 대를 피우고 있는데 저 멀리서 코코가 나타났다. 드레스에서 평상복으로 갈아입었고 나머지는 공연 때의 모습과 같았다.

"코코⋯⋯."

그를 본 코코는 너무 놀라 굳어 버린 것 같았다.

"여, 여긴 어떻게……."

"친구하고 술 한잔하려고 왔어."

"네……."

코코는 여전히 그를 흔들고 있었다. 오 비서와 자꾸 오버랩이 되는 코코였다. 이상한 느낌이었다.

"그럼, 놀다가……. 핫!"

그가 저도 모르게 코코의 팔을 잡았다.

"뭐, 뭐 하시는 거예요?"

"왜 자꾸 피하는 거지? 남자란 동물은 상대방이 피하면 더 달려들기 마련이란 걸 알 텐데……."

"게이는 아니시잖아요?"

"……."

"그렇다면 이 손 놓으세요."

"사실 나도 나 자신이 헷갈려."

민준은 솔직하게 말했다. 이 말은 독백과도 같았다. 그 자신에게 하는 말이었다. 정말 헷갈려서 죽을 지경이었다.

"여자 친구 있으시잖아요."

그의 기사를 본 것 같았다.

"맞아, 여자 친구가 있지."

"그런데 왜 이러시는 거예요. 호기심에 이러는 거라면 그만두세요."

"그래야겠지. 그런데 자꾸만 이상하게 끌려. 내가 왜 이러는지 정말 모르겠어."

코코가 그의 손에 잡힌 팔을 빼려고 했다. 그런데 이상하게 코코의 몸에서 오 비서의 향기가 나고 있었다. 지난번에 그의 부탁으로 오 비서는 향수를 바꿨는데 그 바뀐 향이 코코에게서 났다. 그래서 둘이 오버랩이 되는 것이었다.

"코코, 난……."

"가세요."

가야 하는데 마음과 몸이 따로 노는 기분이었다.

"앗!"

그는 코코를 끌어안았다. 키스하려는 것은 아니었다. 가까이서 확인하고 싶은 마음이 들었기 때문이었다. 민준은 말없이 코코의 눈동자를 들여다보았다. 점점 더 생각이 복잡해지고 있는 순간 뒤에서 누군가 코코를 불렀다.

"코코!"

캔디였다. 메이크업을 지운 캔디를 가까이서 보자 민준은 지난번에 그가 오 비서와 함께 있던 남자임을 깨달았다. 진태의 집에 갔을 때도 캔디를 보았지만, 그때는 생각지도 못했었다. 박 팀장이 캔디를 아는 것에 놀랐지 캔디가 오 비서와 만났던 남자라는 건 생각도 못 했었다.

"우리 지난번에 봤죠?"

"……."

그가 코코를 놓지 않고 캔디를 보며 물었다.

"지난번 클럽에서 봤죠."

"아니, 오 비서와 커피숍에 있던 그 남자 아닌가요?"

"맞아요. 제 사촌 동생이에요."

사촌 오빠라던 예린의 말이 사실이었다…….

"왜 말하지 않았습니까?"

"우리 코코 좀 놔주실래요?"

"……."

그는 코코를 안았던 걸 풀어 주었다.

"코코, 집에 가."

"……."

"빨리."

캔디의 말에 코코는 자신의 차로 달려갔다.

"이게 뭐 하는 짓이죠?"

"보신 대로 제가 코코에게 관심이 있나 봅니다."

"그럼, 우리 예린이는 뭐죠?"

"……."

할 말이 없었다. 기사까지 난 마당에 다른 사람들은 예린과 그의 사이를 연인으로 아는 게 분명했다. 사촌 오빠인 캔디의 입장이라면 더더욱 화가 날 일이었다.

"제가…… 실수한 것 같군요."

"아주 많이요. 그러니 이만 돌아가 주세요."

캔디는 차갑게 말하고는 그대로 사라졌다. 혀를 깨물고 죽고 싶은 심정이었다. 왜 이렇게 코코만 보면 이성이 무너져 내리는 걸까? 알 수 없었다.

끼이익!

운전을 하다가 하도 시야가 흐려져서 갓길에 차를 세웠다. 눈물이 펑펑 쏟아져서 맑은 하늘인데도 예린의 시야는 흐렸다. 왜 이렇게 된 것일까? 그는 왜 자신과 하루를 보내고도 코코를 잊지 못한 것일까?

"뭐가 문제인 거야?"

예린은 답답한 마음에 소리쳤다. 자신이 코코라는 걸 알았을 때 본부장의 반응은 불 보듯이 뻔했다. 두려웠다. 큰일이 나는 건 아닌가 걱정도 되었다.

"어쩌지……."

예린은 눈물을 닦아 내며 캔디에게 전화를 걸었다. 지금 그녀의 말을 들어 줄 사람은 사촌 오빠인 캔디뿐이었다. 캔디는 이 상황을 전부 아는 유일한 사람이었다.

"여보세요?"

[어, 어······.]

그런데 전화를 받은 캔디의 목소리가 이상했다. 숨이 찬 듯한 목소리였다. 어딜 달려갔다 왔나? 하는 생각이 들었다.

"왜 그래?"

[어? 아니야. 말해.]

"본부장님은?"

이 와중에도 본부장이 어떤지 궁금해하는 자신이 한심스러웠다.

[갔어.]

"오빠 알아보고 뭐라고 안 해?"

[아니, 내가 뭐라고 했어. 정신 똑바로 차리라고 말이야.]

"오빠······."

[너도 정신······.]

"오빠?"

[아니야, 나중에 통화해.]

뭔가 이상한 느낌이었다. 재혁은 이런 식으로 통화를 하는 사람이 아니었다.

"뭐지?"

전화를 다시 걸까 하다가 그녀는 그냥 엄마에게 전화를 걸기로 했다. 내일이면 퇴원인 엄마였다.

"여보세요?"

[어, 우리 딸.]

"엄마, 어때?"

[괜찮아. 의사 선생님도 전이된 게 아니니까 안심하라고 했어. 운동 열심히 하고 음식 조절만 하면 괜찮아질 거래.]

"다행이다."

[넌 어디야?]

"집에 가는 길이야. 내일 일찍 병원으로 갈게."

[알았다. 그런데 너희 본부장님이 오늘 퇴원 축하한다고 꽃바구니 보내셨어. 어쩜 그렇게 로맨틱한지. 우리 딸이 남자 하나는 정말 잘 고른 것 같아.]

"……알았으니까 내일 봐."

[예린아……]

"어?"

[고맙다. 우리 딸.]

"뭘……. 잘 자."

[그래. 너도 잘 자.]

그가 엄마에게 꽃바구니를 보냈다고 하니 기분이 묘했다.

"웃기네, 뒤로는 코코를 만나고 다니면서……."

지금 예린은 자기 자신을 질투하고 있었다. 그리고 한편으로는 걱정이 되었다. 일이 이렇게 꼬일 줄은 상상도 하지 못한 예린이었다.

"어쩌지……."

예린은 다시 차를 몰고 집으로 향했지만, 정신이 하나도 없었다. 본부장과의 관계가 자꾸만 신경이 쓰이는 예린이었다.

"읍!"

또 한 번 격하게 입을 맞추는 한석 때문에 재혁은 미칠 것만 같았다. 힘이 어찌나 좋은지 재혁은 한석을 막아낼 방법이 없었다.

"그만! 읍!"

차라리 쇠귀에 경을 읽는 게 나았다. 캔디는 한석의 가슴을 밀었지만, 이 짐승 같은 놈은 떨어질 줄을 몰랐다. 코코와 민준을 떼어 내고 민준에게 한마디 한 다음, 집으로 보낸 한석의 손에 이끌려 그의 차에 타고 말았다.

"널 가져야겠어."

"미친놈!"

짝!

재혁이 한석의 따귀를 때렸지만, 그는 꿈쩍도 하지 않고 있었다. 이렇게 짐승 같은 놈은 처음이었다. 도통 말이 통하는 놈이 아니었다. 매일같이 재혁을 찾아와 사귀자고 조르는 통에 요즘 아주 머리가 아파 죽을 지경이었다.

"그만하라고!"

"아니, 허락할 때까지 계속 이럴 거야."

"미쳤어?"

"그래, 캔디 너한테 미쳤어."

"변태 새끼! 읍!"

그가 조금 더 강하게 재혁의 입술을 파고들었다. 그의 차는 주인을 닮아 투박하고 컸다. 지프의 내부 공간이 이렇게 넓다는 건 처음 알았다. 덩치 큰 두 남자가 굴러도 넓은 실내 공간이었다.

"사람들이 본다고!"

"보면 어때? 내 남자인데……."

구제 불능이었다.

Rrrrrrr—

[여보세요?]

예린의 전화였다. 재혁은 재빨리 한석을 밀치고 전화를 받았다.

"어, 어……."

[왜 그래?]

뭔가를 이상함을 느꼈는지 예린이 물었다.

"어? 아니야. 말해."

[본부장님은?]

민준이 걱정된 모양이었다.

"갔어."

[오빠 알아보고 뭐라고 안 해?]

"아니, 내가 뭐라고 했어, 정신 똑바로 차리라고 말이야."

한석이 그의 목을 물었다.

"오빠……."

[너도 정신…….]

재혁이 한석의 머리통을 주먹으로 치며 입 모양으로 그만하라고 말했지만 어림없는 일이었다.

"오빠?"

[아니야, 나중에 통화해.]

전화가 끊어지자마자 재혁의 손에서 핸드폰을 뺏은 한석이 비릿하게 웃었다.

"웃지 마!"

"우리 집으로 가자."

"……."

그가 몸을 일으켜 운전석으로 향했다.

"가방 가져와야 해."

"같이 가."

"미친놈."

"맞아 미친 것 같아."

"성현 씨는 완전 만취 상태던데. 집에 데려다줘야 하는 거 아니야?"

한석이 한숨을 쉬며 대리기사를 불렀다. 그리고 클럽 안으로 들어가 어깨에 성현을 들쳐 메고 나왔다. 성현의 차에 밀어 넣은 한석은 대리기사에게 주소를 알려 주고 대리비까지 지불하고 그를 보냈다. 그 모습을 보고 있으려니 웃음이 터진 재혁이었다.

"한번 미친 척하고 사귀어 볼까나?"

한석은 재혁의 차를 빼 오느라 그의 말을 듣지 못했다.

"타!"

그의 앞에 차를 세운 한석이 문을 열어 주며 말했다.

"집이 어딘데?"

"강남."

"그래?"

재혁은 도도한 척하며 한석의 차에 올랐다. 아무래도 한석과 사귀게 될 것 같았다.

민준은 오래된 빌라 입구를 멍한 얼굴로 보고 있었다. 예린의 집 앞에 서서 그녀의 방이 있는 2층을 바라보았다. 방은 불이 켜져 있었다. 새벽 2시가 넘은 시간이었다. 아직 잠을 자지 않은 것 같았다.

주머니에서 담배를 꺼내 입에 물었다. 코코와 클럽에서 그렇게 헤어진 다음에 대리운전을 불러 온 곳이 예린의 집 앞이었다. 왜 그녀에게 왔는지 그도 이유를 알 수 없었다. 와 보니 이곳이었고 지금은 그저 예린의 목소리라도 듣고 싶었다.

오글거리긴 했지만, 술 한잔하고 나니 그런 생각이 들었다.

Rrrrrrr—

민준은 저도 모르게 주머니에서 핸드폰을 꺼내 예린에게 전화를 걸었다.

[여보세요?]

"아직 안 잤어?"

[지금 자려고요.]

"병원 다녀왔어?"

[아뇨, 오늘 아르바이트 갔다가 지금 왔어요.]

"그래?"

[엄마는 내일 퇴원하세요.]

"안 그래도 들었어. 전이가 안 된 것 같다고 하더군. 다행이야."

[덕분이에요. 그리고 꽃다발도 감사합니다.]

전화상이라서 그런지 아니면 무엇 때문에 화가 났는지 예린의 목소리가 평소보다 딱딱했다.

"피곤해?"

[……네, 일 끝나고 와서 그런지 피곤하네요.]

"오늘 클럽에 갔었어. 거기서 예린의 사촌 오빠를 봤어."

[캔디를요?]

"캔디가 그 남자라고는 상상도 못 했어. 드랙퀸인지 뭔지. 화장을 지우면 완전히 다른 사람인 것 같아."

[그게 매력이죠. 공연하는 드랙퀸들은 사생활을 보장받을 수 있어요. 캔디가 재혁 오빠인지 아는 사람은 얼마 없죠. 이모도 오빠가 그런 일을 하는지 모르시거든요.]

부모님들이 안다면 깜짝 놀랄 일이었다. 멀쩡한 아들이 이상한 화장을 하고 선정적인 의상을 입고 공연을 한다니. 생각만 해도 가슴 철렁한 일일 것이다.

모든 부모님은 자식이 평범한 삶을 살기를 바라니까 말이다.

"잠깐 볼까?"

[네? 전 지금 자려고 하는데요…….]

그가 차에서 내렸다. 갑자기 오 비서를 보고 싶다는 생각이 강하게 들었다.

[내일 엄마 퇴원 때문에 병원에도 일찍 가야 하고요.]

"많이 피곤한가 봐?"

[네.]

그는 어느새 그녀의 집으로 향하고 있었다. 그의 발은 민준의 의지와는 다르게 멋대로 움직였다.

[본부장님도 피곤하실 텐데 일찍 쉬세요.]

"아니 별로 피곤하지 않아."

[설마, 술 드시고 운전하신 건 아니죠?]

"내가 술 마신 건 어떻게 알지?"

[어, 그러니까……. 아, 클럽 가셨다고 하셔서…….]

"맞아, 그래서 대리 불렀어."

[잘하셨어요.]

민준은 그녀의 집 현관문 앞에 섰다.

"문 좀 열어."

[네?]

"집 앞이야."

[······.]

쿵쿵! 그가 현관문을 주먹으로 쳤다.

찰칵!

문이 열리고 놀란 얼굴의 예린이 보였다. 방금 샤워를 했는지 젖은 머리를 하고 잠옷 차림이었다. 그 모습이 상당히 신선하게 느껴졌다. 매우 순수한 모습이었다.

"여긴······."

"보고 싶어서."

"본부장님, 지금 너무 늦었어요."

"알아."

그가 문을 활짝 열고는 성큼 안으로 들어갔다. 어머니와 둘이 살고 있다는 것은 알지만, 어머니가 병원에 있으니 지금 예린은 혼자였다.

"본부장님······. 읍!"

이렇게 또 예린의 입술을 삼켰다. 코코의 거절이 그를 더 거칠게 만들었다. 왜 예린과 코코가 겹치는지 몰랐지만, 이상하게 코코에게 거절을 당하고는 예린이 생각이 났다. 지금은 더 이상 복잡하게 생각하고 싶지 않았다. 지금 이 순간 그녀를 안지 않으면 죽을 것만 같았다.

"으으읍!"

예린을 안아 들었다. 그리고는 무작정 안으로 들어갔다. 그녀도 그의 키스를 받아들이고 있었다. 예린의 몸에서 청량한 비누향이 났다. 그녀의 혀를 빨아들이며 민준은 침실이 아닌 눈에 먼저 띄는 소파 위에 그녀를 내려놓았다.

그리고는 잠옷을 단번에 머리 위로 벗겨 냈다. 그녀는 지금 팬티 한 장만 입은 상황이었다.

쫘악!

그는 예린의 흰색 레이스 팬티를 찢어 버렸다. 그녀의 무성한 검은 숲이 눈에 들어왔다.

"본부장님, 전…… 하고 싶지 않아요."

굳은 얼굴의 예린이 그를 바라보지도 못한 채 말했다.

"내가 하고 싶어."

그가 예린의 턱을 손으로 잡고 그의 얼굴을 보게 했다. 그리고 빛의 속도보다 빠르게 옷을 벗어 던졌다. 이렇게 여자의 집에 무작정 들어온 적은 한 번도 없었다. 이상하게 그녀에겐 조금 더 무례한 행동을 하게 되는 것 같았다.

하지만 예린만 보면 욕망을 다스릴 수가 없었다. 그녀의 몸이 그를 달아오르게 했다. 그의 페니스는 그녀만 보면 미친 듯이 반응했다. 이건 분명 미친 게 분명했다.

"내가 미친 것 같아."

"맞아요, 미치셨어요."

오늘따라 예린이 까칠했다. 그를 자꾸만 밀어내려고 하고 있었다.

"왜 그렇게 까칠하지?"

"본부장님이 까칠하게 만드시잖아요."

"내가?"

"네."

그녀가 단단히 기분이 상한 것 같았다.

"뭔지 모르지만 그래도 오늘은 포기 안 해."

"읍!"

예린의 입술을 삼켜 버렸다. 그녀의 입술이 얼마나 그를 자극하는지 몰랐다면 이러지는 않았을 것이다. 하지만 그는 이미 예린의 맛을 알아 버렸다. 그녀의 입안 깊숙이 혀를 집어넣었다.

말랑하고 부드러운 그녀의 입안이 오늘따라 그를 자극했다. 그녀의 타액까지 모조리 빨아들인 그는 예린의 목을 지나 풍만한 가슴에 입을 맞추었다. 그리고 그녀의 분홍색 유두를 입안 가득 물었다.

츄읍 츄읍!

이상하게 자꾸 예린과 코코가 겹쳤다. 그게 그를 괴롭게 만들었다. 남자와 여자였다. 같은 인물이 아니었다. 그리고 같은 성별조차 아니었다. 어떻게 받아 들여야 할지 모르겠다. 하지만 확실한 건 지금 예린의 여체에 그는 미칠 것 같은 욕망을 느끼고 있다는 것이었다.

"아흐……."

그녀의 유두를 이빨로 살짝 물었다.

"어때? 아직도 싫어?"

"시, 싫어요……."

그녀는 분명 흔들리고 있었다.

"그래?"

그가 손을 아래로 내려 탐스러운 여성을 감쌌다. 그리고 손가락으로 여성을 가르고 들어가 촉촉하게 젖은 질 안으로 밀어 넣었다.

"어때?"

"아흐……."

그가 손가락을 움직일 때마다 질척이는 소리가 들렸다.

"이렇게 젖어 놓고선……."

"하아……."

그가 손가락을 더 깊숙이 밀어 넣었다. 그리고 손가락으로 그녀의 질벽을 긁어내렸다.

"이래도 싫어?"

"아아앙……."

그가 예린의 다리를 벌리고 그 가운에 자리를 잡았다. 더는 버티기 힘든 상황이었다. 그녀의 다리를 벌리자 물기를 머금은 여성이 그를 향해 활짝 열렸다. 그는 자신의 페니스를 한 손으로 잡고는 그녀의 여성에 문지르기 시작했다.

"아아아……."

"넣어 줄까?"

"……넣어 줘요."

"이젠 싫다는 소리는 안 하는군."

그가 놀리듯이 물었다.

"빨리 넣어요. 안 넣으면…… 용서 안 해요."

이번엔 예린이 세게 나왔다. 그녀는 욕망으로 얼굴이 붉어져 있었다. 그 모습은 민준을 자극하기에 충분했다.

"퇴폐적이야……."

그녀에게서 단정한 오 비서의 모습은 찾아보기 어려웠다. 그녀는 색기를 머금고는 그를 자극했다.

"어서요."

푹!

민준은 단번에 그의 페니스를 그녀의 젖은 질 안으로 밀어 넣었다.

"아악!"

"윽! 너무 좁아……."

아직도 그녀의 질은 처음처럼 좁았다. 그래서 그의 거대한 페니스가 들어가는 게 어려웠다. 하지만 어려울수록 그를 자극하는 건 사실이었다.

"으으윽!"

그도 겨우겨우 그녀 안으로 들어갔다. 민준의 이마엔 벌써부터 땀방울이 맺히기 시작했다.

"아아악!"

고통스러운지 예린이 그의 몸 아래서 파르르 몸을 떨었다. 하지만 지금 민준은 그녀의 고통을 헤아릴 상황이 아니었다. 예린이 주는 전율에 그는 미칠 것만 같았다. 그녀의 엉덩이를 손으로 잡고 그는 조금 더 깊숙이 자신의 페니스를 밀어 넣었다.

"으으윽!"

페니스를 조여 오는 그녀의 질이 그를 극한의 쾌감으로 치닫게 했다. 그가 한 섹스 중에 단연 최고였다. 그녀가 처음이라는 걸 몰랐다면 민준은 예린이 경험이 많은 여자라고 생각했을지도 몰랐다.

그만큼 예린은 그에게 강한 자극을 주고 있었다.

"헉헉⋯⋯."

점차 빠르게 허리를 움직이는 그였다. 숨이 턱까지 차오르고 온몸의 피가 그의 중심에 모이는 것 같은 느낌이었다. 하지만 너무나 좋았다.

"으⋯⋯."

"아앙."

서로의 몸이 격하게 반응했다.

"더 깊이⋯⋯."

예린은 굉장한 몸을 가지고 있었다. 그리고 섹스를 할 때는 아주 적극적이었다. 민준의 엉덩이에 그녀의 손이 가 있었다. 더 깊이 밀어 넣으라며 그의 엉덩이를 힘주어 잡았다. 그는 그녀의 바람대로 힘껏 깊게 박아 주었다.

"하아, 하아⋯⋯."

누구의 숨소리인지 구분할 수 없을 만큼 둘의 격한 숨소리가 서로 섞여들었다. 그가 움직일 때마다 소파의 가죽이 밀리는 소리가 들렸다. 하지만 둘 다 신경 쓰지 않았다. 민준은 오 비서의 허리를 잡고 마지막을 향해 허리 짓을 하고는 그대로 그녀의 몸 위로 무너져 내렸다.

"헉헉⋯⋯."

아직도 그의 심장은 미친 듯이 뛰고 있었다. 숨이 턱까지 차올라 힘이 들었지만, 그는 몸을 일으켜 예린의 얼굴을 바라보았다.

"……."

"뭐 하나 물어보고 싶은 게 있어요."

"말해."

"이 시간에 왜 오신 거예요?"

조금 전과는 다르게 예린의 목소리는 차가웠다.

"오 비서가 생각이 나서 왔어. 처음엔 이런 상황은 생각하지 않았는데…… 오 비서를 보는 순간 내 자제력이 무너졌어."

"원래 연애 스타일이세요?"

그녀가 몸을 일으키며 물었다.

"아니."

"그럼, 원래 연애는 어떻게 하시는데요?"

"난 한 번도 한 여자와 두 번 이상 잠자리를 가진 적이 없어."

"……고마워해야 하는 건가요?"

"아니, 그런 건 아니지만 내가 오 비서와의 섹스에 만족하고 있다는 말은 하고 싶어. 오 비서는 어떻지? 나와의 섹스는 만족스러운가?"

"아니라고는 못 해요."

아니라고는 못 한다니. 좀 모호한 말이었다.

"왜 이런 걸 묻지? 혹시나 내가 오 비서를 무시해서 이러는 거라고 생각하는 거라면, 아니야."

"그럼요?"

그녀가 차가운 표정을 지으면서 자리에서 일어났다.

"화난 거야?"

"기분이 좋지는 않아요. 돈 때문에 만나는 관계라고는 하지만…… 이렇게 집까지 찾아오신 건 기분 좋지 않네요. 이제 돌아가 주세요."

"오 비서."

"지금은 퇴근 후의 시간이고 전 비서가 아닙니다."

"오예린."

"왜요? 전 이런 말도 못 하나요?"

단단히 화가 난 것 같았다. 이런 그녀의 모습은 처음이라서 그도 당황스러웠다.

"……아니야. 내가 심했어. 쉬어."

그는 몸을 일으켜 집을 나왔다. 참았어야 했다. 하지만 이렇게 나오면서도 그는 예린을 다시 안고 싶었다. 그는 마치 자신이 짐승이 되어 가는 느낌이었다.

코코와 예린이 겹쳐서 생각날 때가 있었지만 그녀와 섹스할 때만큼은 코코가 생각나지 않았다. 하지만 코코와 키스를 할 땐 예린과의 키스가 생각났다.

"오 비서……."

민준은 자신의 마음을 알 수 없었다.

Chapter 7

엄마가 병원에서 퇴원하고 나니 마음이 편안해진 예린이었다. 본부장은 그녀의 집에 다녀간 후로는 그녀를 거의 쳐다보지도 않고 있었다. 아마도 자존심에 많은 타격을 입은 모양이었다. 본부장이 아는 채를 안 하면 좋을 줄 알았는데 막상 이렇게 되고 나니 마음이 복잡했다.

왠지 서운했다.

"오 비서."

"네, 실장님."

"오늘 본부장님 출장 준비 좀 해 줘."

"네? 출장이요? 일정에 없었는데, 무슨 일이죠?"

이번 주 일정에 출장은 없었다. 일정 관리는 그녀가 하기 때문에 그녀보다 본부장의 일정을 잘 아는 사람은 없었다.

"어, 지난번 LK화학 제2공장 때문에 공장 부지하고 관계자들을 만나러 가는 거야. 원래는 사장님이 가시기로 했는데 본부장님께서 직접 가서 확인하시겠다고 해서."

"네, 준비하겠습니다."

아무래도 그녀를 피하는 눈치였다. 하지만 그는 그럴 필요는 없었다. 그녀를 보지 않으려면 자르면 그뿐이었다. 그렇다고 그들이 아예 부딪치지 않는 건 아니었다. 연인 역할을 하는 계약을 했기 때문에 어쩔 수 없이 그들은 만날 수밖에 없었다.

"몇 시에 출발하실 겁니까?"

"점심 먹고 바로."

"네, 알겠습니다."

그녀는 이번 주말에 클럽 레드의 마지막 공연이 있어서 준비를 해야 했는데, 마침 잘됐다는 생각이 들었다. 그가 이렇게 출장을 간다면 찾아올 염려는 조금 덜할 것이었다.

"실장님도 가세요?"

"나의 주말은 사라졌다."

"……그렇군요."

"내가 불만 어린 표정을 지었다고 본부장님께 이르진 말고."

윤 실장이 농담 반 진담 반인 말을 했다. 모두가 그녀의 눈치를 보는 건 사실이었다. 점심시간에 윤 실장과 본부장이 출장을 나가자 수지가 그녀의 곁으로 와서 속삭였다.

"두 분 싸우셨죠?"

"……."

"본부장님 눈이 가자미눈이 될 것 같아서요. 본부장님도 오 비서님 눈치를 보시나 봐요. 무슨 잘못을 하신 거예요?"

나가면서 그녀를 보긴 본 것 같았다. 수지는 가벼워 보이긴 해도 없는 일을 꾸며 내진 않기 때문이었다.

"아니."

"그런데 왜 저렇게 눈치를 보시는 거예요?"

"본부장님은 내 눈치 볼 사람이 아니야."

"아니던데……."

수지의 말이 신경 쓰이긴 했지만, 본부장은 절대로 그럴 사람이 아니었다. 그렇게 본부장이 없는 주말을 보내게 된 예린이었다.

마지막 공연이기 때문에 예린은 주말 내내 정신이 없었다. 공연이 끝나면 송별회가 이어질 예정이었다. 금요일에도 공연이 끝이 나고 정신없이 술을 마셨었다. 일요일 공연은 없어서 오늘이 정말 마지막 공연이었다.

"시원섭섭하겠네?"

"네."

엔젤의 말에 예린은 고개를 끄덕였다. 마지막 공연 날이라서 오늘은 코코 위주의 공연이었고 그녀의 은퇴를 아쉬워하는 팬들에 공연장은 인산인해였다. 그동안 많은 사랑을 받았다는 건 알고 있었지만 이렇게까지 사랑을 받고 있는 줄은 몰랐었다.

"그동안 감사했습니다. 잊지 않을 겁니다. 그리고 죄송했습니다."

그녀의 마지막 인사였다. 어쨌든 그녀를 사랑해 준 팬들을 속인 것에 대한 죄책감이었다. 그녀가 여자란 사실을 알면 안 되는 건 민준뿐만이 아니었다.

"죄송합니다."

그녀는 무대를 내려오면서도 계속해서 중얼거렸다. 이 말뜻을 그들이 알 리 없지만, 꼭 말하고 싶었다.

마지막 공연을 마치고 무대에서 내려올 땐 주체할 수 없는 눈물이 흘러내렸다.

"수고했어."

동료들이 그녀에게 꽃다발을 안겨 주었다.

"이제는 손님으로 자주 놀러 오고."

"알았어요."

"우리 끝나고 파티 있는 거 있지 말고."

공연이 끝이 나고 그들은 근처의 술집에서 시끌벅적한 파티를 했다. 그리고 예린은 오늘 만취할 때까지 술을 마셨다. 그러다가 결국은 필름이 끊겨 버린 예린이었다. 그렇게 소파에서 자다 깨기를 반복하며 예린의 기억은 드문드문 끊긴 상태였다.

처음에 눈을 떴을 땐 실내포차였고 두 번째 눈을 뜬 곳은 노래방이었다. 그리고 세 번째 눈을 뜬 곳은 24시간 국밥집이었다.

"나 집에 갈래."

"어딜 가려고……."

술에 취한 재혁이 그녀를 끝까지 붙잡았다. 하지만 예린은 끝내 집으로 향했다. 대리를 부르고 자신의 차에 탄 예린은 술에서 깨기 위해 드링크제를 마셨다. 화장은 지우고 집에 들어가야 했기 때문이었다.

아무리 술에 취해도 꼭 지키는 철칙이었다.

"아저씨, 천천히 가 주세요. 속이 너무 안 좋아서요."

"네."

그녀의 화장 상태를 본 대리기사가 움찔하며 말했다. 그녀의 과한 화장에 놀란 모양이었다. 차가 출발했고 그녀는 계속해서 속이 뒤집어지고 있었다.

"후……."

토하지 않기 위해 노력하고 있던 예린의 눈에 갑자기 불빛이 강하게 비쳤다. 마치 큰 빛에 부딪히는 기분이었다. 이 새벽에 무슨 빛이지? 라는 생각과 함께 귀청이 떨어질 것 같은 엄청난 충격음이 들렸다.

"악!"

대리기사의 비명 소리와 함께 예린은 숨을 쉴 수 없을 만큼 큰 고통을 느꼈다. 그리고 눈앞이 깜깜해졌다.

"헉헉……."

전력 질주로 응급실까지 달려온 민준은 응급실의 병상을 하나하나 살폈다.

"제발……."

출장을 갔다가 토요일 늦게 집에 돌아온 민준은 피곤해서 곧바로 잠을 잤다. 그런데 새벽에 박 팀장으로부터 연락을 받았다. 코코가 사고가 났다는 이야기였다. 자신도 지금 캔디와 함께 응급실에 왔는데 상태가 위중하다는 말도 했다.

민준은 잠시의 망설임도 없이 병원을 향해 달려갔다. 그리고 지금 그는 코코를 찾고 있었다.

"새벽에 들어온 교통사고 환자는 어딨죠?"

"저쪽이요."

간호사가 그를 보더니 사람들이 많이 몰려 있는 곳을 가리켰다. 민준이 달려간 곳에는 코코가 누워 있었다. 의사들이 쭉 둘러싸고 있었고 코코 옆의 남자는 더 큰 부상을 당한 것 같았다.

"괜찮은 겁니까?"

"보호자 분 아니시면 나가 계세요."

"……."

코코는 눈을 감고 있었지만 외상은 그리 큰 것 같아 보이지는 않았다. 그나마 다행이었다.

"검사하러 갑니다. 비켜 주세요."

그를 밀쳐내는 간호사였다. 그런데 그때 그는 차트에 적힌 이름을 보게 되었다.

"오예린……?"

"오예린 환자분 보호자 되시나요? 이거 가지고 수납하셔야 검사 가능합니다."

그에게 중간 정산을 하라고 말하는 간호사였다.

"보호자는 저예요."

캔디의 목소리였다. 멍하게 서 있던 민준은 왠지 퍼즐이 맞춰지는 느낌이었다. 그는 캔디에게로 가서 그의 멱살을 쥐었다.

"코코가……. 코코가……."

너무 충격을 받아서 말이 나오지 않았다. 둘이 같은 사람이라고는 한 번도 생각해 본 적이 없었다. 그런데 동일 인물이라니 머리를 망치로 얻어맞은 기분이었다.

"말해. 둘이 같은 사람이야?"

민준의 두 손이 바들바들 떨렸다.

"맞아, 코코가 오예린이야."

"드랙퀸은……."

"다 남자야. 그런데 비밀로 예린이만 코코라는 예명으로 활동했어."

퍽!

그가 캔디의 얼굴을 주먹으로 날렸다.

"이민준!"

박 팀장이 민준의 양팔을 뒤에서 잡았다.

"캔디에게 한 번만 더 손을 댄다면 넌 내 손에 죽는다."

박 팀장이 민준의 팔을 잡으며 경고했다.

"네가 날 죽이기 전에 저 자식은 내 손에 먼저 죽을 거다."

민준의 눈에서 불이 뿜어져 나왔다. 모두가 그를 속였다.

"박한석! 너도 알았던 거야?"

"뭐?"

"코코가 오예린인 거."

"뭐?"

박 팀장은 모르는 눈치였다. 캔디가 박 팀장에게도 이야기를 하지 않은 것 같았다.

"무슨 소리를 하는 거야? 코코가 왜 오 비서야……."

이제야 이해가 가는지 박 팀장이 그를 잡고 있던 손을 풀었다.

"코코가 여자였어?"

"날 그렇게 속이니 기분이 좋았어? 사람 하나 바보로 만드니까 좋았냐고."

어이가 없었다. 이건 정말 아니었다.

"그래도 사람이 다쳤어. 화가 나더라도 조금만 참아. 깨어나면 그때 말해."

머리가 터질 것 같았다. 배신당한 기분이었다.

사고는 졸음운전을 하던 화물차가 중앙선을 넘어 예린이 타고 있던 차를 덮치며 일어났다. 대리운전 기사는 중상을 입었지만, 예린은 생각보다 많이 다치진 않은 모양이었다.

검사를 다 마치고 병실로 옮긴 예린을 민준이 기다리고 있었다. 병실로 옮겨진 예린은 환자복으로 갈아입었고 화장은 캔디가 지워 주었다. 정말 예린이었다. 어이가 없다는 말은 이럴 때 쓰는 것이었다.

"같은 사람이었어……. 모두가 날 비웃었겠군."

"……죄송합니다. 예린이는 어쩔 수 없었어요. 엄마의 병원비 때문에 자신을 희생한 착한 아이입니다. 그러니 용서해 주세요."

"용서?"

"차라리 마음이 풀릴 때까지 날 때리고 예린이는 용서해 주세요. 이렇게 될까 봐 예린이가 얼마나 마음고생 했는데, 결국엔 이렇게 됐네요."

"마음고생? 마음고생이 뭔지나 알아? 내가 게이인 줄 알고 얼마나……."

"죄송합니다."

그는 병실을 빠져나왔다. 분노가 다스려지지 않았다. 그를 따라 박 팀장이 따라 나왔다.

"담배 피울래?"

"……."

박 팀장이 담배를 건넸고 민준은 담배를 받아 입에 물었다.

"뭐라고 해야 할지 모르겠다."

"아무 말도 하지 마."

담배 연기를 길게 뿜어낸 민준은 박 팀장의 말을 잘랐다. 그후 박 팀장은 그의 곁에 있을 뿐 말을 걸진 않았다.

그는 병실에 들어가지 않고 몸을 돌렸다. 도저히 용서되지 않앉다. 민준은 병원을 나와 자신의 차를 몰고 정신없이 달렸다.

"아아악!"

미친놈처럼 소리도 질러 보았지만, 지금의 상황이 이해가 되지 않았다. 그는 예린에게 철저하게 속은 것이었다.

"코코와 오 비서가 같은 사람이었어……."

그동안 왜 둘이 겹쳐지게 느껴졌는지 이제야 이해가 갔다.

"어떻게 못 알아차릴 수가 있었지? 키스까지 했으면서 말이야."

코코가 확실하게 남자라고 믿었었다. 코코도 자신이 남자라고 수차례 말을 했기 때문이었다.

"멍청한 새끼."

그는 자신이 얼마나 멍청했는지 깨닫고 있었다. 민준은 밤새 그렇게 차를 몰았다. 정신을 차리고 보니 어느새 바닷가였다. 날은 벌써 밝아서 온통 푸른빛을 띠고 있었다.

"날 속였어."

배신감에 몸서리쳐지는 기분이었다. 물론 한편으론 예린과 코코가 동일 인물이고 여자란 사실에 안도감이 들긴 했다. 하지만 그것도 잠시, 그는 얼굴이 화끈거릴 정도의 부끄러움에 몸서리를 쳤다.

그가 양다리를 걸친 상황이 되어 버렸다. 그것도 당사자인 예린이 그 모든 사실을 알고 있단 것도 모른 채 코코와 오 비서 사이에서 방황한 그였다.

"얼마나 비웃었을까?"

그 생각을 하니 부끄럽기도 하고 화도 났다.

"이제 다 가만히 두지 않겠어."

그는 한없이 넓어 그 끝을 알 수 없는 바다를 보며 이렇게 말했다. 그의 복수도 끝이 보이지 않을 것이다.

눈을 떠 보니 병실이었다. 예린이 마지막으로 본 밝은 불빛은 화물차의 헤드라이트라고 들었다. 자신이 교통사고를 당할 줄은 꿈에도 생각해 보지 않았는데, 이렇게 병실에 누워 있으니 믿어지지 않았다.

"윽!"

그녀의 몸에 붙어 있는 근육과 뼈마디가 아프다고 아우성이었다. 정말 너무 아파서 몸을 일으키기조차 힘이 들었다.

"누워 있어."

옆에 재혁이 앉아서 그녀를 지켜보고 있었다.

"어떻게 된 거야?"

"화물차가 와서 들이받았어."

"대리기사는?"

마지막 장면이 떠오르자 예린은 대리기사가 걱정되어 죽을 것 같았다.

"아직 중환자실에 있어. 중앙선을 넘어와서 운전석 쪽을 받았거든."

"어떻게 해……. 괜찮으시겠지?"

"아마……."

예린은 대리기사의 얘기에 충격을 받았다. 처음 본 사람이라도 같이 사고를 당하고 자신보다 더 심하게 다쳤다고 하니 신경이 안 쓰일 수가 없었다.

"엄마는 내가 사고 난 거 알아?"

"아니. 말 안 했어."

"잘했어."

아직 엄마의 몸이 완쾌된 게 아니기 때문에 걱정을 끼치는 건 싫었다.

"그런데 오빠는 얼굴이 왜 그래?"

"뭐가?"

"얼굴에 멍이 들었어. 무슨 일 있었어?"

어제 술자리에서 싸움이 난 건 아닌지 걱정이었다. 그녀가 나오기 전까진 괜찮았는데 말이다.

"아무 것도 아니야."

"아닌 게 아닌데 뭐. 말해."

그때였다. 경호실의 박 팀장이 그녀의 병실로 들어왔다. 예린은 저도 모르게 손으로 얼굴을 가렸다. 그도 그녀가 코코란 사실을 모르기 때문이었다.

"……다 알아."

재혁이 굳은 얼굴로 말했다. 뭔가 분위기가 심상치 않았다. 교통사고 말고 다른 심각한 일이 터진 게 분명했다.

"팀장님……."

"새벽에 본부장님께서 왔다가 가셨습니다."

"네?"

"오 비서가 코코인 걸 아셨습니다. 그래서 캔디 씨의 얼굴이 그렇게 된 거고요."

"본부장님이 오빠를 때렸다고요?"

"네."

본부장이 화가 많이 난 모양이었다. 성격이 불같아도 주먹을 휘두르는 사람은 아닌데 그녀의 실체를 알고는 화가 단단히 난 것 같았다.

"어쩌지……."

저도 모르게 진심이 툭 튀어나왔다.

"어쩌긴, 사과해야지. 일단 거짓말을 한 건 잘못이니까."

"……다 봤어?"

"응."

"본부장님은 어디 계셔?"

"갔어."

심장이 뚝 하고 떨어지는 기분이었다. 어떻게 해야 할지 알 수 없었다. 처음부터 말했어야 했는데 그의 말에 욱해서 그를 속이는 게 아니었다. 이렇게 일이 커져 버릴 줄은 정말 상상도 하지 못했었다.

"내 잘못이야."

"이미 엎질러진 물인데 주워 담을 수도 없고……. 일단 사과라도 해."

"알았어. 그런데…… 너무 무서워, 오빠."

"일단 제가 본부장님이 계신 곳을 수소문해 보겠습니다."

"네."

손발이 벌벌 떨리고 있었다. 전화라도 해야 하는데 무서워서 핸드폰을 들 수도 없었다. 교통사고로 인해 아픈 것보다 본부장의 일 때문에 마음이 더 아픈 예린이었다.

"전화라도 할까?"

"지금은 가만히 놔둬. 본부장도 시간이 필요하지 않을까? 차분해질 때까지 조금이라도 그냥 놔두자."

재혁의 말도 맞았지만 지금 예린은 솔직하게 겁이 났다.

"오빠, 나 무서워."

"뭐가?"

"본부장님의 마음이 풀어지지 않을 것 같아서."

"일단은 너만 신경 써. 네가 나아야지 용서를 빌든 뭘 하든 하지."

"……."

재혁의 말에 맞긴 했지만, 예린은 두려웠다.

사람들의 시선이 그녀의 침실 쪽으로 몰려 있었다. 그도 그럴 것이 그녀 한 사람을 보기 위해 4인용 병실에 남자들이 꽉 차 있었기 때문이었다. 모두 다 그녀의 팀원들이었다. 사고 소식을 듣고 한걸음에 달려와 준 건 고마운데, 모두 범상치 않은 모습으로 왔기 때문에 예린은 다른 환자들의 시선을 한 몸에 받고 있었다.

물론 드랙퀸 복장으로 온 건 아니었다. 그래도 취향들이 남달라서 형형색색의 옷을 입고 얼굴과 목에 문신이나 피어싱을 사람들도 있으니 어른들이 보시기엔 껄끄러운 사람들일 것이다.

"괜찮은 거야?"

엔젤이 가장 걱정을 많이 해 주었다.

"아니, 하필 마지막 날에……."

"괜찮아요. 전 얼마 다치지 않았어요. 대리기사 아저씨가 심하게 다치셨지."

"졸음운전이었다며?"

"네."

"미친놈, 자기나 죽지 아주 그냥 여럿 죽일 뻔했어."

그때였다. 박 팀장이 음료수를 사 들고 병실에 들왔다. 모두의 시선이 그녀가 아닌 박 팀장에게 쏠렸다.

"누구?"

너나 할 것 없이 박 팀장에게 군침을 흘렸다.

"박한석 씨는 내 거니까 침들 닦아."

재혁이 박 팀장의 뒤를 따라 들어오면서 말했다.

"이거 마시고 정신들 차리고."

박 팀장과 재혁은 요즘 아주 뜨거운 사이였다. 재혁 오빠가 애인에게 이렇게 잘하는 사람인 줄 전에는 몰랐었다. 예린이 보기에 재혁이 이제껏 만난 사람 중에선 가장 지극정성인 것 같았다. 물론 박 팀장은 그보다 더 잘해 주지만 말이다. 둘의 관계가 부러운 예린이었다.

누군가에게 사랑받는다는 건 참 부러운 일인 것 같았다.

병문안을 왔던 팀원들이 가고 예린은 저도 모르게 병실문을 계속해서 보고 있었다.

"안 오실 겁니다."

눈치 빠른 박 팀장이 말했다.

"알아요."

"코코도 좋아했고 오 비서님도 많이 좋아했다 보니, 둘이 같은 사람이란 것에 많이 힘들어 하는 것 같습니다."

"……."

"제 생각으로는 먼저 용서를 구하시는 방법도 좋을 것 같습니다."

박 팀장이 묵직하게 조언해 주었다.

"받아 줄까요?"

"아마도 받아 줄 겁니다."

하지만 예린은 민준이 자신의 사과를 받아 주지 않을 것 같았다.

병원에서 일주일을 보낸 예린은 그동안 본부장의 얼굴을 한 번도 보지 못했다. 아무래도 그에게 용서받기는 힘이 들 것 같았다. 어떻게 할까 한참을 고민하던 예린은 본부장의 집에 찾아가기로 결심했다.

거절당할 때 당하더라도 노력하는 모습은 보이고 싶었다. 이렇게 그냥 넋 놓고 있기는 싫었다. 퇴원하는 날 예린은 용기를 내어 본부장의 집을 찾았다.

"여기야?"

재혁이 두리번거리며 물었다.

"끝내주는 동네에 사는구나? 역시 재벌은 달라. 와 본 적 있어?"

"응."

그녀는 긴장해서 몸을 떨었다.

"기다려 줄까?"

"아니, 갈 때 택시 타고 갈게. 문을 열어 주지 않을지도 몰라. 그러면 기다려야 하니까."

"만나 줄 거야."

"……먼저 가, 오빠."

재혁을 보낸 예린은 본부장의 집으로 향했다.

딩동!

무작정 벨을 눌러 보았다. 윤 실장에게 확인한 결과 오늘은 퇴근 후에 일정이 없다고 했었다.

딩동!

다시 한 번 용기를 내서 벨을 누른 예린의 손은 땀으로 미끈거렸다.

"제발……."

얼굴을 보는 게 두렵긴 했지만, 아무런 말도 하지 않는 건 더 두려웠다. 사과를 먼저 하고 나면 마음은 편할 것 같았다.

철컥!

다시 벨을 누르려는데 문이 열리는 소리가 들렸다. 커다란 대문을 밀고 들어간 예린의 이마에 긴장으로 땀이 흘러내렸다. 8월의 더위 때문이 아니라 긴장 탓이었다. 정원을 가로지르는데 주위에 아무것도 보이지 않았다.

그의 집에 들어서자 집 안에서 냉기가 흘렀다. 그는 소파에 앉아서 꿈쩍도 하지 않고 있었다.

"본부장님……."

예린은 본부장의 앞으로 가서 깊이 고개를 숙였다.

"죄송합니다."

"……."

"속일 의도는 없었는데 자존심 때문에 일이 이렇게 커지고 말았어요. 전 돈이 필요했고 그래서 공연을 할 수밖에 없었습니다."

자신의 얘기만 하자니 너무 염치가 없었다. 내가 가난한 삶을 살고 있으니 부자인 너는 무조건 이해해야 한다는 식으로밖에 받아들여지지 않을 것 같았다. 모든 게 변명에 불과했다.

"본부장님, 죄송해요. 뭐라고 하셔도 달게 받을게요. 하지만 저도 몇 번이나 말하려고 했어요. 그건 믿어 주세요."

"날 가지고 노니 재미있었나?"

본부장은 지금 자존심이 많이 상했는지 그녀와 눈도 마주치지 않았다.

"아니에요."

"내가 남자를 좋아한다고 생각했을 때 얼마나 충격이었는 줄 알아? 내가 게이라니, 그러면서도 코코에게 끌리는 마음 때문에 미칠 것 같았어."

"……죄송합니다. 그럴 의도는 아니었습니다."

"아니, 넌 즐겼어."

"……."

단단히 화가 난 그를 달랠 방법이 지금은 없는 것 같았다.

"죄송합니다. 용서해 주세요."

"……."

예린은 그의 앞에 무릎을 꿇었다.

"난 오 비서야말로 진실한 사람이라고 생각했어. 그래서 오 비서의 말은 다 믿었는데, 이렇게 뒤통수를 제대로 맞다니……."

"어떻게 해야 마음이 풀어지시겠어요?"

그에게 진심으로 사과하고 싶은 마음이었다.

"어떻게 하면 마음이 풀어지겠냐고?"

"네."

뭐든 그가 말하는 건 다 해 주고 싶었다. 아니 할 것이다.

"내 마음을 풀어 주기 위해 다 할 수 있다?"

"네."

그건 진심이었다.

"벗어."

"……."

그의 말에 놀라긴 했지만, 예린은 아무 말 없이 옷을 벗었다. 처음 그에게 왔을 때도 그녀는 옷을 벗었었다. 그때는 아무렇지 않게 벗을 수 있었는데 오늘은 아니었다. 하지만 예린은 군소리 없이 티셔츠를 머리 위로 벗어 던졌다. 그리고 바지도 벗어 버렸다.

그녀는 지금 브래지어와 팬티, 그리고 붕대만 팔에 감은 상황이었다. 병원에 입원한 동안 그녀는 살이 많이 빠진 상황이었다. 본부장의 일로 속을 많이 끓인 상황이었다.

"이리 와."

그는 소파에 앉아서 손가락을 까딱이며 그녀를 불렀다. 그리고 자신의 허리춤을 풀었다.

"빨아."

"……."

지금 그는 예린을 가장 치욕적인 방법으로 벌하고 있었다.

"……"

예린은 아무 말 없이 그의 앞으로 다가가 무릎을 꿇었다. 아직 몸이 완벽하게 회복되지 않아서 앉을 때 인상을 쓸 수밖에 없었지만, 그는 말없이 예린을 볼 뿐, 그만두라고 하지 않았다. 예린은 그의 페니스를 손으로 잡았다.

어색했다. 태어나서 한 번도 해 본 적 없는 일을 해야 하는 예린은 거부해야 하지만 거부할 수 없었다. 잠시 머뭇거리던 그녀는 그의 페니스를 잡고는 입안에 넣었다.

"흡!"

그가 숨을 삼키는 소리가 들렸다. 이상하게도 그 소리가 그녀를 흥분시켰다. 그는 이 상황에서도 그녀의 몸에 반응하고 있는 게 분명했다. 예린은 그의 페니스를 빨기 시작했다. 한 번도 해 본 적이 없어서 어떻게 하는지 몰랐지만, 그냥 본능에 맡기로 했다.

츄읍 츄읍—

예린은 그의 페니스를 사탕 빨 듯이 핥았다. 그리고 손으로 그의 뿌리 끝을 잡고는 위아래로 만지기 시작했다.

"으읙!"

그가 예린의 머리카락을 손으로 아프게 움켜쥐었다. 하지만 예린은 지금 처음 입안에 넣은 그의 페니스 때문에 정신을 차릴 수가 없었다. 묘한 기분이었다. 그의 단단한 페니스는 입안에 다 담기 버거운 크기였다.

그런 그의 물건을 손으로 잡고 핥으니 굉장히 퇴폐적인 느낌이었다. 혀로 그의 페니스 끝을 핥아 올리자 그의 입에서 또다시 신음이 터져 나왔다. 그는 이렇게 해 주는 게 좋은 것 같았다.

그의 페니스를 핥으면서 예린은 자신의 몸이 점점 달아오르고 있다는 걸 알게 되었다. 그녀는 저도 모르게 그의 위로 올라탔다. 그리고는 페니스를 자신의 젖은 질에 넣었다.

"아아악!"

오랜만에 그의 페니스를 받아 들여서 그런지 처음 했을 때처럼 고통스러웠다. 그는 그녀가 그렇게 하도록 내버려 두었다.

"윽!"

"하아……."

예린은 본능적으로 엉덩이를 들썩이고 허리를 돌리기 시작했다. 그의 어깨를 손으로 잡고는 저도 모르게 관능의 리듬을 타고 있었다.

"하아, 하앗……!"

미칠 것 같은 쾌감에 신음이 절로 흘러나왔다. 그런데 그때였다. 갑자기 본부장이 그녀를 소파 쪽으로 밀어냈다. 순식간에 제

안에서 빠져나가 버린 그에 예린은 놀란 눈으로 본부장을 올려다보았다. 그리고 그녀는 입술을 깨물 수밖에 없었다. 지금 본부장은 흥분한 얼굴이었다.

"이렇게 날 차지하니까 좋아?"

"……."

그의 목소리가 욕망으로 인해 갈라졌다.

"넌 날 차지한 게 아니야."

그가 갑자기 몸을 일으키려고 했다. 그는 흥분한 건 확실했다. 예린도 지금 한창 몸이 뜨거워져 있었다. 이대로 이렇게 끝나 버린다면 미칠 것만 같았다.

"넣어 줘요."

예린이 그를 잡았다.

"싫어."

"본부장님, 제발……."

"사정하는 건가?"

"네……."

인정하기 싫었지만 지금 예린은 본부장을 그 어떤 때보다 더 원하고 있었다.

"안 돼."

"뭐든 다 할게요."

"뭐든?"

"네."

"그래? 그렇다면 넌 내가 뭘 시키든 다 해야 해. 할 수 있어?"

"……."

다 해야 하다니. 그것만큼 무서운 말은 없었다.

"대답해!"

"네, 다 할게요."

"좋아, 그렇다면 내가 널 가져 주지."

그가 다시 예린의 다리를 손으로 벌리고 들어와서 자신의 페니스를 넣었다.

"으윽!"

괴로움과 쾌감이 동시에 밀려들었다.

"헉헉……. 내가 화가 나는 게 뭔 줄 알아?"

"……."

"죽을 만큼 미운 이 상황에서도, 널 원한다는 거야."

그가 이를 악물며 말했다. 그의 허리 짓은 절대 부드럽지 않았다. 그녀가 죽도록 밉다는 그의 말이 맞는 것 같았다. 그런데 이상하게 그 거친 느낌에 예린은 더 흥분했다. 아무래도 이상했다.

예린은 그의 엉덩이를 손으로 잡았다. 그와 잠시도 떨어지고 싶지 않기 때문이었다. 이런 격한 감정은 처음이었다. 아무래도 그녀는 본부장을 계약 관계 이상으로 생각하는 모양이었다. 그런 감정은 싫었다.

누군가를 마음에 담고 싶지 않았다. 특히 본부장은 더 싫었다. 지금 예린은 엄마를 지키기에도 벅찼다. 누군가를 또 가슴에 담아야 하는 건 무리였다.

퍽 퍽 퍽!

강하게 밀고 들어오는 그의 페니스처럼 본부장이 자꾸만 그녀에게로 다가왔다. 감당하기 벅찰 정도로 말이다.

"아흐……. 아아앙."

그가 거칠게 그녀를 밀고 들어올 때 예린은 깨달았다. 그녀는 이미 그를 가슴 속 깊이 품었다는 것을 말이다. 예린을 좋아하든 코코를 좋아하든 그건 상관없었다. 어차피 둘 다 그녀였기 때문이었다.

"윽!"

그가 자신의 분신들을 그녀 안에 쏟아 냈다. 둘은 서로를 끌어안고는 쾌감에 몸을 부르르 떨었다. 이제 끝이라고 생각하는 순간 그가 다시 그녀의 가슴을 빨기 시작했다.

"만족할 수 없어. 자꾸만 먹고 싶어……. 하아……."

"아흐……."

그가 그녀의 유두를 빨기 시작하자 예린도 또다시 뜨거워지기 시작했다. 그와 하는 섹스가 좋았다. 그는 예린의 깊은 곳에 있는 욕망을 끌어올릴 줄 아는 사람이었다.

그의 손이 그녀의 여성을 움켜쥐자 예린은 허리를 활처럼 휘었다.

"젖었어."

"아아앙."

그가 그녀의 질 안으로 손가락을 집어넣었다. 하지만 지금 예린은 그의 손가락보다는 페니스를 더 원했다.

"넣어 줘요."

그녀의 말에 그가 예린의 다리를 벌리고 자리를 잡았다. 민준은 끝없는 정력을 가진 사람이었다. 예린은 그에게 정신없이 매달렸다. 이렇게 이 밤이 끝나지 않기를 바라며…….

Chapter 8

거친 숨소리가 조용한 거실을 울렸다. 벌써 두 번이나 예린을 가진 민준이었다. 사고 때문에 아직 몸이 회복되지 않았을 테지만 그는 상관하지 않았다. 오로지 지금은 그녀를 벌하려는 마음뿐이었다.

소파에 쓰러지듯 누워 버린 예린은 기절한 것 같았다. 일주일 동안 살이 많이 빠져 보였다. 하지만 그의 페니스는 또다시 그녀를 원하고 있었다. 예린의 모습이 오늘따라 자극적이었다. 군데군데 아직 멍 자국이 있었고 붕대에 감긴 곳도 있었지만, 웬일인지 그의 몸은 평소보다 더 그녀를 원했다.

"미친놈!"

미친 게 확실했다. 이렇게 보고만 있어도 그의 피가 아래로 몰리는데, 코코에게도 이런 식으로 끌린 것 같았다. 곁에만 있어도 자극을 받는 중이었다. 그런데 왜 지난 4년간 예린을 보았을 땐 이런 느낌이 들지 않았던 것일까?

그저 일 잘하는 직원이란 생각뿐이었다. 그런데 지금은 예린의 얼굴만 보아도 그의 몸은 반응했다. 민준이 깊이 잠이 든 예린을 안아 들었다. 그리고 자신의 침대에 눕혔다.

예린에게서 소독약 냄새와 함께 달달한 향기도 났다. 그는 좀 거리를 두고 예린의 옆에 누웠다. 또다시 그녀를 만진다면 오늘 잠은 다 잘 것 같았기 때문이었다. 내일은 출근을 해야 했다.

그는 몸을 돌려 예린을 등지고 잠을 청했다. 누군가 자신의 침대에 누워 있는데 이상하게 거부감이 들지 않았다. 다른 모든 여자에게는 안 되는 일이 예린에게는 괜찮았다. 그는 눈을 감고 잠을 청했다.

"으음……."

모처럼 푹 잔 느낌이었다. 부드러운 이불이 그의 몸을 덮고 있어서 아주 기분이 좋았다. 그의 이불이 이렇게 부드러웠나 싶을 정도로 매끄러운 느낌이었다. 그는 눈을 뜨기 싫었지만 시끄러운 알람이 그의 출근 시간을 알려 주고 있었다.

눈을 뜨고 이불을 걷어 내려는 순간 그는 모든 동작을 멈추었다. 그를 덮고 있던 이불은 다름 아닌 예린이었다. 세상모르고 잠이 든 그녀는 그를 꼭 끌어안고 있었다. 예린의 부드러운 몸이 이불처럼 그를 감싸고 있었다.

"으으음……."

민준이 살짝 움직이자 그녀가 그의 몸을 더 꼭 끌어안았다. 민준은 그녀의 팔을 살며시 풀어 내고는 침대에서 내려와 욕실로 향했다.

쏴아아!

차가운 물줄기도 그의 몸에서 나는 열기를 식히지 못했다. 침대로 뛰어들지 않기 위해 그는 이를 악물었다. 예린이 그에게 한 짓을 생각하면 그의 이런 반응은 있을 수 없는 일이었다. 샤워를 마친 그가 드레스룸에서 옷을 갈아입고 나올 때까지도 예린은 잠이 들어 있었다.

피곤하긴 한 모양이었다. 와이셔츠의 단추를 잠그고 넥타이를 매면서도 그의 시선은 침대에서 곤히 잠든 예린을 향해 있었다.

그가 재킷을 입는 순간 예린이 침대에서 벌떡 일어났다. 그리고 정신없이 주위를 두리번거리다가 그와 눈이 마주친 예린은 침대 시트로 이미 그가 다 봐 버린 몸을 가렸다.

"본부장님……."

"더 자."

"……."

출근하려고 생각했던 모양이었다.

"출근할 필요 없어. 오늘부로 해고니까."

민준은 차갑게 얘기하고는 가방을 들었다.

"집에 있어. 해고됐다고 해서 우리의 계약이 끝난 건 아니니까. 그리고 오 비서 아니, 오예린 씨가 나에게 한 짓에 관한 이야기는 따로 하자고."

그의 말에 예린의 얼굴이 창백하게 굳어 버렸다. 마치 저승사자라도 본 것 같은 표정이었다. 그는 집을 나서면서도 예린의 얼굴이 떠올랐다.

"스스로 자초한 일이야……."

그는 차갑게 말을 내뱉으며 출근을 서둘렀다. 오늘은 처리할 일들이 산더미 같았기 때문이었다.

예린은 넋이 나간 사람처럼 멍한 얼굴로 민준이 나간 문을 바라보고 있었다. 그런데 얼마 되지 않아서 사람들이 들어와 청소를 하기 시작했다.

"안녕하십니까?"

그의 침대에 있는 그녀의 존재에 대해 크게 신경 쓰지 않는 것 같은 여자들은 바쁘게 침실을 정돈하고는 예린에게 아침 식사까지 가져다주었다. 언제 준비했는지 그녀가 침대 위에서 전복죽을 먹을 수 있게 준비해 주었다.

그리고 한 시간 후에는 그녀의 담당 의사가 집까지 찾아와서 예린의 상태를 살피고 갔다. 재벌들이란 그녀가 생각하는 것과는 완벽하게 다른 삶을 살았다. 그렇게 넋이 반쯤 나간 상태로 오전 시간을 보낸 그녀는 오후가 되어서야 마음의 안정을 찾았다.

Rrrrrrr—

[어디야?]

다짜고짜 까칠하게 묻는 재혁이었다. 지난밤 그녀가 본부장의 집을 찾아간 것이 재혁은 못마땅한 눈치였다. 아마 문전 박대를 당했을 거라고 생각한 모양이었다. 아픈 예린이 그런 취급을 받는 건 사촌 오빠로서 화가 났을 것이다. 그래서인지 목소리가 좋지 않았다.

"본부장님 집."

[설마 어제 같이 보냈어?]

이번엔 놀라는 눈치였다. 남녀가 같이 밤을 보냈다는 건 아주 많은 걸 내포했지만, 그전까지의 상황을 보면 재혁은 불안해서 묻는 것일 터였다.

"……."

[그 자식이 너도 때려?]

역시 안 좋은 방향으로 생각한 게 분명했다.

"아니."

때린 건 아니지만 어제 두 번의 섹스는 그녀를 완전히 파김치로 만들어 놓았다. 겨우 침대에서 일어나 샤워를 하고는 침실 소파에 앉아 있던 참이었다.

[괜찮은 거야?]

"아니, 괜찮지는 않아. 마음이 무거워."

[그건 거짓말을 했으니 그건 당연한 거고. 내가 데리러 갈까?]

"아니, 기다리라고 했어."

[그 자식이? 왜?]

"잘 모르겠어. 그리고…… 비서실에서 잘렸어."

[그건 어느 정도 예상했던 일이고. 다른 일을 찾으면 되는 거지 뭐. 세상은 넓고 일자리는 널렸어.]

재혁이 그녀를 위로해 주었다.

"고마워. 오빠가 곁에 있어서 든든해."

[뭐가 든든해. 난 한 대도 못 치고 맞기만 했는데…….]

"오빠는 괜찮아?"

[아니, 안 괜찮아. 여기도 조안 때문에 아주 시끄러워.]

"힘들겠네."

[그건 그렇고, 부르면 데리러 갈게. 전화해.]

"알았어. 나중에 전화할게."

예린은 급하게 전화를 끊었다. 방 안으로 한 무리의 사람들이 들어왔기 때문이었다.

"무슨 일이세요?"

"본부장님께서 준비시키라고 하셨습니다."

메이드로 보이는 여자가 말했다. 그리고 그 뒤에 있는 여자들은 메이드 옷을 입고 있지 않았다.

"무슨 준비요?"

"오늘 본가에 가신다고 준비시키라는 연락이 왔습니다."

"본가……."

그녀가 정신을 차리기도 전에 여자들이 그녀를 소파에서 일으켜 세운 후에 화장대 앞으로 데려갔다.

"저, 저기……. 화장은 제가 해도 되는데……."

"아뇨, 저희만 믿으세요."

뭘 믿으라는 건지 몰랐지만 그녀가 의자에 앉자 여자들이 달려들어 머리서부터 발끝까지 그녀를 다른 사람으로 바꿔 놓고 있었다. 다른 사람의 손에 메이크업을 맡긴 적은 처음인 예린은 조금 당황스러웠다.

옷까지 다 챙겨온 것 같았다. 옷은 샤넬의 단정한 블랙 원피스였다. 거기에 샤넬 구두에 샤넬 클러치까지. 완벽하게 인간 샤넬이 된 것 같았다. 머리도 업스타일로 꾸며 줘서 청담동 며느리 스타일이었다.

"너무 고급스럽고 예쁘시다. 사진보다 실물이 더 미인이시네요. 이래서 본부장님이 반하셨나 봐요."

여자는 정신없이 아부의 말을 했다. 돈이 좋긴 좋았다. 거울 속의 여자는 분명 그녀가 아닌 다른 사람 같았다. 고급스럽고 예쁘단 말이 그냥 나온 소리는 아닌 것 같았다. 확실히 전문가라 실력이 달랐다.

코코였을 때처럼 다른 사람으로 보일 거라 생각했는데 아니었다. 오늘 그녀의 모습은 더욱 생소하게 느껴졌다. 그렇게 한 시간을 소파에 앉아서 기다리자 본부장이 평소보다 일찍 퇴근해서 집에 왔다.

"……."

예린을 본 본부장은 충격을 받은 표정을 짓더니 이내 차가운 표정으로 바뀌었다. 그녀는 마음에 들었는데 그는 아닌 것 같았다.

"어른들이 기다리셔."

"네."

그녀는 소파에서 일어났다. 조금 전까지 몸이 천근만근이었는데 그가 들어서자마자 이상하게 몸이 가벼워졌다.

어른들이 기다리신다고 해 놓고 그는 움직일 생각을 하지 않고 있었다.

"본부장님……."

"……."

그가 그녀를 빤히 바라보자 예린의 심장은 터질 듯이 뛰었다. 어제의 일이 생각나 예린은 아랫배가 찌릿했다. 하지만 그는 예린을 원하는 게 아니었다. 그는 예린을 벌하는 중이었다. 민준의 뜨거운 시선은 화가 난 것이지 그녀는 원하는 게 아니었다.

하지만 그는 예린의 옷을 발가벗기는 듯한 시선으로 바라보고 있었다. 손끝 하나 대지 않고 그는 천천히 그리고 아주 느리게 그녀의 옷을 벗겨 내고 있었다.

"하아……."

몸이 뜨거워진 예린은 저도 모르게 답답하게 잠가진 원피스의 윗 단추에 손을 가져다 댔다.

"……."

그는 아무 말 없이 계속해서 그녀를 바라보았다. 그녀의 눈동자에서 입술로, 그리고 가슴에서 점점 더 아래로. 그 또한 욕망을 품은 짙은 눈빛이 되어 갔다. 예린은 저도 모르게 욕망으로 인해 팬티가 젖어 들고 있었다.

이제는 바라보는 것만으로도 몸이 뜨거워졌다. 오직 눈빛만으로 그를 이렇게 뜨겁게 원하게 되는 자신이 원망스러웠다. 예린은 자신이 그를 얼마나 원하는지 깨달았다. 그리고 민준이 그녀를 얼마나 원망하고 있는지도 말이다.

"……."

둘 사이의 어색한 침묵이 흘렀다. 예린은 본부장에게서 시선을 거두었다. 몸이 달아올랐다는 걸 들키기 싫었다.

"본부장님……. 읍!"

어느새 본부장이 그녀의 곁으로 다가와 허리를 강하게 끌어안았다. 그리고는 단숨에 입술을 삼켰다. 순식간에 일어난 일이라서 놀랄 틈도 없었다. 본가에 가야 한다는 것도, 그가 그녀에게 화가 많이 나 있다는 것도 잊은 채 그녀는 민준의 목에 팔을 두르고 매달렸다.

섹스하는 것보다 강한 쾌감이 온몸을 관통했다. 그의 손이 스커트 안쪽으로 들어와 팬티 안으로 손을 넣었다. 손가락이 그녀의 여성을 가르며 촉촉하게 젖은 질을 파고들었다.

"하아……."

다리에 힘이 풀려 그의 목을 더 강하게 안았다. 안 그러면 그대로 주저앉을 것만 같았다. 질척거리는 소리가 들렸지만, 지금은 부끄러움 따위는 없었다. 더 강한 걸 원했다.

"하앗……. 넣어 줘요."

"……."

그는 대답 대신에 더 깊숙이 손가락을 넣었다. 민준의 호흡도 거칠어졌지만, 그는 그 이상은 하지 않았다. 강한 쾌감에 몸이 저절로 떨렸다. 예린은 저도 모르게 그의 팔에 몸을 비비고 있었다. 더는 힘이 들었다.

"하아……."

"……."

그가 갑자기 그녀의 몸을 떼어 냈다. 그리고 테이블 위의 물티슈로 손을 닦아 냈다.

"늦었어."

"……."

정신이 하나도 없었다.

"기다릴 테니 거울 보고 나와. 기다릴게."

차갑게 말을 하고는 그는 문밖으로 나가 버렸다. 예린은 치마가 허리까지 올라간 채로 멍하게 서 있을 수밖에 없었다. 방금 무슨 일이 있었던 걸까? 아직도 정신이 몽롱했다. 울컥한 마음이 들었지만, 지금은 울고 싶지 않았다.

예린은 옷매무새를 바로잡고 키스로 인해 지워진 립스틱을 다시 발랐다. 그리고 문을 열고 밖으로 나오자 그가 아무 일도 없었던 것처럼 서 있었다. 그런데 이상하게 그녀는 민준이 밉지 않았다.

정말 희한한 일이었다. 그의 뒤를 따라 주차장으로 간 그녀는 민준의 리무진에 나란히 올랐다.

차에 오른 그는 운전석과의 차단막을 올린 다음에 예린에게 브리핑에 가까운 설명을 하기 시작했다.

"어른들께서 꼬치꼬치 물으실 거야. 언제부터 사귀게 된 건지 말이야."

"……."

"그러면 코코일 때부터 사귀었다고 말해."

"네?"

코코에 대한 이야기를 하라니 믿기지 않았다.

"아픈 어머니 때문에 공연만 하게 된 거라고 말하라고."

"네."

그는 어른들이 오해하는 부분을 풀어 드리고 싶은 모양이었다. 그건 그녀도 찬성이었다. 어디까지나 돈까지 받고도 그에게 말하지 않은 건 그녀의 잘못이니까 말이다. 그렇게 주의 사항을 말한 그는 마지막으로 그녀의 입술에 갑자기 입을 맞추었다.

키스가 아닌 가벼운 입맞춤이었다. 놀란 예린이 그를 보았다.

"이런 표정으로 어른들을 만나는 거야. 마치 사랑에 빠진 것처럼 말이야. 그리고 본부장이라는 말보다 민준 씨라고 불러. 알았지?"

"……"

너무 놀라서 그의 말이 귀에 들리지도 않았다.

"오예린."

"네? 알겠습니다."

"그리고 너무 비서처럼 말하지 마."

"네, 알겠어요."

그때 차가 멈췄고 민준이 갑자기 예린의 손을 꽉 잡았다.

쿵 쿵 쿵…….

심장이 미친 듯이 뛰기 시작했다. 출발 전에 야릇했던 일과 차 안에서의 입맞춤 때문이었다. 하지만 민준은 그녀의 이런 상태를 모르는지 앞만 보고 걸었다.

현관에서부터 일하는 사람들이 나와 그들을 마중했다.

"어서 오십시오, 도련님."

"강 집사님, 잘 지내셨죠?"

"네, 그럼요. 오래 살고 볼 일입니다. 이렇게 도련님께서……"

강 집사는 울컥해서 말을 잇지 못했다. 그가 여자를 데려온 것에 굉장히 감동한 것 같았다. 집 안에 들어서니 소파에 어른들이 앉아 계셨다. 마치 TV 뉴스를 보는 것 같았다. LK그룹의 이석우 회장과 이현성 부회장, 그리고 그의 사촌인 범아그룹의 이상민 회장까지 앉아 있었다. 거기에 그들의 부인들까지 있으니 비현실적이란 생각이 들었다.

이렇게 이들을 속이다가 그들이 헤어지면, 그땐 정말 예린은 사회적으로 매장을 당할 것 같다는 생각이 들었다. 이래도 되는 것일까?

"오 비서, 아니 예린 양. 어서 앉아요."

이 회장이 밝게 웃으며 그녀를 반겼다.

"안녕하십니까. 오예린입니다. 너무 떨리네요."

예린은 긴장한 듯 말하며 민준과 함께 소파 가운데에 앉았다. 그다음부터는 어른들의 수많은 질문에 예린은 정신을 차릴 틈이 없었다.

"우리 민준이가 이상한 사진 찍혔을 때도 만나고 있었던 거야?"

이 부회장이 궁금했는지 물었다.

"네. 그리고…… 그 사진에 대해 드릴 말씀이 있어요."

"속상했나 보군."

이 부회장이 그녀의 편을 들어 주었다.

"그게 아니라……. 그 사진 속에서 화려한 화장을 하고 있던 사람이 사실 저입니다."

"……."

모두가 충격에 빠진 얼굴을 하고 있었다.

"아버지께서 암으로 돌아가시고…… 많은 빚을 졌습니다. 그래서 어머니와 같이 차근차근 갚아 나가다가 어머니마저 암에 걸리셨습니다."

"저런……."

"남에게 손을 더는 벌릴 수도 없고 해서 퇴근 후에 공연을 했습니다. 우연히 그 사실을 알게 된 민준 씨는 그런 절 이해해 주었습니다. 그리고…… 사랑에 빠진 거죠."

"어머머……. 로맨틱하다."

시어머니가 옆에서 맞장구를 쳐 주셨다. 그나마 다행이라는 생각이 들었다. 돈이 없다고 무시하는 분들은 아닌 것 같았다. 그럴수록 이런 분들을 속인다는 게 마음이 아팠지만 말이다. 누가 며느리가 되든지 사랑받을 것 같았다. 누군지 몰라도 부러웠다.

그녀의 이야기를 들은 이 회장은 그에게 잘하라고만 했다. 더는 그녀의 자존심이 다칠까 봐 말을 꺼내지 않으셨다.

"난 네놈이 게이면 어떻게 하나 걱정했다."

이 부회장이 아들 때문에 속이 탔던 이야기를 했다.

"아 참, 사고가 났었다고 들었는데 괜찮은 거야?"

"네, 전 많이 다치진 않았습니다."

"이제 회사 일이나 그 공연인지 뭔지 하는 건 그만두거라."

"이미 그렇게 했습니다."

"……."

갑자기 민준이 그녀의 손을 잡으며 다정한 눈으로 그녀를 내려다보았다.

"결혼 전까지 같이 지내려고요. 그래야 할아버지가 원하시는 손자도 빨리 가지죠."

"하하하, 아주 좋아. 올해 네 놈 입에서 들은 말 중에 가장 마음에 드는 말을 하는구나."

이 회장이 웃자 가족 모두 즐거운 분위기가 되었다. 저녁 식사를 마치고 차를 마신 그들은 집을 나섰다.

"어른들을 이렇게 속여도 되는 건지 모르겠어요."

예린은 그를 속인 죄책감이 사라지기도 전에 또 어른들까지 속여야 한다는 게 마음에 걸렸다.

"속인 거 없어."

"우리 진짜 결혼하는 건 아니잖아요."

분명 가짜 연인 행세를 하는 것에 계약한 거지 결혼 이야기는 계약 내용에 없었다.

"우린 결혼할 거야. 그리고 아기도 낳을 거야."

"본부장님……."

조금 당황스러웠다. 그는 그녀를 못 잡아먹어서 안달인데 왜 그녀와 결혼을 하고 아기까지 낳으려고 하는지 이해가 되지 않았다.

"내 말에 토 달지 마. 내가 널 용서해서 이러는 건 아니니까. 나를 속인 대가는 치러야 하지 않겠어?"

그는 그녀와 결혼을 하는 이유가 벌을 주기 위함이라고 말하고 있었다. 그렇다고 그의 뜻대로 그녀의 인생을 통째로 맡길 수는 없었다.

"벌을 주려면 다른 거로……."

"입 다물어. 난 지금 그렇게 기분이 좋지 않으니까 말이야."

"……."

그는 화가 나 있었다. 그런데도 어른들 앞에선 아카데미 상을 받을 만큼 진짜 같은 연기를 펼친 것이다. 그녀를 너무나 사랑하는 남자 역할을 말이다.

"다른 사람들 앞에선 사랑하는 것처럼 연기해. 거짓말 잘하잖아?"

"……."

그가 비웃었다. 그녀의 행동을 두고두고 우려먹을 생각인지 그는 당당하게 그녀에게 인생 자체를 내놓으라고 말하고 있었다.

"그나마 우리가 침대에선 뜨거우니 그걸 위안으로 삼으라고."

"……."

그는 지금 그녀의 상처 난 마음에 소금을 뿌렸다. 단단히 화가 난 것 같았지만 이걸 언제까지 견뎌야 할지 기약이 없었다. 앞으로 결혼을 하게 된다면 그 끝이 이혼이 아닌 이상은 그의 벌은 끝이 없는 일이 될 것이었다. 하지만 아기를 낳고 예린이 쓸모없어진다면 그녀는 버려질 수도 있었다. 그때가 되면 그가 없는 삶은 더 힘들어질 것 같았다.

"진짜 결혼하는 건가요?"

다시 한 번 그에게 진지하게 물었다. 결혼은 장난도 아니고 분풀이도 아니었다.

"응."

"후회할 짓은 하지 말아요."

"후회? 후회할 짓은 예린이 하지 않았나?"

"……."

그의 말이 맞았다. 그때 민준에게 솔직하게 말했어야 했다.

집에 도착할 때까지 그들은 아무런 말이 없었다. 그의 집에 도착하자 낮과는 다르게 집 안은 조용했다. 일하는 사람들이 저녁엔 퇴근하는 모양이었다.

조용히 민준의 뒤를 따르는 예린은 생각이 많아졌다. 어떻게 그의 생각을 돌릴지가 가장 걱정이었다.

디리릭!

현관문 비밀번호가 눌리는 소리가 들리더니 문이 열림과 동시에 민준이 그녀의 팔을 잡아 끌어당겼다. 너무 놀라서 소리조차 지르지 못했다.

쿵!

벽과 그 사이에 그녀를 가둔 민준이 갑자기 예린으 입술을 삼켜 버렸다. 그는 짐승처럼 무자비하게 그녀의 입술을 짓눌렀고 민준의 입술 때문에 예린은 숨을 쉴 수가 없었다. 하루에도 몇 번이나 변하는 그를 이해할 수 없었다. 그런데 더 웃기는 건 이렇게 짐승처럼 달려드는 그가 싫지만은 않다는 것이었다.

"으읍!"

예린의 치마 안으로 그의 손이 들어와 무자비하게 그녀의 팬티를 찢어 버렸다. 그리고는 그녀의 여성을 거칠게 잡았다.

"젖었어."

"하아……."

"이렇게 밝히는 여자였나?"

"아흐……."

그의 손가락이 그녀의 여성을 가르고 들어와 질 안으로 들어갔다. 미칠 것 같았다. 민준은 예린이 어떻게 하면 흥분하는지 아는 것 같았다. 그가 예린의 귓불을 질척하게 빨아들였다. 그리고는 자신의 바지를 내렸다.

"악!"

민준은 예린을 안아 올린 후에 자신의 페니스를 그녀의 질 안으로 밀어 넣었다. 아직도 그의 페니스는 그녀가 감당하기엔 너무나 컸다. 예린은 그의 목에 필사적으로 매달렸다.

"아아앙"

그녀의 엉덩이를 잡은 민준은 강하게 그녀를 파고들었다. 미칠 것만 같았다. 그의 움직임은 점점 빠르고 거칠어졌다.

"헉헉헉!"

"하아……."

그들의 거친 숨소리가 현관을 들썩이게 했다.

"아악……. 더 깊이……."

창피한 줄도 모르고 그에게 더 깊이 넣어 달라고 말하는 예린이었다. 이렇게 말하는 게 자신이 아닌 것 같았다. 평소의 예린이라면 상상도 할 수 없는 일이었다. 민준은 그녀를 점점 음탕하게 만들었다.

그의 몸이 뜨거워졌다. 그는 격하게 허리를 움직이더니 그녀의 몸 안에 자신의 분신을 쏟아 냈다. 예린에게 자신의 아이를 갖게 할 생각인 것 같았다.

"헉헉헉……."

민준은 한참을 그녀를 안고 있었다. 그들은 연결이 된 채로 그대로 있었다. 그 순간 예린은 그를 닮은 아이가 생긴다면 얼마나 신기할까 라는 생각이 들었다. 그리고 그러면 참 행복할 것 같다는 생각을 했다.

아이를 평생 키우게만 해 준다면 그녀는 그가 자신을 무시하더라도 얼마든지 곁에서 부인 역할을 해 줄 수 있을 것 같았다. 하지만 아이만 낳게 하고 그녀를 내쫓는다면…… 견딜 수 있을까? 그건 힘이 들 것 같았다.

민준이 아무리 그녀를 무시하고 거칠게 다룬다고 해도 이미 예린의 마음은 선을 넘어 버린 것 같았다. 그가 좋았다. 아니 사랑하는 것 같았다. 예린의 그를 안고 있는 팔에 힘을 주었다. 떨어지기 싫었다.

"내려."

"……."

그가 무뚝뚝하게 말하며 그녀를 내려놓았다. 그리고 바지를 위로 올리더니 그대로 안으로 들어가 버렸다. 혼자 남겨진 예린의 눈엔 눈물이 흘러내렸다. 그녀는 바닥에 아무렇게나 뒹굴고 있는 자신의 팬티 조각들을 주워들고는 안으로 들어갔다.

욕실에서 물소리가 들렸다. 그가 샤워하는 동안 예린은 마음을 진정시켰다. 그리고 핸드폰을 물끄러미 보았다. 아무리 재혁이 잘 말해 놓았다고는 하지만 엄마와 통화도 하지 못한 상황이었다.

하긴 지금 통화를 하면 울컥해서 또 눈물이 날 것 같아 핸드폰은 다시 가방에 넣었다. 거울을 보니 눈이 빨갛기는 했지만 괜찮아 보였다.

잠시 후, 젖은 머리를 털며 민준이 욕실에서 나왔다. 그녀 보자 잠시 발걸음을 멈추더니 아무 말 없이 드레스룸으로 들어가 버렸다.

예린은 그를 따라 드레스룸에 들어갔고 그와는 약간 거리를 두었다. 그녀 앞에서 아무렇지 않게 옷을 갈아입은 민준이 예린 쪽으로 고개를 돌렸다.

"내일 집에 다녀 올게요."

그를 제대로 바라보지도 못하고 예린이 말했다.

"엄마에게 상황 설명은 해야 할 것 같아서요. 제가 출장 간 줄 아시거든요."

"아니, 그럴 필요 없어. 같이 있는 거 아셔."

"……."

너무 놀라서 아무 생각도 나지 않았다.

"그래도 내일은 다녀와. 짐은 챙겨 올 필요 없어. 앞으로 예린이가 쓰게 될 건 여기에 맞는 걸로 다시 사."

"……."

"왜 말이 없지?"

그의 말에 놀랐기 때문이었다.

"언제 엄마에게 말했어요?"

"오늘."

"……아무 말 안 하세요?"

"같이 있다는 말에 오히려 좋아하셨어. 그러니 예린이도 신경 쓰지 마. 알아듣게 잘 말씀드렸으니까."

그에게 더 할 말이 없었다. 엄마에게도 잘 말했다고 하니 다행이었고, 또 내일 다녀오라고도 했으니 그녀의 입장을 충분히 생각해 준 것이었다.

"알겠어요."

"먼저 자."

"네."

민준은 옷만 갈아입고는 어딘가로 향했다.

그리고 그날 밤엔 그녀의 침대로 들어오지 않았다.

다음 날 아침. 그는 언제 출근했는지 보이지 않았다. 아침을 먹은 예린은 엄마가 있는 집으로 향했다. 재혁이 데리러 와 줘서 조금 편하게 갈 수 있었다.

"어떻게 된 일인지 하나부터 열까지 다 말해. 난 시간이 많으니까."

재혁은 궁금해 죽겠다는 표정을 지었다.

"내가 시간이 없어."

"야!"

약이 바짝 오른 재혁이 소리를 버럭 질렀다. 재혁은 놀리는 재미가 있는 사람이었다.

"귀 안 먹었어."

"빨리 말해. 안 그러면 차 세운다."

"민준 씨가 결혼하자고 했어."

"뭐?"

"결혼 전에 동거하고 아기도 낳자고 했고. 어른들께는 어제 허락받았어."

"어머! 아주 멋지다. 우리 예린이 신데렐라가 된 거야? 어머……. 어쩜 좋아, 축하해."

"……."

갑자기 눈앞이 뿌옇게 흐려졌다. 축하받을 일이고 재벌가의 며느리가 되는 게 좋아야 하는데 자꾸만 눈물이 났다.

"너, 울어?"

"……."

"왜 그러는데? 좋은 일 아니야? 용서받은 거 아니었어?"

재혁은 예린이 우는 이유를 알지 못해서 답답해했다. 다른 사람들은 그녀의 심정을 이해할 수 없을 것이다. 재벌가에 시집을 가는 게 울 일은 아니니까 말이다.

"오예린."

"오빠, 본부장은 날 증오해. 이건 나한테 복수하는 거야."

말하고 싶지 않았지만, 오빠가 그들의 사이를 잘못 아는 것도 싫었다. 오빠에게는 솔직하고 싶었다. 그렇지 않으면 그녀의 속마음을 얘기할 곳이 없었다.

"뭐?"

"그런데 더 최악은 뭔지 알아?"

"……."

"내가 그 사람을 사랑하는 것 같아. 지금 이 모든 게 그가 주는 벌이란 걸 아는데, 놓을 수가 없어."

"예린아……."

"어쩌지?"

답답함에 눈물이 나왔다. 가슴이 아팠다. 누가 심장을 손으로 잡고 쥐어짜는 것 같은 고통이 느껴졌다. 죽을 것만 같았다.

"오빠, 가슴이 너무 아파……."

그녀는 집에 도착할 때까지 울음을 그치지 못했다. 처음 하는 사랑에 마음이 무너지는 것 같았다. 사랑은 절대 달콤하지 않았다. 독한 술이 목구멍을 타들어 가게 하듯, 사랑은 그녀의 가슴을 타들어 가게 했다.

며칠 사이에 예린의 인생은 많은 것이 바뀌었는데 오래된 그녀의 집과 엄마는 그대로였다. 하지만 집 안의 모든 것들이 예린의 눈엔 생소해 보였다. 마치 그녀의 집이 아닌 다른 사람의 집에 놀러 온 것 같았다.

"엄마!"

"이모! 저희 왔어요."

"아, 어서 와."

재혁과 같이 집에 도착하자 생각보다 아주 좋아진 엄마가 그들을 반갑게 맞아 주었다. 며칠 동안 딸을 못 본 것치고는 걱정이 없어 보였다.

"왔어, 우리 딸?"

"……."

엄마의 환한 얼굴을 보자마자 예린의 엄마를 와락 끌어안았다.

"엄마……."

울컥한 마음에 엄마를 안고 울기 시작했다.

"재혁아, 애 왜 이래?"

"좋아서요."

"그렇지? 재벌가에 시집을 가는데 좋은 게 당연하지. 거기에 우리 사위가 인물까지 좋으니 아주 좋아 죽는 게 당연하지."

"어떻게 알았어?"

"본부장이 직접 전화해서 결혼하게 해 달라고 말했어. 다음에 약속 잡아서 찾아뵙겠다고도 했고. 어찌나 예의가 바르던지. 아주 마음에 들어."

"이모가 아주 이민준 본부장에게 반했네."

"그래, 아주 멋진 것 같아."

엄마는 예린이 본부장과 결혼하는 게 너무 좋은 모양이었다.

"내가 시집가는 게 그렇게 좋아?"

"그래 좋다. 시집갈 때 됐으면 가야지. 평생 혼자 살래?"

"난 엄마랑 평생 같이 살고 싶은데?"

예린이 엄마의 허리를 끌어안고는 놔주지 않았다. 이번에 입

원하면서 엄마는 많이 좋아지긴 했지만, 살은 더 빠진 것 같았
다.

"거짓말도 잘하네."

"거짓말 아니야."

"헛소리 그만하고 밥이나 먹어. 둘 다 점심 전이지?"

"네."

엄마가 그녀를 위해 맛있는 밥상을 차려 주었다.

"그런데 우리 사위 오면 뭘 해 주지? 재벌이라서 안 먹어 본
게 없을 텐데, 걱정이네."

"신경 안 써도 돼."

"그게 되니? 사위 사랑은 장모인데."

엄마는 그를 생각만 해도 좋은 것 같았다.

"엄마, 나 이제 엄마하고 못 지내. 본부장님이 같이 지내자고
했어."

"왜?"

그녀의 말에 엄마가 놀란 것 같았다. 이건 예상하지 못하신 것
같았다.

"나이가 있어서 아기를 빨리 갖고 싶다고……."

"결혼하고 가지면 안 돼?"

걱정했던 대로 엄마가 서운함을 숨기지 못했다.

"안 될 것 같아. 그 대신에 자주 집에 올게."

"……그렇게 해."

엄마의 목소리에 물기가 가득했다.

"혼자 잘 지낼 수 있어?"

"그럼, 엄마가 애도 아니고……."

그렇게 말한 엄마의 눈에서 눈물이 흘러내렸다.

"엄마……."

"걱정하지 마. 엄마는 잘 지낼 거야. 이모랑 작은 분식점 하기로 했어."

"뭐?"

"집에 있으면 뭐 하게? 그렇게 소일거리나 하며 사는 거지."

"너무 힘든 일은 하지 마."

"분식집이 뭐가 힘들어. 그것도 안 하면 엄마가 못 견뎌."

더는 말리지 못하게 엄마가 쐐기를 박았다. 하지만 엄마의 마음도 이해가 갔다.

엄마가 차려 준 점심을 먹고 집을 나온 둘은 커피숍에 들렀다. 그리고 간단하게 재혁과 커피를 마신 후 그녀는 민준의 집으로 돌아갔다.

째깍째깍.

오늘따라 민준의 귀에 시계 소리가 크게 들리고 있었다. 종일 퇴근 시간을 기다렸는데 막상 그 시간이 되자 심장이 오그라드는 것 같았다.

오늘도 예린을 본다면 짐승처럼 달려들 것 같았다. 요즘 그는 브레이크가 고장 난 스포츠카나 마찬가지였다.

"본부장님."

윤 실장이 어느새 그의 곁에 와 있었다.

"내일 새로운 비서 면담이 있으십니다."

"윤 실장이 알아서 해."

"네?"

윤 실장에게 알아서 하라는 말은 처음이었다. 모든 건 다 민준의 손을 거쳐야 했다. 그의 마음에 들어야 했고 그가 원하는 방향으로 일을 추진했다. 모든 게 완벽한 상사는 직원들이 하는 일이 만족스럽지 않은 법이었다. 그런데 오늘 처음으로 윤 실장에게 알아서 하라고 했다. 그러니 윤 실장이 놀라는 수밖에 없었다.

"윤 실장이 알아서 결정하면 된다고."

"그래도……."

"알아서 하고. 난 지금 퇴근할게."

"네."

그는 재킷을 집어 들었다.

"앞으로 작은 일들은 윤 실장이 알아서 해. 이제 그럴 때도 됐잖아."

"네, 본부장님."

주차장으로 향하면서도 발걸음이 무거웠다. 집에 가고 싶어야 정상인데 집에 가면 자신과의 극한 싸움이 시작되기 때문에 힘들었다. 회사 일로도 힘이 드는데 집에서까지 쉬지 못하니 요즘 민준은 얼굴 살이 쏙 빠졌다.

"댁으로 모실까요?"

"후……. 그래야겠지……."

차에 오르자 운전기사가 한 말에 한숨부터 나오는 그였다. 민준이 이러는 이유는 단 하나, 예린 때문이었다. 예린이 그의 집에 들어온 지 일주일이 흘렀다. 그는 요즘 예린을 멀리하고 있었다. 그녀는 그의 침실을 썼고 민준은 게스트룸을 썼다. 왜 그런지 자꾸 예린만 보면 안고 싶어졌고 그런 자신을 생각하면 한심했다.

예린의 생각만으로도 아래로 피가 몰리고 있었다. 자신이 이렇게 짐승 같았는지 예전엔 몰랐었다.

"핫!"

헛웃음이 났다. 예린이 한 짓을 용서하지 못한 건 아니었다.

아니 용서랄 것도 없었다. 코코와 예린이 같은 사람인 걸 몰라본 그의 잘못도 있었다. 그런데 이상하게 예린을 보면 자꾸만 투정을 부리게 됐다.

"투정……."

그래 투정이었다. 그리고 이건 자기방어이기도 했다. 그녀를 생각하는 게 자꾸만 선을 넘었다. 좋다는 것 이상의 감정이 들어 있었다. 그 어떤 여자도 그에게 느끼게 하지 못한 걸 예린이 느끼게 해 주었다.

느끼게만 하는 게 아니라 행동으로까지 옮기게 했다. 그가 예린에게 한 걸 생각하자 닭살이 돋았다. 민준이라고는 도저히 상상도 안 될 일들을 그가 했다. 그것도 계약 연애라는 걸 핑계 삼아 말이다.

어제도 예린의 어머니에게 작은 선물을 보냈다. 몸이 안 좋은 어머니를 위해 한의사를 직접 집으로 보내 진맥을 하고 약을 짓게 했다. 물론 예린에게는 비밀로 해 달라는 말도 잊지 않았다.

이렇게 이해할 수 없는 짓들을 서슴없이 하고 있었다. 예린을 보기만 해도 달려들 것 같았고 그녀의 얼굴만 보면 몸이 뜨거워 졌다. 마치 열병을 앓고 있는 것 같았다. 어쩌면 그가 피하는 건 당연한 일이었다.

마음이 안정될 동안은 거리를 두는 게 맞았다. 아직은 예린을

원망해야 했다. 그가 흔들리고 있다 해서 너무 쉽게 용서할 순
없는 일이었다.

"흔들리면 안 돼."

그래서 그는 당분간 마음을 추스를 시간을 갖기로 한 것이었
다. 집에 도착하자 맛있는 음식 냄새가 났다. 요즘 저녁 식사도
그에게 고문의 시간이었다.

"다녀오셨어요."

예린은 그의 재킷을 받아 들었다.

"고생하셨어요."

"……."

오늘 예린은 베이지색의 원피스를 입었다. 한쪽 어깨가 드러
난 루즈한 원피스였다.

"저녁 식사 준비됐어요."

예린이 그의 앞을 걸어갔다. 복도를 걷는 예린의 뒷모습에 그
는 눈을 뗄 수 없었다. 그가 잘못 본 게 아니라면 지금 예린은 옷
안에 아무것도 안 입고 있었다. 그녀의 몸매의 곡선이 역광을 받
아 온전히 드러났다.

"씻고 오세요."

"어? 어……."

갑자기 그녀가 뒤를 돌아보며 묻자 그는 당황해서 말까지 더

듣었다. 오늘 왜 저러는 건지 알 수 없었지만, 확실히 그의 시선을 끄는 덴 성공했다.

이래서 집에 오는 게 힘이 들었다. 예린은 날이 갈수록 대담해졌고 그는 그런 예린을 당해 낼 수 없을 것 같았다.

"오예린……."

그는 욕실에서 물을 틀어 놓고 거울을 보며 계속해서 혼잣말을 하고 있었다.

"넌 할 수 있어."

뭘 할 수 있다는 건지……. 스스로 생각해도 어이가 없었다. 거울 속의 남자는 눈 밑에 다크서클을 장착하고 힘들어 보이는 얼굴을 하고 있었다.

"아무것도 안 입었어……."

이건 정신적인 고문이었다. 예린에게 계속 이런 고문을 당한다면 그는 죽을 수도 있었다.

"후……."

한숨을 쉬며 마저 손을 씻은 그는 넥타이만 풀고는 옷도 갈아입지 않고 주방으로 향했다.

"앉으세요."

그녀가 갑자기 그의 앞에서 머리끈으로 긴 머리를 올려 묶었다. 그녀가 양팔을 들어 올리자 치마가 허벅지 위까지 올라가 그녀의 매끈한 다리가 다 드러났다.

"흠흠······."

그는 헛기침하며 자리에 앉았다.

"오늘 어머님께서 다녀가셨어요. 민준 씨 좋아하는 반찬도 챙겨 오셨고요."

식탁을 보니 그가 좋아하는 반찬으로 가득했다. 하지만 지금 그가 가장 먹고 싶은 건 반찬이 아니었다.

"자 드세요."

예린이 그가 좋아하는 동태찌개를 퍼다 주었다.

"······."

그는 도저히 밥을 먹을 수가 없었다. 밝은 곳에서 보니 그녀가 입은 옷이 얼마나 얇은지 알게 되었다. 그녀의 풍만하고 아름다운 가슴이 그대로 보였다.

"드세요. 맛있어요."

그녀가 앞에서 식탁에 팔을 기대자 그의 눈에 가슴이 정말 확 띄었다. 그녀의 유두가 흥분해서 옷 위로 튀어나와 있었다.

벌떡!

더는 참기 힘이 든 민준이 자리에서 일어나 예린을 안아 들었다.

"어머! 뭐 하시는 거예요?"

"그러는 예린이는 뭐 하는 거지?"

분명 예린은 그녀를 무너뜨리려고 작정을 한 것 같았고, 그게 맞다면 성공했다. 그래서 화가 났다.

"뭐가요?"

"옷이 왜 이래?"

"집이니까 편하게 입었는데……."

예쁜 입을 삐죽거리며 말하는 예린이 몹시도 사랑스럽게 보여 그는 머리를 흔들었다.

"오예린."

"왜요? 밥보다 날 먹고 싶은 건가요?"

예린이 당돌하게 말했다.

"맞아."

오늘은 솔직하게 말했다. 이렇게까지 그의 마음을 들켜 버린 상황에서 거짓말을 한다는 것도 웃기는 일이었다.

"오늘은 왜 이러는 거지?"

"하고 싶어서요."

"……."

그녀 또한 오늘은 솔직했다. 일주일 동안 피한 게 아무 소용 없어져 버렸다. 괜한 짓을 한 것 같았다. 그는 자신의 침실에 예린을 내려놓았다. 예린은 그의 앞에서 원피스를 벗어 버렸다.

"그리웠어요."

"예린아……."

"거절하지 말아요. 오늘은 내가 하고 싶으니까요."

갑자기 왜 이렇게 자신을 유혹하는지는 지금 중요하지 않았다. 지금은 예린을 안는 것만 중요했다. 그는 완전 나체의 예린을 강하게 끌어안았다.

"이런 일이 있을 줄 알았다면 조금 더 일찍 올 걸 그랬어."

"일찍 오는 게 아니라 일주일 동안 날 혼자 두지 말았어야죠."

"다시는 혼자 두지 않을 거야."

"나도 더는 혼자 자고 싶지 않아요. 읍!"

그가 예린의 입술을 단번에 삼켜 버렸다. 이런 맛을 거부한 자신이 멍청하게 느껴질 정도였다. 그는 입술을 마주한 채로 자신의 옷을 벗었다. 잠시도 떨어져 있고 싶지 않았다.

북!

그는 결국 자신의 명품 와이셔츠를 찢어 버렸다. 그리고 바지도 거의 찢듯이 벗어 버렸다. 그리고 예린을 침대 위로 밀었다. 그녀가 침대 위에서 손가락을 까딱거리면서 그를 불렀다. 여우도 저런 여우가 없었다.

민준은 거친 호흡을 몰아쉬며 침대 위로 뛰어들었다. 그리고 정신없이 그녀의 입술을 삼켰다. 단 한 곳도 빠짐없이 그녀의 온

몸에 입술 도장을 찍었다. 그리고는 예린의 다리를 벌려 그녀의 여성을 삼켜 버렸다. 민준이 입술로 여성을 가르고 들어가 그녀의 클리토리스를 혀로 자극했다.

"하아, 하아……."

거친 숨소리가 그녀의 입을 통해서 흘러나왔다.

"빨리 넣어 줘요."

츄읍 츄읍…….

그는 여성을 빠느라 정신이 없었다.

"제발……."

그녀의 애원에 흥분한 그가 몸을 일으켰다.

"벌려 봐."

그의 말에 예린이 다리를 벌렸다. 그녀도 흥분했는지 부끄러움 따위는 없었다. 그녀의 여성이 그의 눈에 들어왔다. 호흡이 가빠지며 그는 심장이 터져 버릴 것만 같았다.

"헉헉……."

"어서요."

민준은 홀린 듯이 자신의 페니스를 그녀의 질에 밀어 넣었다.

"아아악!"

여전히 그녀의 질은 좁았고 그를 미치게 했다.

"민준 씨, 깊게 넣어 줘요……."

"……."

예린에게 철저하게 조종당하는 기분이었다. 그래도 좋았다. 빠르게 허리를 움직이며 그는 여우 같은 예린을 마음껏 차지했다.

"으윽!"

그녀의 질은 그의 페니스를 끊을 듯이 조여 왔고 민준은 정신을 차릴 수가 없었다. 이런 여자를 일주일 동안이나 거부한 그는 자신이 한심하다고 생각했다.

"아아앙……."

신음마저 섹시한 예린이 그의 밑에서 허리를 흔들며 그의 리듬에 맞추고 있었다.

"민준 씨……."

"예린아……."

욕망에 온몸이 폭발할 것 같았다. 그의 온몸이 땀에 젖어 들었다. 마지막을 향해 달리는 민준은 극한의 쾌감을 맛보며 그녀의 몸 위로 무너져 내렸다.

"헉헉헉……."

"……."

예린이 뜨거운 눈물을 흘리고 있었다.

"예린아……."

"날…… 혼자 두지 말아요."

"미안……."

그는 예린의 눈물을 입술로 머금었다. 그만큼이나 예린이 힘들었다는 생각에 미안한 마음이었다. 예린의 입술이 그의 입술을 뜨겁게 빨아들였다.

"으으음……."

둘은 뜨거운 키스를 나누었고, 민준은 밤을 지새우며 몇 번이고 그녀를 가졌다.

Chapter 9

9월인데도 아직 더위는 물러가지 않고 있었다. 추석이 지나야 시원해질 것 같다고 했다.

첨벙, 첨벙!

집 안의 수영장에서 민준이 수영을 하고 있었다. 예린은 수영장 끝에 걸터앉아 수영을 하고 있는 민준을 바라보았다. 완벽한 자세로 접영을 하는 그를 넋이 나간 듯이 보고 있는 예린이었다.

신은 불공평한 것 같았다. 그는 모든 걸 다 갖춘 남자였다. 예린의 입술에 미소가 걸렸다. 그는 그녀의 신랑이 될 것이다. 물론 그의 마음을 차지한 건 아니었지만 확실한 건 그의 밤을 차지하긴 한 것 같았다.

그들은 매일 밤 불같은 사랑을 나누었다. 그의 정력은 끝이 없었다. 그게 예린은 만족스러웠다. 그들은 10월에 결혼식을 올리기로 했다. 예식은 그녀를 생각해서 간소하게 하우스 웨딩으로 진행하기로 했고 웨딩드레스는 유명 디자이너가 그녀를 위해 특별히 제작해 주기로 했다.

뭐든지 최고로 해 주고 싶어 하시는 어른들 때문에 오히려 예린이 난감했다. 그런 고가의 물건들은 솔직하게 받고 싶지 않았다. 부담스러웠다.

"어머!"

그가 어느새 그녀 앞에 와서 그녀의 다리를 잡았다. 그의 커다란 손이 물에 담그고 있는 그녀의 종아리를 쓰다듬었다.

"춥지 않아요?"

"아니, 가르쳐 줄까?"

물에 젖어 햇빛에 반짝이는 그는 너무나 섹시해 보였다.

"아뇨, 전 물하고 안 친해요."

"예린이가 수영하면 인어 같을 거야."

"아무것도 안 입고 수영하길 바라는 거죠?"

예린은 그의 연필심같이 까만 흑심을 알았다.

"들켰군."

"아무것도 안 입고 밥은 먹을 수 있을 것 같아요. 배고프지 않아요?"

그가 치아를 다 드러내며 웃었다. 예린도 요즘 그의 말을 잘 받아쳤다.

"그 웃음의 의미는 뭐죠?"

"자꾸 상상하게 만들지 마."

"뭐라고요?"

"밥 먹으러 가자."

그가 풀장 밖으로 나왔고 예린이 그에게 수건을 건넸다. 이렇게 보니 그는 엄청나게 큰 사람이었다. 그가 예린의 어깨를 손으로 감싸 안았다. 이런 행동 때문에 예린은 착각을 하곤 했다. 그가 자신을 좋아하는 게 아닌가 하고 말이다.

"왜 그래?"

그녀의 불안한 시선을 느꼈는지 그가 물었다.

"네?"

"긴장하는 것 같아서."

"아니에요. 좀 추운 것도 같고……."

"수영장 물에 발 담그지 마. 그러다가 감기라도 걸리면 어쩌려고 그래? 난 예린이가 너무 자기 건강에 신경 안 쓰는 게 싫어."

"……."

예린은 멍하게 그를 올려다보았다. 그리고 그가 왜 이러는지 이해가 가지 않았다. 요즘 들어 오해를 불러일으키는 말을 많이 하는 민준이었다. 아침을 먹는 내내 그의 잔소리는 끊이지 않았다. 그래서일까? 자꾸 속이 이상했다.

체한 것 같았다.

"욱!"

참으려고 애썼지만 나올 수밖에 없는 재채기처럼 구역질을 하고 만 예린이었다. 그녀는 서둘러 화장실로 가서 먹은 걸 다 토해 냈다.

"괜찮아?"

"괜찮아요. 체했나 봐요."

"……."

그녀의 말에 그는 벌써 주치의를 불러들였다. 정말 못 말리는 사람이었다. 하는 수 없이 진료를 받게 된 예린이었다.

"체한 게 맞나요?"

예린이 물었다. 의사를 죽일 듯이 응시하는 민준 때문에 신경이 쓰였기 때문이었다. 다른 사람들이 보면 무척 걱정하는 것처럼 보일 것 같았다. 몸이 안 좋으니 그의 이런 헷갈리게 하는 행동이 더욱 거슬렸다.

"그게……."

"네?"

의사들의 이런 반응을 아빠 때도, 엄마 때도 겪어서 아는 예린은 심장이 멎어 버릴 것 같은 긴장감에 숨을 들이켰다.

"왜요?"

안 좋은 말은 빨리 듣는 게 나았다.

"그게, 생리는 언제 하셨어요?"

"제가 불규칙해서……. 왜 그런가요?"

"혹시 모르니까 약국에 가셔서 테스트해 보시고 내일 병원에 다시 오세요. 병원 오시기 전에 약 함부로 드시지 마시고요."

"뭘 테스트하라는 거야?"

영문을 모르는 민준이 버럭 화를 냈다.

"임신 테스트요."

"……."

의사가 피식 웃으며 말했고 민준은 그대로 얼어 버렸다. 그 자리에 얼어붙은 건 예린도 마찬가지였다. 그때 민준이 갑자기 밖으로 뛰쳐나갔다.

"어디 가요?"

"하하, 우리 이 본부장님이 저렇게 정신없는 건 처음 봅니다. 확실한 건 검사를 해 봐야 알겠지만 축하드립니다."

"……."

예린도 얼떨떨한 마음이었다. 주치의가 가자마자 민준이 들어왔다. 손에 든 비닐봉지 안에는 한가득 임신 테스트기가 들어 있었다.

"하나면 되는 거 아니에요?"

"상관없으니까 일단 한번 해 봐."

"……무서워요."

"뭐가?"

"아니면 어쩌죠? 실망할 거죠?"

"아니."

민준은 담담하게 말했다. 하지만 그녀에게 테스트기 하나를 주는 그의 손이 가늘게 떨리고 있었다. 그의 숨겨지지 않는 기대가 그녀에게 부담으로 다가왔다.

예린은 화장실로 갔고, 두 줄의 선명한 줄을 보았다. 아기가 생긴 것이었다. 하긴 그렇게 많은 섹스를 했는데 안 생기는 게 오히려 이상한 일이었다.

똑똑!

"예린아……."

그가 궁금했는지 화장실까지 들어와서 난리였다.

"어떻게 됐어?"

"……."

"예린아……."

"임신이에요."

그녀가 문을 열고 나오면서 말을 하자마자 그가 그녀를 안아 들었다.

"정말이야?"

"하지만 정확한 건 내일 병원에 가 봐야 알아요."

"그래도 수고했어."

뭘 수고했는지 몰랐지만, 기분은 좋았다. 다음날까지 기다릴 수 없었던 민준은 한국병원 산부인과 의사들을 집결시켰다. 그리고 그녀가 임신이라는 걸 확진받았다.

"자궁이 약하니까 초기에는 부부 관계를 자제해 주세요."

"네."

의사의 말에 민준의 표정이 싹 바뀌었다.

"그럼 이제 못 하는 건가요?"

"그게 아니라 3개월 정도까지는 격한 관계는 안 된다는 겁니다."

"네."

그는 아예 안 된다는 말이 아니라서 그런지 표정이 좀 나아진 것 같았다. 그리고 병원을 나가자마자 집에 전화를 걸었다.

"할아버지, 저 아빠가 됩니다."

그는 정말 기뻐하는 것 같았다.

"약속은 지켰습니다."

할아버지와의 약속이란 그녀와의 사이에서 아이를 낳는 것이었다.

LK그룹의 후계자를 만들면 그에게 따로 약속한 게 있는 모양이었다. 지금 상황에서 본다면 이 회장이 물러나고 아들인 이 부회장이 회장이 되고, 본부장이 부회장이 되는 것이었다. 그걸 그렇게 바란 것일까?

그가 하는 말 한마디 한마디가 그녀에겐 다 신경 쓰이는 말들뿐이었다. 그렇다면 버림을 받는 일만 남았나? 불안했다. 이제 그와 헤어진다는 건 상상도 할 수 없었다.

"왜 그래? 힘들어?"

어두운 그녀의 표정을 본 그가 걱정되는지 물었다.

"네, 조금……."

"얼른 가서 쉬자."

"어머!"

그가 갑자기 예린을 안아 들었다.

"괜찮아요."

"내가 괜찮지가 않아. 임산부인데 조심해야지."

"……고마워요."

그의 입이 귀에 걸렸다.

"아이가 생겨서 좋아요?"

"그럼. 날 닮은 2세가 태어난다는 데 기분 좋지."

그는 정말 기분이 좋은 것 같았다. 하지만 예린은 갑자기 불안감에 휩싸였다. 아기가 태어나면 꼭 그에게 버려질 것 같다는 생각이 들었기 때문이었다.

원래 월요일은 우울한 날이긴 했지만 오늘은 더 그랬다. 어제임신 때문에 한바탕 난리를 치고 난 후라서 그런지 혼자 집에 있으려니 우울했다. 그래서 재혁에게 전화했고 비교적 낮에는 시간이 많은 재혁이 그녀를 위로하기 위해 밖에서 만나자고 했다.

얼마 만에 명동에 나왔는지 모른다. 명동이야 볼일 때문에 오가긴 했지만, 오늘처럼 밥 먹고 커피 마시기 위해 오는 건 정말오랜만의 일이었다. 그동안은 엄마 때문에 딱히 친구들과 어울릴 시간이 없었던 예린이었다. 명동 백화점 안에 있는 커피숍에서 예린은 주스 한 잔을 시켜 놓고 오가는 사람들을 구경하고 있었다.

그때였다. 작은 손 하나가 그녀의 치마를 잡아당겼다. 작은 아이가 그녀 치마에 있는 반짝이는 비즈가 마음에 들었는지 계속만지고 있었다.

"예뻐?"

"……."

아이는 아직 말을 못 하는지 반짝이는 눈으로 그녀를 올려다 보기만 했다. 통통한 볼에 분홍색 리본 머리띠를 한 아이는 너무나 예뻤다. 평소에 아이들을 별로 좋아하는 편이 아니었는데 오늘 그녀 앞의 아이는 너무 예뻤다.

"어머! 죄송해요."

"아니에요."

엄마가 아이를 안고 옆 테이블로 돌아갔다. 예린은 한참 동안 아이와 엄마를 보았다. 서로를 바라보고 행복하게 웃고 있는 그들이 아름답게 보였다. 그리고 슬며시 손을 가져가 자신의 배를 만져 보았다.

아직 아무것도 느껴지지 않았지만 그래도 따뜻한 무언가는 느껴지고 있었다. 신기한 일이었다. 아이가 생겨서 행복하고 좋은 만큼, 민준 때문에 불안한 예린이었다.

"예린아."

"어, 여기……."

한눈에 딱 튀는 오빠였다. 오렌지색 바지라니 기가 막혔다. 그래도 오늘은 흰색 티셔츠를 입어 주어서 고맙다는 생각이 들었다. 이태원에서 볼 땐 이렇게 튀지 않았는데 명동에서 재혁은 거의 연예인급이었다.

"오빠, 눈이 부시다."

헛웃음이 나왔다.

"왜?"

"멋지다고."

"고마워."

사람들의 시선이 그들에게로 쏠렸다. 그래도 재혁은 당당했다. 예린은 재혁만 만족하면 된 거라 생각하며 싱긋 미소 지었다.

"우울했는데 오빠를 보니까 좋다."

"우울하다니. 임산부가 그러면 안 되지. 너무너무 축하해."

재혁은 진심을 담아 축하해 주었다.

"오늘 오빠가 쏜다."

"고마워."

"그런데 정말 왜 그렇게 우울해 보여? 얼마 안 있으면 결혼할 애가."

"사실은…… 임신한 게 걱정스러워. 본부장님하고 이 회장님 사이에 약속이 있었던 것 같아."

"무슨 약속?"

"코코 때문에 한 번 뒤집어진 적이 있었잖아? 그때 선도 보고 그랬거든. 자세히는 모르지만 아마도 본부장님을 게이라고 생각하셨던 모양이야. 그래서 결혼을 하라고 하신 거지."

"재벌들은 무섭네. 경영권에 영혼까지 파는 거야?"

"그렇게 길러진 사람들이니까. 영혼을 판다면 LK를 위해 팔 겠지."

"그래서 속상해?"

"아기가 생겨서 기쁘긴 하지만, 나와의 일은 거기까지가 될까 봐 걱정인 거지……. 마음은 이미 다 줘 버렸는데, 아이까지 없 으면 슬플 것 같아."

"아기를 어떻게 뺏어."

하지만 그런 생각을 더 부채질한 일이 어제 일어났다. 시어머 니에게 전화가 온 것이다. 축하 인사와 함께 며칠 후에 유모를 보낸다는 하셨다. 아기를 낳기 전에 필요한 준비서부터 낳고 나 서 기르는 것까지 함께할 사람이라고 했다.

"유모가 온대……. 내가 없더라도 그 사람이 얼마든지 아기를 키울 수 있으니까."

"너도 참 걱정을 사서 하는 것 같아."

"……."

"그게 불안할 일이야? 내 생각엔 본부장님이 널 미워해도 아 기를 위해서라면 너와 헤어지지 않을 거야. 그리고 지난번에 내 가 준 옷은 입어 봤어?"

"어."

"효과 있지?"

"……어."

베이지색 원피스는 재혁이 그녀를 위해 보내 준 선물이었다. 하도 본부장에 대해 불안해하니까 남자의 마음을 사로잡아 보라며 준 옷이었다. 물론 베이지색 원피스 이외에도 부부 생활에 도움이 될 만한 것들을 챙겨 주었다.

"나 같은 오빠도 없지?"

"그건 맞아. 가끔 좀 지나치긴 하지만."

"아 참, 우리 점심은 한석 씨랑 같이 먹어도 될까?"

"그럼."

요즘 두 사람은 동거를 시작했다. 한석의 끝없는 구애에 재혁이 넘어간 것이었다. 둘은 생각보다 잘 어울렸다. 한석과 점심을 먹은 후에 재혁이 예린에게 작은 선물을 주겠다면서 아기용품점에 가서 신생아 옷들을 사 주었다.

그곳에서 예린은 조금 서운하더라도 참기로 했다. 아기만 바라보며 살아가더라도 그의 곁에 있고 싶었다.

"오빠, 고마워."

"뭘. 내가 한 가지 조언 하나 할까?"

"……."

"네 안에서 코코를 끄집어내. 넌 코코일 때가 가장 멋있었어. 당당하게 살아. 아무리 이민준이 재벌이라지만 너의 영혼까지 지배할 수는 없어."

재혁의 말이 맞았다. 그는 그녀의 영혼까지 지배할 수는 없었다.

"내가 지난번에 선물한 거 있지? 이민준이 널 지배할 수 없어도 넌 이민준의 영혼을 사로잡을 수 있어. 그냥 코코처럼 너의 삶의 무대를 장악해 버려. 알았지?"

"고마워."

재혁과 한석이 가고 그녀는 왠지 당당해진 걸음으로 집으로 향했다. 재혁의 말처럼 코코라면 이렇게 걸었을 것이다. 짙은 화장으로 자격지심을 가렸을 때 그녀는 당당했다. 집으로 돌아온 예린은 오랜만에 코코의 화장품 가방을 열었다.

퇴근 시간까지 한 시간 정도 남아 있었다. 분침이 한 칸을 이동하는 시간이 이렇게 긴 줄 그동안은 몰랐었다.

"무슨 일 있으십니까?"

"뭐?"

"시계를 1분 사이에 100번은 보신 것 같아서요."

"내가?"

윤 실장이 고개를 끄덕였다. 하긴 손목시계를 요즘처럼 많이 들여다본 적은 없었던 것 같았다.

"이거……."

윤 실장이 그에게 쇼핑백을 내밀었다.

"뭐지?"

"비서실 직원들이 준비한 거니 사모님께 전해 주시면 됩니다. 아기용품입니다."

그는 모든 사람에게 임신 소식을 알렸다. 너무 좋아서 가만히 있을 수가 없었다. 마음 같아서는 사내 방송이라도 하고 싶었다.

"고마워."

"좋아하셔야 할 텐데……. 걱정입니다."

"좋아할 거야."

하얀색 쇼핑백 안의 상자는 예쁜 리본에 묶여 포장되어 있었다.

드디어 퇴근 시간이 되어 그는 쇼핑백을 들고 사무실 직원들에게 고맙단 인사를 하고 나왔다.

퇴근길에 민준은 잠시 망설이다가 꽃집에 들렀다. 생전 처음 꽃집이란 곳에 와서 여자를 위한 꽃을 사는 것이었다.

"어서 오세요."

꽃집 사장이 그를 보고는 깜짝 놀란 얼굴을 했다. 그를 알아본 모양이었다.

"꽃을 선물할까 하는데……."

"어떤 꽃으로 드릴까요?"

"잘 몰라서……."

"여자분이 어떤 스타일이시죠?"

민준은 예린에 대해 곰곰이 생각했다. 그녀가 어떤 스타일이다, 라고 정의한 적은 없었다. 그냥 곁에 있을 때 뜨거운 여자였고 곁에 없을 때 생각나는 여자였다.

"뜨거움과 차가움을 동시에 가진 사람이죠. 지옥과 천국의 느낌이 공존하는 것 같아요. 어떨 때 보면 지옥 불 한가운데에 있는 악마 같고 어떨 때 보면 천사가 따로 없죠."

"양면적이신데요?"

"네."

"그런 이렇게 섞어 볼까요? 지옥 불 같은 붉은 장미하고 순결한 카라, 어떨까요? 안 어울릴 것 같지만 아주 잘 어울린답니다. 바구니로 할까요?"

"네."

"여자분에 대해 손님처럼 표현하시는 분은 처음이에요. 많이 사랑하시나 봐요. 사랑하지 않으면 상대를 그런 시각으로 볼 수 없죠."

"……제가 어떤 시각인 것 같아요?"

"사랑에 빠져서 정신없는 것 같은데요? 보통은 애인을 이야기할 때 귀여운 스타일이거나 얌전하다거나 섹시하다거나 이렇게 말하지, 악마와 천사로 표현하진 않죠."

"그래요?"

"둘은 너무 다른 존재잖아요? 손님께서는 그분을 신적인 존재와 동급으로 생각하시는 것 같아요. 그만큼 사랑하신다는 거죠."

꽃바구니를 만들면서 꽃집 사장은 끝없이 이야기했고 왠지 민준은 그 이야기를 가슴에 담기 시작했다.

"사랑이라……."

꽃바구니를 가지고 차에 타자 강 기사가 얼떨떨한 표정으로 그를 바라보았다.

"별로야?"

"아니요, 멋있으십니다. 사모님께서 아주 좋아하실 것 같습니다."

"고마워."

꽃바구니를 보며 그는 자신이 많이 달라졌다는 생각을 했다. 그를 이렇게 만든 건 예린이었다. 그녀에 대한 마음은 날이 갈수록 깊어졌다. 사랑이라는 단어를 쓰는 게 맞는지는 모르겠지만 예린을 향한 그의 마음이 다른 여자에게선 한 번도 느껴 보지 못

한 감정이란 건 확실했다.

한껏 자신감에 부푼 그가 집에 도착했을 때, 이상하게 오늘은 집 안에서 음식 냄새가 나지 않았고 예린도 마중 나오지 않았다.

"집에 없나?"

그는 저도 모르게 집 안을 살피기 시작했다.

"예린아……?"

급기야 예린을 찾았지만, 그녀는 어디에도 보이지 않았다.

"뭐지?"

벌컥!

급한 마음에 그는 침실 문을 부술 듯이 열고는 그대로 얼어 버렸다.

"코코……."

침대 위에 코코가 블랙 드레스를 입고 누워서 그를 기다리고 있었다. 반짝이는 스팽글이 잔뜩 박힌 무대 의상은 지난번에 본 적이 있었다. 거기에 풍성한 금발 가발을 쓰고 드랙퀸 메이크업을 한 그녀는 비현실적인 모습이었다.

갑자기 음악이 흐르더니 그만을 위한 코코의 공연이 시작되었다. 코코가 무대에서 쓰는 번쩍이는 무선 마이크를 들고는 음악에 맞춰서 침대에서 일어났다. 코코는 침대 위에 걸터앉아 야릇한 몸짓을 하며 노래를 불렀다.

당신을 너무나 간절히 사랑한다는 재즈풍의 노래를 굉장히 끈적이는 목소리와 몸짓으로 부르고 있었다. 걸치고 있던 드레스의 한쪽 어깨를 내리며 뇌쇄적인 눈빛으로 한 그녀는 한 걸음씩 그에게 다가왔다.

그리고 그와 한 발짝 거리에 있을 땐 드레스를 완전히 벗어 버렸다. 드레스를 완벽하게 벗은 모습은 그가 상상하던 모습이 아니었다. 가슴을 붕대로 칭칭 감은 모습이었다.

짝짝짝!

음악이 끝이 나자 민준은 저도 모르게 박수를 쳤다.

"감사합니다."

남자 목소리를 흉내 낸 코코의 목소리였다. 마이크 소리가 방 안을 울렸다. 립싱크를 한다기에 마이크 기능이 안 될 줄 알았는데, 몰랐던 사실에 새삼 놀라웠다.

"오늘은 아주 특별한 공연을 할 생각이랍니다."

"……."

"답답한 남자가 있거든요. 저의 마음을 몰라도 너—무 몰라서 말이에요."

그녀가 그에게 다시 한 걸음 다가왔다.

"겉은 멀쩡한데 속은 바보랍니다."

"윽!"

그녀가 하이힐을 신은 발을 그의 다리 사이에 넣었다. 그리고는 천천히 손을 아래로 뻗어 그의 페니스를 잡았다.

"여기가 가장 솔직하네."

그녀가 그의 단단해진 페니스를 어루만지자 민준은 정신을 차릴 수가 없었다.

"여기는 날 사랑하는군요?"

"……."

"그럼 여기는?"

예린이 그의 심장 부근을 손가락으로 꾹 눌렀다.

"여기도 날 사랑하나요?"

"……."

그가 가만히 있자 그녀의 눈동자가 흔들렸다. 이제 코코의 본모습이 보였다. 두꺼운 화장 뒤에 감춰진 그녀의 본모습이 말이다.

"당신은 어때?"

"뭐가요?"

"날 사랑하나?"

그의 질문에 예린이 미소 지었다.

"그러니까 당신이 멍청이라는 거예요. 세상 사람들이 다 아는 걸 왜 당신만 몰라요?"

"맞아, 난 바보야. 하지만 바보는…… 나 혼자만이 아닌 것 같군."

"……."

민준이 코코의 허리를 잡아 그의 품에 안았다. 코코가 힐을 신고 있으니 그와 눈높이가 딱 맞았다.

"붕대 안에 감춰진 코코의 마음을 꺼내 볼까?"

그가 붕대 끝을 잡았다. 그리고 코코를 돌렸다. 코코는 저도 모르게 발레리나처럼 턴을 했다. 그녀가 돌 때마다 가슴의 붕대가 풀렸다. 마침내 붕대가 전부 풀리고 그녀의 가슴이 세상 밖으로 나왔다.

민준은 비틀거리는 코코의 허리를 잡아 자신의 품에 안았다.

"뭐가 보이죠?"

"모르겠어. 직접 뭐가 있는지 말해 주겠어?"

"사랑?"

"……."

코코가 그의 얼굴을 잡고는 입을 맞추었다.

"사랑해요."

"나도…… 사랑해. 처음 본 순간부터라고는 말하지 못하겠지만 코코를 처음 본 순간 날 끌어당기는 힘을 느꼈고, 그 후에 오비서와 사랑에 빠졌지."

"둘 중에 누굴 더 사랑하죠?"

"난 둘의 모습을 다 가진 오예린이란 여자를 사랑해."

"욕심이 과하네요."

"내가 어릴 때부터 갖고 싶은 건 다 가졌거든."

"그런 것 같아요. 오늘은 뭘 갖고 싶죠?"

"오예린."

그가 코코의 화장을 한 예린을 입술을 잡아먹을 듯이 삼켰다. 이런 분장을 하고 그녀와 키스를 하니 조금 더 야릇한 느낌이었다.

"오늘의 코코는 마음에 들었나요?"

"아주 많이……."

"종종 이렇게 할까요?"

"응."

그는 이런 모습의 예린도 좋았다. 그가 예린을 안아 들고는 침대로 향했다.

"오늘은 살살할게."

"방법은 여러 가지니까. 마음껏 해요."

그녀의 도발적인 말에 민준은 온몸이 뜨거워졌다.

"넌 날 너무 자극시켜."

"건강에 해로울까요?"

"많이."

그녀를 침대 위에 눕히고 나자 비현실적인 장면이 눈앞에 펼쳐져 있었다.

"오늘 콘셉트는 뭐야?"

"마녀?"

"맞아, 오늘의 콘셉트는 마녀로군. 벌써 내 영혼을 차지했으니 말이야."

예린이 손가락을 까딱이며 빨리 들어오라고 했다. 그는 빠르게 옷을 벗고는 거의 뛰어들다시피 해서 예린의 옆에 누었다. 그녀의 입술을 삼키고 온몸을 어루만지며 민준은 끝없는 자극을 받았다.

"이렇게 아내에게 욕망을 느끼는 남자는 없을 거야."

"저처럼 남편을 섹시하다고 생각하는 여자도 없을 거예요."

"왜 4년 동안 못 알아봤을까?"

"뭘요?"

"당신이 이렇게 섹시한 여자라는걸?"

"보는 눈이 없어서?"

"맞아."

그는 쉽게 인정했다. 예린의 말이 맞았기 때문이었다. 그는 코코로 분장한 예린의 얼굴을 잡고는 깊게 키스를 했다.

"립스틱 맛이 오늘은 좀 다른데?"

"브랜드를 바꿨거든요. 맛이 어때요?"

"화장품 맛이야."

"호호, 그건 맞아요. 지울까요?"

"아니, 이게 더 자극적이야."

서로의 입술이 립스틱으로 번졌지만, 그는 상관없었다. 지금은 그냥 온전히 그녀를 먹어 치울 일만 남아 있었다. 그의 손이 그녀의 풍만한 가슴을 감쌌다.

"답답하지 않았어?"

"답답했어요."

"이렇게 아름다운 가슴을 나만 보다니…… 너무 좋아."

그는 그녀의 가슴에 입을 맞추었다. 그리고 핑크색 유두를 입술에 머금고 마음껏 희롱하기 시작했다. 자신이 사랑하는 여자와 이런 환상적인 섹스를 할 수 있다는 게 너무 좋았다. 민준은 예린의 아름다운 몸을 손으로 쓸었다.

마치 새틴을 쓰다듬는 기분이었다. 최상급의 새틴을 말이다. 그의 손은 예린의 여성을 감쌌고 욕망으로 축축하게 젖은 질도 어루만졌다. 그녀의 모든 것이 그를 위해 만들어진 것 같았다.

예린이 임신 중이어서 그는 최대한 자제하고 있었다. 지금 그의 욕망이 시키는 대로 움직이다가는 의사 말대로 그녀와 아이를 다치게 할 수 있었기 때문이었다. 예린을 유리잔처럼 조심스럽게 다루며 하는 섹스도 나름 새로운 느낌이어서 좋았다. 민준의 손이 움직일 때마다 예린의 몸도 따라 움직였다.

그가 마치 지휘자가 된 느낌이었다. 급하게 하는 섹스가 아니라 천천히 부드럽게 하는 섹스도 자극적일 수 있다는 걸 느꼈다. 그리고 코코의 퇴폐적인 모습이 그들의 섹스에 새로움을 더해주고 있었다.

"종종 코코가 되는 것도 좋겠어."

"하아……. 자극적인가요?"

"응."

그는 다시 립스틱이 번진 예린의 입술을 집어삼켰다.

"공포 영화 같아요."

"뭐가?"

"당신의 붉은 입술 말이에요."

"뱀파이어 같아?"

"네. 오늘 붉은색보다 옅은 색을 발랐어야 했어요."

"아니, 난 이게 더 좋아."

"후훗, 변태 같아요."

"내가 예린이와 있으면 보통의 남자가 되긴 틀렸어."

"뭐라고요? 읍!"

그녀의 항의는 그의 입술에 의해 그대로 삼켜졌다. 민준은 자신의 심장이 예린을 향해 뛰고 있음을 알았다. 그는 예린의 다리를 벌리고 자신의 페니스를 단번에 밀어 넣었다.

"아흑!"

"윽!"

침실 가득 그들의 색스런 소리가 울려 퍼졌다.

"아흐……. 미안했어요."

"뭐가?"

"당신 속인 거. 그땐 나도 어쩔 수가 없었어요. 전 돈이 필요했고, 그 욕심에 전부 감춰 버린 거죠. 거기다 당신이 날 자극하기도 했고……."

"내가? 뭘?"

"코코가 최악이라면서요. 난 그렇게 나쁘게 살지는 않았거든요. 그래서 그때 그 소리에 욱하고 말았어요……."

"상처 줘서 미안해……. 내가 남자에게 빠졌다고 생각해서 그랬어. 그땐 내 기분이 최악이었거든."

"어쨌든, 이제 용서해 줘요."

"벌써 용서했어. 아무리 아니라고 해도 벌써 몸과 마음은 예린에게 향하고 있었어."

"하아……. 사랑해요."

"나도……."

예린이 그의 목을 끌어안고는 뜨겁게 매달렸다. 그는 자신의 분신을 그녀 안에 쏟아 낸 뒤에 예린을 품에 안고 깊은 잠에 빠져 들었다. 이렇게 행복한 잠은 처음이었다.

Chapter 10

하늘마저 그들의 결혼을 축복하는 것 같은 날이었다. 어찌나 높고 푸른지, 마음까지 화창해지는 것 같았다. 하늘이 파란색 물감을 풀어놓은 것처럼 푸르다면, 그의 집 정원은 온통 화이트였다. 순백의 신부를 상징하듯이 온통 흰색으로 물들인 정원을 민준은 만족스러운 시선으로 바라보고 있었다.

"축하한다."

박 팀장이 오늘은 친구의 신분으로 성현과 함께 자리에 참석했다.

"오늘이 마지막이야?"

"당분간은 못 보겠지."

성현은 미국으로 연수를 떠날 예정이었다. 오늘이 한국에서의 마지막 날이었다.

"2년인가?"

"맞아, 나도 2년 후에는 너처럼 잘생긴 남자를 만나야 하는데……."

성현이 그를 장난스러운 시선으로 바라보았다.

"신랑한테 맞는 첫 번째 들러리가 되기 전에 그 입 좀 다물어. 어른들이 듣기라도 하면 어쩌려고 그래?"

"그래서 이참에 커밍아웃……. 읍!"

옆에 서 있던 박 팀장이 성현의 입을 막아 버렸다. 그들의 옆으로 할아버지가 지나갔기 때문이었다.

"내가 성현이를 먼저 때릴 것 같다."

"말리지 않을게."

"읍……."

민준이 피식 웃으며 자리를 떴다. 한쪽 구석에서 그들을 바라보는 재혁에게로 향했다. 오늘 재혁은 그가 본 그 어떤 날보다 얌전한 차림새였다. 그와 예린을 위해 배려한 것 같았다.

"우리 예린이 봤어요?"

재혁이 웃으며 물었다.

"아직……."

"미리 보지 마세요. 얼마나 예쁜지는 버진 로드에서 봐요. 아마 심장이 멈출 거예요."

솔직히 민준도 신부 대기실에 가지 않으려고 노력 중이었다. 아름다운 예린의 모습을 가장 보고 싶은 건 아마도 그일 것이다.

"저도 기대하고 있습니다. 그나저나 박 팀장과는 잘 만나고 계시죠?

"우리 같이 살아요."

"……."

언제나 느끼는 거지만 재혁은 정말 거침이 없었다. 하지만 오늘 재혁 옆에는 재혁보다 더 눈에 띄는 사람이 있었다. 분홍색 양복이라니. 주위의 시선을 한 몸에 받을 수밖에 없는 남자였다.

"누구……."

"아 참, 우리 엔젤이에요."

"아, 그때 그……."

"네, 우리 예린이랑 아주 절친이라서 초대했어요."

"안녕하세요. 이민준입니다."

그들은 간단하게 인사를 나누었다.

"본부장님……."

비서실 직원들이었다.

"오 비서님, 아니 사모님 오늘 너무 아름다우세요. 저렇게 예쁜 신부는 처음이에요."

"네, 암요."

수지의 칭찬에 윤 실장이 고개를 끄덕였다. 모두가 행복해 보이는 날이었다. 할아버지도 친척들에 둘러싸여 웃고 계셨다. 예린과 결혼하길 정말 잘한 것 같았다. 예린이 아니었다면 이렇게 행복한 삶이 있다는 걸 알지 못했을 테니까 말이다.

"신랑분, 준비해 주세요."

그가 버진 로드의 끝에 섰다. 모든 게 완벽한 하루였다. 하늘도, 그리고 하우스 웨딩의 모습도, 흰색 백합으로 장식이 된 버진 로드까지 모두 완벽했다. 그들은 주례 없이 신랑, 신부 선서를 하고 하객들과 어울리는 즐거운 결혼식을 준비했다.

재혁과 엔젤의 축가 무대도 있었고 할아버지의 축시 낭송도 준비되어 있었다. 그리고 예린의 좋아하는 초대 가수도 있었다.

2부에는 즐거운 피로연도 준비되어 있었다. 딱딱한 결혼식은 싫다는 예린의 부탁을 그가 들어준 것이었다. 어른들도 그런 예린의 마음에 동감하셨다.

"너무 예쁘다."

그 소리에 민준은 자동적으로 고개가 돌아갔다. 사실 그는 흰색 실크로 된 에이라인 드레스를 반대했었다. 너무 차분한 건 예린과 안 맞는다고 생각해서였다. 그런데 왜 예린이 이 드레스를 선택했는지 이제 알 것 같았다.

예린 자체에서 화려함이 뿜어져 나와서, 드레스까지 화려했으면 너무 과해 보였을 것이다.

"나 어때요?"

민준은 수줍게 말하는 예린을 그대로 침대로 안고 가고 싶은 걸 꾹 참았다.

"너무 예뻐."

"다행이다. 떨려서 죽겠어요."

"내 손을 잡아. 예린의 옆에는 평생 내가 있을 거야."

너무 아름다운 신부의 모습에 넋을 놓고 만 민준이었다. 모두의 축복 속에서 예식이 끝이 나고 그들은 행복한 피로연을 즐겼다. 모두의 얼굴에서 웃음꽃이 피어 있었다.

예린은 피로연을 위해 드레스를 갈아입으려고 집으로 들어왔다. 그녀를 위해 시아버지가 선물해 준 드레스였다. 핑크색의 드레스는 차분한 인상과는 차원이 다른 파격적인 디자인이었다. 가슴이 거의 반쯤 보이는 디자인으로, 민준이 본다면 뒤로 넘어갈 디자인이었다.

처음엔 놀랐는데 아버님이 적어 준 편지를 보고는 그 뜻을 이해했다.

"평생 홀리고 살아……."

예린은 저도 모르게 시아버지의 편지 중에 가장 기억에 남는 구절을 읊조렸다. 거울 속의 그녀는 정말 화려했다. 아니 솔직히 심하게 야했다. 이런 모습의 신부는 그 어디에도 없을 것 같았다.

"뭐라고 하는 거야?"

"평생 홀리고 살라고 아버님이 해 주신 드레스야."

"너희 아버님 멋지신데? 그런데 이 모습을 아버님께서 보시고도 그런 말씀을 하실지는 의문이다. 어른들께서 감당하기 힘드실 것 같아."

"아니, 괜찮을 거야."

"좋겠다."

엔젤이 부러움이 가득한 눈으로 말했다.

"성현 씨!"

갑자기 성현을 부른 엔젤이 그에게 자신의 옷을 건넸다.

"둘이 뭐야? 기류가 이상해."

"오늘 일찍 가야 해. 공연이 있거든. 그래서 성현 씨가 이태원까지 데려다준다고 해서."

"잘해 봐."

"잘해 보긴. 내일 미국 가는데."

"안 돌아오나 뭐."

"2년."

"좀 기네. 아쉽다."

"나도 그렇다."

엔젤은 예린에게 볼 뽀뽀를 하고는 먼저 간다고 했다. 그리고 그녀에게 은근슬쩍 뭔가를 건넸다.

"이게 뭐야?"

"부부 관계를 돈독하게 하는 무엇! 캔디와 함께 준비한 거야. 심혈을 기울여서 고른 거니까 잘 참고하고."

"무엇?"

"나가고 뜯어 봐. 아니 남편하고 둘만 있을 때 봐."

"뭔데?"

"지금 뜯으면 굉장히 곤란해."

작은 상자가 제법 무거웠다. 궁금했지만 그녀는 지금 바쁜 관계로 상자를 침대 옆에 두고는 피로연 준비를 하기 위해 신부 대기실로 향했다. 드레스를 입고 대기실에 들어가자 스태프들이 난리가 났다.

"신부님 너무 섹시해요."

"화장도 약간 야하게 해 주세요. 시아버님의 분부세요. 신랑을 홀리라고 하셨거든요."

"그럼, 저희도 최선을 다할게요."

잠시 후, 예린은 아까 장난삼아 한 말을 후회했다.

"곤란한데……."

스타일리스트가 난감한 표정을 지었다.

"왜, 섹시하기만 하고만."

메이크업하는 친구는 괜히 뭐라 한다고 야단이었다.

"후……."

예린은 절로 한숨이 나왔다.

"신랑뿐 아니라 저기에 있는 모든 늑대들이 침을 흘리며 달려들게 만들어 놓으면 어떻게?"

"난 이 옷에 맞춰 해 드렸을 뿐이야."

"신부님, 피로연……."

대기실의 문을 연 남자 스태프가 그녀를 보고는 말을 멈추었다.

"너무 할리우드 스타일이죠?"

"네."

스태프가 망설임 없이 말했다. 좀 난감한 상황이었다.

"괜찮아요. 남편도 홀리고 다른 사람도 홀리죠, 뭐."

그녀는 쿨하게 밖으로 나갔다. 시아버지의 뜻을 알기 때문이었다. 그녀가 재벌가 사람들에게 기 눌리지 않고 당당하길 바란다고 하셨다. 예린은 시아버지의 그런 말을 잘 따를 것이다. 그리고 시아버지의 편지 맨 마지막 줄이 그녀의 가슴을 울렸다.

─당당한 내 딸이 되어 주겠니?

아버님의 편지 내용을 다 외울 지경이었다. 편지도 잘 쓰셨지만 그 안에 들어 있는 진심이 그대로 느껴졌기 때문이었다.

"민준 씨!"

"……."

민준은 거의 넋이 나가 버렸다.

"하!"

그의 첫마디는 감탄사가 섞인 놀라움이었다.

"어떻게 된 거야?"

"아버님의 선물이에요."

"예전엔 우리 아버지의 취향이 나와 같다는 걸 몰랐는데, 오늘 확실히 알게 되었어."

"마음에 들어요?"

"응, 마음에 들어. 그런데 당신을 데리고 침실로 가고 싶은 마음이 더 커서 큰일이야."

"곧 끝나요."

"이런 이 야한 부부를 어쩌나……."

재혁과 박 팀장이 그들의 대화를 듣고 가까이 다가왔다.

"우리 예린이 집에 가둬 놔야겠네요?"

"안 그래도 피로연이 끝나면 그럴 생각입니다."

"나 같으면 지금 끌고 가겠어요."

"오빠!"

하여튼 남자들이란 틈을 보여서는 안 되는 인물들이었다.

"공연 시작인가 보다."

"저런 슈퍼스타도 초대하고 확실히 재벌가의 결혼이라서 그런 지 스케일이 다르긴 다르구나."

그녀가 좋아하는 가수가 초대됐다. 가창력이 끝내주는 가수였 다. 예린은 그의 가슴에 기대서 가수의 공연을 감상했다.

"고마워요."

"고맙긴."

그의 품 안이 너무나 행복하고 좋았다. 그런데 갑자기 그가 남 몰래 손으로 그녀의 엉덩이를 야릇하게 쓰다듬었다. 어른들이 다 계시는 곳에서 갑자기 훅 들어오는 바람에 놀란 예린은 그의 손을 잡았다.

"뭐 해요?"

"안 보여."

그들의 앞엔 허리 높이의 테이블이 놓여 있었다.

"그래도……. 이러지 말아요."

"이런 옷을 입은 벌이야."

그가 조심스레 예린의 치마를 걷어 올리더니 팬티 안으로 손을 넣었다. 어른들이 앞에 계시는 상황에서 그의 행동은 예린을 당황스럽게 만들었다.

"민준 씨……."

"젖었어."

"그만……."

급기야 그의 손가락이 그녀의 질 안으로 파고 들어왔다. 소리를 내지 않기 위해 예린은 최선을 다하고 있었다.

"내 손가락이 맛이 없어?"

"민준 씨……. 제발……."

"더 깊게 박아 줄까?"

"윽!"

그가 손가락을 깊이 찔러 넣자 저도 모르게 신음이 터져 나왔다.

"워, 워. 참아."

"민준 씨…… 이 옷은 아버님이, 사 주신 거예요."

"아버지가 왜?"

"당신 확실하게 홀리라고요."

"그렇다면 아버지는 원하시는 바를 100배 더 이루신 거야. 난 지금 홀린 정도가 아니라 미쳐 있거든……."

그의 손가락이 계속해서 그녀를 자극하고 있었다.

"오늘 너무 예뻐요."

"가, 감사합니다."

민준의 삼촌이 그들에게 와서 말을 걸었지만, 민준은 끝까지 손가락을 그녀의 질 안에서 빼지 않고 자극했다. 그 때문에 미칠 것 같은 예린이었다.

"자꾸 이러면 저도 가만히 안 있을 거예요?"

"아, 삼촌!"

"……."

놀란 예린이 앞을 보았지만, 삼촌은 없었다.

"민준 씨!"

"이건 다 예린이가 너무 섹시해서야."

그가 예린의 목에 입을 맞추었다. 약이 잔뜩 오른 예린이 손을 슬며시 뻗어 그의 페니스를 꽉 움켜쥐었다.

"윽!"

그가 숨을 삼키는 소리가 들렸다.

"이쯤에서 합의하시죠."

"아니……."

"그래요?"

그녀가 민준의 바지 지퍼를 열고는 손을 그 안으로 집어넣었다.

"오예린?"

"너무 단단해요. 넣고 싶을 만큼."

그가 바지 속에서 그녀의 손을 빼더니 서둘러 예린을 끌고 어딘가로 향했다.

"이거 놔요."

"예린이 벌인 일이야."

"시작은 민준 씨가 했잖아요."

"아니, 이런 옷을 입고 나온 예린의 잘못이야. 오늘 밤에 이 옷은 불태워 버릴 거야."

"싫어요. 아버님이 주신 옷이라고요."

이렇게 하다간 끝나지 않을 것 같았다.

"여긴……."

한창 공사 중인 공간이었다. 수영장과 연결이 되어 있는 곳인데, 아직 오픈을 안 해서 그렇지 내부 공사는 다 끝이 난 것 같았다.

"뭐예요?"

불이 켜지자 예린은 놀란 얼굴로 그곳을 보았다.

"원래는 예린의 생일날 선물로 주려고 했던 공간이야."

"이게 다 뭐예요?"

"여긴 우리 부부만의 은밀한 공간."

정말 그의 말대로 은밀한 공간이었다. 노천탕에 침대가 있는 아주 묘한 분위기의 공간이었다.

"저건 뭐예요?"

예린은 가운데에 있는 방문을 열었다.

"와!"

정말 감탄사가 절로 나왔다. 그 방 안에는 성인용품이 즐비하게 놓여 있었다.

"이게 다 민준 씨 아이디어예요?"

"응."

"이렇게 하고 싶어요?"

"때로는……."

답지 않게 그의 얼굴이 붉어졌다.

"여기 구경은 나중에 하고……."

"란제리도 있고 메이드복도 있어요. 이건 수영복이네……."

그의 말을 무시하고 그녀는 신기한 듯 방을 구경하느라 바빴다.

"어떻게 이런 생각을 했어요? 우린 이런 거 없어도……. 읍!"

민준이 종알종알거리는 그녀의 입을 자신의 입술로 막아 버렸다. 그가 급하게 잡아먹으려고 든 것 같았다. 짐승의 울부짖음을 예린은 온몸으로 느꼈다.

"민준 씨……."

그녀의 말이 민준은 들리지 않는 것 같았다. 그녀의 드레스를 위로 들어 올린 그는 선 채로 예린을 가졌다. 그들의 야릇한 소리는 갇힌 공간에 크게 울려 퍼졌다.

"아흐……."

그녀의 질을 찢을 듯이 들어온 그는 예린이 임신 중이란 사실을 중간에 깨달았는지 급하게 들어왔다가 속도 조절을 하는 것 같았다.

"아아앙……."

그녀의 신음이 퍼졌다. 그가 예린의 목에 키스하자 그녀의 몸이 움찔했다.

"안 돼요. 다른 사람들이 알아차린다고요."

"우리가 사라졌을 때, 이미 다른 사람들은 우리가 무슨 짓을 하는지 뻔히 눈치챘을 거야."

그는 멈추지 않았고 끝까지 그녀를 몰아붙였다.

예린의 온몸이 땀에 젖었다. 밖에 나가면 다 티가 날 정도로 온몸이 달아올랐지만 지금 예린은 그를 놓을 수가 없었다.

"으윽!"

"아아악!"

그의 분신들이 쏟아져 내렸고 그도 그녀와 함께 무너졌다.

"헉헉헉……."

"남편을 이렇게 좋아해도 되는 걸까요?"

"아내가 너무 섹시해 보이는 것보다는 정상인 것 같아."

민준이 다정하게 말하며 땀을 닦았다.

"내가 섹시해 보여요?"

"너무 지나치게……."

그의 말에 예린이 피식 웃었다.

"거짓말이 날로 느는 것 같아요."

"난 진실만을 말해."

그들이 밖으로 나왔을 때는 또 다른 가수의 공연이 이어지고 있었다.

"괜히 불렀어."

"왜요?"

"당신이 보길 바랐는데 내가 이렇게 당신을 차지하고 있으니 말이야."

"지금이라도 볼까요?"

"아니, 예린은 나만 바라봐."

"후훗, 알았어요."

그들은 서로를 마주 보며 웃고 있었다. 이렇게 사랑스러운 사람이 자신의 남편이라는 게 믿어지지 않았다. 피로연 끝까지 예린은 남편에게 시선을 떼지 못했다.

금슬이 너무 좋아도 걱정이었다. 배가 불러 온 아내를 보고 있는 민준의 마음이 착잡했다. 다음 달이 산달인데 만삭인 부인이 너무 섹시하게 보이니, 이게 큰일이었다. 어제부터 그는 서재에서 잠을 청했다.

게스트룸을 쓰자니 예린이 신경 쓸 것 같아서 일한다는 핑계를 대고 서재 생활을 시작했다.

똑똑.

"네."

"커피 드세요."

예린이 커피를 가지고 그의 곁에 섰다. 봉긋하게 나온 배가 오늘따라 더욱 사랑스럽게 보였다. 거기에 임신하고부터 가슴이 더 커져서 그를 미치게 했다. 날마다 이런 고통을 겪고 있으니 회사에 있는 게 더 마음이 편했다.

"요즘 무슨 일 있어요?"

"아니, 왜?"

"표정도 그렇고, 침실에도 안 들어오고……."

"아니야."

"정말이죠?"

예린이 그의 무릎에 앉는 만행을 저질렀다. 그의 페니스는 한참 전부터 반응을 보이고 있었는데, 예린이 앉자 정말 죽을 것만 같았다.

"윽……. 예린아."

"왜요?"

"아니야……."

그녀가 걱정할 일은 만들고 싶지 않은 그였다.

"일해요. 저는 이만 나가 볼게요……."

예린은 실망한 것 같았다. 이대로 보낸다면 미안해질 것 같아서 그가 예린의 손을 잡았다.

"예린아……. 사실은……."

"뭐가요? 우리 부부 관계 때문에 그러는 거예요?"

"어?"

"의사 선생님이 강하게 하지 않으면 괜찮다고 했는데……."

"내가 불안해. 네가 다칠까 봐."

안 그래도 며칠 전에 사고가 있었다. 그가 정신 줄을 놓고 덤

벼드는 바람에 예린에게 조산기가 온 것이었다. 다행히 조산으로 이어지지는 않았지만, 그로선 십년감수한 일이었다.

"너무 격하게는 말고, 살살⋯⋯."

그녀는 수줍게 말하며 그의 목에 팔을 감고 키스했다.

"괜찮을 거예요."

마치 주문을 걸듯이 그의 입안에 혀를 집어넣은 예린을 민준이 살며시 안았다. 세게 안으면 부서질 것만 같았다.

"나도 내가 이렇게 섹스에 미친 놈인지 몰랐어."

"날 너무 사랑해서 그런 거예요."

"맞아, 난 예린이를 너무 사랑해. 그게 문제야."

그가 예린의 배를 쓰다듬었다.

"어떤 녀석이 나올지 궁금해."

"저도 궁금해요. 하지만 100% 당신을 닮았을 것 같아요."

"여자애가 날 닮는 건 싫어."

그녀의 배 속엔 남자아이가 아닌 여자아이가 있었다.

"왜요? 당신이 얼마나 잘생겼는데요."

"안 돼. 당신을 닮아야지."

그는 괜한 고집을 부리고 있었다. 딸이면 꼭 그녀를 닮아야 하고 아들이면 꼭 그를 닮아야 한다는 게 그의 신념이었다. 그의 이런 엉뚱한 면이 사랑스럽긴 했지만, 걱정될 때도 많았다.

"집착이 너무 강하단 생각 안 해요?"

"아니."

그가 그녀의 셔츠를 위로 올리고 브래지어를 풀어 버렸다. 그녀의 가슴이 드러나자 그의 눈이 반짝였다.

"그렇게 좋아요?"

"응, 좋아."

"만일 못 하게 했으면 어쩔 뻔했어요?"

"막 삐뚤어졌겠지."

"사춘기예요?"

"그런 것 같아."

"호호."

그는 절대로 지지 않는 성격이었다. 말 한마디도 지지 않는 그였지만 유일하게 그녀에겐 져 주었다. 다만 섹스 문제는 절대로 지지 않는 그였다. 그녀에게 유일하게 고집을 피우는 게 섹스였다.

"당신, 아무리 생각해도 중독이에요."

"맞아."

"무슨 중독인지나 알아요?"

"예린과 하는 섹스 중독."

"말이나 못 하면 밉지나 않지."

"책임져."

그가 그녀의 유두를 빨면서 책임지라고 했다. 요즘 몸이 예민해져서 그가 하는 모든 행위가 예전보다 더 짜릿하게 느껴졌다.

"하아……. 책임질 테니까, 더 세게 빨아 줘요."

"예린아……."

그녀의 말은 그에게 기름을 붓는 격이었다. 부풀어 오른 가슴은 너무 예민해서 섹스하는 것보다 더 큰 쾌감을 그녀에게 안겨 주었다.

"민준 씨……. 미치겠어요."

"나도 그래."

그가 예린을 안아서 소파에 눕혔다.

"빨리요."

민준이 다급하게 바지를 내렸다. 그의 페니스가 눈에 들어왔다. 그의 것이 몸 안에 들어오면 좋겠지만 아이가 걱정되는 건 사실이었다. 예린이 몸을 일으켰다. 그리고 그의 페니스를 입으로 물었다.

"헉!"

그가 놀란 눈으로 그녀를 보았다.

"이제부터는 다른 방법으로 해요."

"예린아……."

"이제 몇 개월 동안은 다른 방법으로 당신의 욕구를 풀어 줄게요. 물론 나도 즐기겠지만요."

"윽!"

예린이 다시 그의 페니스를 입에 물었다. 입안에 다 들어가지도 않는 놀라운 크기였다. 하지만 예린은 그를 위해 뭐든 해 줄 수 있을 것 같았다. 왜냐하면, 그는 그녀의 하나뿐인 사랑이니까…….

츄읍 츄읍!

최대한 섹시하게 빨려고 노력 중이었다. 그의 페니스가 그녀의 타액으로 젖어 들어갔다.

"아흐……."

그가 예린의 머리카락을 세게 움켜잡았다.

"예린아……."

그는 몸을 비틀며 신음했다. 예린은 그의 분신들이 나올 때까지 그의 페니스를 입안에 담고 애무해 주었다. 섹스의 방법이 한 가지만 있는 게 아니란 걸 알게 된 후부터는 그에게 조금 더 잘할 수 있게 되었다.

재혁과 엔젤이 결혼 선물로 그녀에게 준 건 섹스에 관한 여러 방법이 수록된 책이었다. 누가 섹스를 뭘로 배웠냐고 한다면 그녀는 책으로 배웠다고 말할 수 있을 것 같았다.

"어디서 이런 걸 배운 거야?"

"훌륭한 선생님이 계셔서요."

"나?"

"비밀이에요."

어쨌든 민준은 행복한 미소를 지었고 그녀 또한 행복했다. 비서와 밤무대를 오가며 힘들게 살아왔던 게 이제는 기억이 안 날 만큼 예린은 풍요로운 생활을 하고 있었다. 이게 다 민준 덕이라는 걸 그녀는 알았다.

사랑하는 민준과 앞으로 만나게 될 그녀의 아이를 생각하며, 예린은 오늘도 행복한 미소를 지었다.

Epilogue

하늘도 축복하는지 날씨가 너무나 화창했다. 유명 갤러리처럼 현대적이고 차갑기만 하던 집 안이 아기용품들로 하나씩 채워져 갔다. 아기방도 있었지만, 아기 물건들이 거실로 하나둘씩 나오니 이제야 비로소 사람 사는 집 같았다.

세상 밖으로 나온 지 80일째가 된 아기는 가족들의 사랑을 한 몸에 받았다.

"사랑아."

그래서 이름도 사랑이라고 지었다. 시할아버지와 시어머니, 시아버지는 주말이면 그들의 집을 꼭 방문하셨다. 그녀가 간다고 해도 아기까지 데려오기 힘들다며 어른들이 찾아오셨다.

"할아버지, 저희가 본가로 갈게요."

"아니야, 엎어지면 코 닿을 거린데 내가 가는 게 편해. 우리 사랑이도 힘들어."

민준이 아무리 말해도 소용이 없었다.

"아버지는 또 뭐 하시는 거야?"

"그네요."

"뭐?"

"사랑이 타고 놀 그네 사 오셨어요."

지구상의 장난감은 그들의 집에 다 집결하는 것 같았다. 더구나 시아버지는 직접 조립할 수 있는 장난감을 선호하셔서 매주 하나씩 만들어 놓고 가셨다.

"예린아."

"네, 어머님."

"이게 안 먹었어?"

"어머님…… 먹을 게 너무 많아요."

거기다가 어머님은 매주 산더미같이 음식을 해 오셨다.

"그렇게 안 먹으니 살이 빠지지."

"얼마 안 빠졌어요."

임신 전의 몸무게로 돌아가는 건 너무 힘든 일이었다. 매일같이 운동을 하는데도 살이 빠질 생각을 하지 않고 있었다. 그래도 예린은 행복했다. 이런 행복이 또 있을까 할 정도의 행복이었다.

하지만 요즘 마음에 걸리는 것이 있었다. 아이를 낳고 민준과 그녀는 아직 잠자리를 하지 않았다. 그녀를 배려하는 민준 때문이었다. 그런데 산후 우울증은 그녀가 아닌 민준에게 온 것 같았다.

그녀가 사랑이를 너무 힘들게 낳아서 그런지 민준은 둘째를 낳고 싶은 마음이 없다고 했다. 하지만 예린은 사랑이의 동생을 낳고 싶었다. 낳으려면 빨리 낳는 게 좋을 것 같다고 생각했다. 하지만 아기를 혼자서 만드는 것도 아니어서 나름 걱정이었다.

"어머니."

"왜?"

"부탁이 있는데, 들어주시겠어요?"

"뭔데?"

"내일 저녁에 집에서 파티를 할까 하는데 사랑이 좀 본가에 보내면 안 될까 해서요."

"그래, 사랑이는 우리가 봐 줄 테니까. 둘이서 파티해."

어머니는 흔쾌히 부탁을 들어주셨다. 그냥 작은 파티면 아기 방에서 유모와 같이 있으면 되지만 내일은 좀 소란스러운 파티를 할 예정이었다. 물론 민준은 모르는 사실이지만 말이다.

"점심 드세요."

점심상이 차려지고 가족들은 화기애애한 시간을 보냈다. 어른들이 가신 후에 민준은 사랑이를 안고는 아기방으로 들어갔다. 민준은 그 누구보다도 자상한 아버지였다.

"주스 드세요."

그녀는 사과 주스를 가지고 아기방으로 들어갔다.

"고마워."

아기를 계속해서 안고 있으니 그도 지친 것 같았다.

"체력이 달리는 거 아니에요?"

"아니야."

"땀이 이렇게 흥건한데……."

그의 이마에 땀이 맺혀 있었고 티셔츠의 등 부분도 축축하게 젖어 있었다.

"내일 일찍 들어와야 해요."

"왜?"

"친구들 초대했다고 했잖아요."

"알았어."

그는 잊은 모양이었다.

"요즘 많이 힘든 건 아니죠?"

"아니."

"사랑이 이리 줘요. 모유 먹일 시간이에요."

그녀는 사랑이에게 모유 수유를 했다. 민준에게 사랑이를 넘겨받은 예린은 수유 의자에 앉아서 아기에게 젖을 물렸다. 그 모습을 민준은 말없이 바라보았다. 그런 민준을 보는 예린은 웃음이 터지려는 걸 억지로 참았다.

그가 왜 그러는지 누구보다 잘 알기 때문이었다.

벌써 81일째 그는 독수공방이었다. 100일 만이라도 참자고 다짐했으니 이제 얼마 남지 않았다.

"몸에서 사리가 나오겠어."

"네?"

옆에 있던 윤 실장이 물었다.

"20일만 있으면 내가 사람이 될 것 같아."

"무슨 말씀이신지……."

"내 몸에서 쑥 향이 나지 않아?"

"……."

윤 실장은 도통 알아들을 수 없는 말을 하는 그를 이상하게 보았다.

"단군신화도 몰라?"

"압니다. 하지만 곰은 여자라……."

"그런가? 어쨌든 난 사람이 될 것 같아."

"아…… 네……."

"오늘 일은?"

"미국에서 박성현 박사가 한국으로 돌아오겠다고 연락이 왔습니다."

"안 돼."

"더는 배울 게 없다고 하시면서 조속히 복귀시켜 달라고 하셨습니다. 안 그러면 다른 회사로……."

"미친 새끼!"

그는 당장에 전화를 걸었다. 하지만 통화를 할 수 없었다. 상대방이 전화를 받지 않았기 때문이었다.

"안 받아?"

가뜩이나 몸에서 불이 나는데 이 녀석까지 그의 몸에 불을 지르고 있었다.

"연락해 봐."

"네."

"그리고 오늘은 좀 일찍 퇴근합니다."

그는 이렇게 말하고는 6시경에 사무실을 나왔다.

"파티는 무슨……."

솔직하게 그의 마음을 안다면 예린은 파티 같은 걸 해서는 안 되는 거였다. 매일같이 아기에게 수유하는 모습을 부러운 눈으로 보는 그를 안다면 이럴 수는 없는 일이었다.

"내가 괴롭다는 건 아는 거야?"

그가 괴로운 줄 안다면 파티 같은 건 상상도 못 할 일이었다. 그는 입이 툭 튀어나온 채 집으로 들어갔다. 그가 집에 도착한 시간이 이른 저녁인데도 집 안에서 음악 소리가 흘러나오고 있었다.

"신났군."

그는 툴툴거리며 안으로 들어갔고 현관문을 여는 순간 입을 다물 수가 없었다. 집 안이 이태원의 클럽처럼 되어 있었다. 시끄러운 음악 소리와 함께 드랙퀸 화장을 한 사람들이 손에 술잔을 들고 삼삼오오 모여 이야기를 하고 있었다.

파티라고 해서 작은 규모일 줄 알았는데 아니었다. 스무 명은 넘어 보이는 사람들이 그의 거실을 가득 채우고 있었다.

그리고 거실 중앙에 어디서 많이 보던 녀석이 있었다.

"박성현!"

"……."

그를 본 성현은 슬금슬금 자리를 피했다. 그와 성현 사이에 한석이 끼어들었다.

"넌 비켜라."

"성현이가 더는 배울 게 없다잖아."

"뭘 더 배울 게 없어?"

"민준아, 화내지 말고 들어. 아주 기가 막힌 걸 내가 개발했거든 너도 들으면 좋아할 거야. 그러니까 제발 한국에 오게 해 주라."

"왔잖아."

"그렇지."

"저 미친 새끼를……."

민준이 성현에게 달려들려고 하자 한석이 온몸을 사용해 필사적으로 막았다. 하지만 그들이 아무리 시끄럽게 굴어도 다른 사람들은 파티를 즐기고 있었다.

"넌, 나랑 따로 얘기해."

"나 모레부터 출근할 거야."

"어디로?"

"원래 내 연구실로."

"내가 저 자식을……."

그때였다. 누군가 그의 등을 두드렸다. 엔젤이었다.

"안녕하세요?"

"……네."

드랙퀸 복장의 엔젤은 아주 화려했다. 금발의 가발을 쓰고 금빛 드레스를 입은 엔젤은 오늘 자신의 이름처럼 천사의 날개까지 달아서 그를 놀라게 했다.

"우리 성현 씨 너무 겁주지 마세요. 성현 씨, 나 때문에 왔어요."

"네?"

"너무 못 보니까 보고 싶다고 했더니 이렇게 왔네요. 하하."

이제야 돌아가는 내막을 알 것 같았다.

"우리 사귀기로 했거든요. 그러니까 보스가 이해해 줘요."

"……"

너무 당당하게 이야기를 하니 할 말이 없었다. 너무 어이가 없는 그는 파티를 즐길 마음이 싹 사라졌다. 그런데 이상하게 예린이 보이지 않았다.

"예린이는?"

"몰라. 조금 전까지 있었는데……."

그는 혹시나 하는 마음에 아기방으로 향했다. 이런 시끄러움 속에 사랑이가 있을 생각을 하니 속이 상했다.

"도대체 무슨 생각인 거야……."

방문을 열어 보니 사랑이와 유모 둘 다 보이지 않았다. 그는 침실을 향해 빠르게 걸었다. 설마 침실에 있는 게 아닌가 해서였다. 하지만 침실에는 아무도 없었다.

"민준아."

"……."

한석이 그에게로 달려왔다.

"예린 씨 어디 있는지 알았어."

"어디?"

"노천탕에 있데. 거기에 파티용품이 있다면서 찾으러 갔다고 캔디가 그러더라."

"알았어……."

그는 화가 나서 빠른 걸음으로 노천탕 옆에 마련되어 있는 그들만의 공간으로 향했다.

쾅!

신경질적으로 문을 열고 들어가니 코코로 분장한 예린이 등을 돌리고 서 있었다.

"……."

금발 머리를 하고 아무것도 입지 않은 몸에 금색 천만 두르고 있는 예린은 마치 비너스처럼 보였다.

"오예린……. 사랑이는……."

"사랑이가 제일 먼저였군요. 사랑이는 본가에 가 있어요. 어머님께 오늘 저녁만 봐 달라고 했거든요."

"……."

"난 민준 씨가 가장 우선인데……. 서운해요."

"그게, 사랑이는 없고 파티 때문에 집 안은 어수선하고 당신은 안 보이고……."

멍하게 예린을 보느라 자신이 무슨 말을 하고 있는지도 몰랐다.

"난 당신이 날 먼저 찾을 거라고 생각했는데 아니었네요."

"찾았어."

"그래요?"

민준은 지금 상황이 가장 괴로웠다. 몹시도 섹시한 예린을 보고 있으면서도 손댈 수가 없었다. 그때였다. 예린이 킬힐만 신은 채로 그에게 걸어왔다.

"코코……."

코코는 당당하게 그에게 걸어왔다. 아기를 낳더니 몸의 굴곡이 예사롭지 않았다. 그리고 풍만한 가슴은 그를 위해 흔들리고 있었다. 이건 고문이었다.

"난 참아야 해."

"뭘요?"

"100일 동안 참기로 했어."

"누가 참으라고 하던가요?"

"다 당신을 위해서야."

그는 이를 악물었고 이제 예린은 그의 코밑까지 와 있었다. 그녀의 샤넬 향이 그를 미치게 했다.

"흡!"

예린이 그의 손을 잡더니 자신의 가슴 위에 가져다 놓았다.

"이건 고문이야."

"그래요?"

쫙!

예린이 그의 와이셔츠를 양손으로 잡더니 그대로 찢어 버렸다.

"윽, 예린아. 밖에 사람들이……."

"다 말했어요."

"뭐, 뭘?"

예린이 그의 가슴을 혀로 핥았다. 요물도 이런 요물이 없었다.

"여기서 우리는 둘째를 만들 때까지 안 나간다고요."

"예린아……."

"도와줄 거죠? 안 도와줘도 할 수 없어요. 내가 당신을 잡아먹을 테니까."

예린은 당당하게 그를 요구했다. 미칠 것 같았다. 그가 예린의 허리를 당겨 안았다.

"괜찮은 거야?"

"물론이죠. 나한테 그렇게 조심할 필요가 없다고요. 날 먹어
요."

그녀가 그에게 명령했다. 순간 민준은 '네.'라고 말할 뻔했
다. 그만큼 그는 그녀에게 굴복하고 있었다.

"읍!"

그의 욕망은 이제 주체할 수 없을 정도가 되어 터져 버렸다.
그는 예린을 안아 들고는 그들이 즐겨 사용하던 커다란 침대에
눕혔다. 아랍의 왕이 사용하던 침대처럼 침대에는 헤드가 없이
수많은 쿠션만 있었고 야릇한 캐노피도 달려 있었다.

그 안에 코코 분장을 한 예린이 아주 요염하게 누워, 서둘러
바지를 벗느라 정신이 없는 그를 바라보고 있었다.

"원래 이렇게 급했어요?"

그녀가 그를 놀렸다. 하지만 지금 그는 예린을 갖는 것 이외의
그 어떤 생각도 나지 않았다. 마침내 그가 바지까지 벗는 데 성
공하고는 그녀가 누워 있는 침대 위로 올라갔다.

"정말 다른 사람들에게 말했어?"

"네. 그들은 오늘 우리 때문에 와 준 거예요."

"왜?"

"자극적인 분위기를 만들어 주기 위해서………. 읍!"

참지 못하고 예린의 입술을 거칠게 삼킨 민준이었다.

"오늘은 거칠 거야."

"바라던 바에요."

그녀가 그의 목에 팔을 감고는 다시금 깊은 키스를 했다. 서로의 혀가 거칠게 엉키고 있었다. 그동안 어떻게 참아 왔는지, 그의 고통은 신만이 아실 것이다.

"윽!"

예린이 그를 침대 위로 눕히고는 그 위에 올라탔다.

"예린아⋯⋯."

금발의 긴 가발이 그녀의 풍만한 가슴을 커튼처럼 가렸다.

"오늘은 내가 할 거예요."

"날 죽일 셈이군."

"아뇨, 먹어 치울 거예요. 츄읍!"

"윽!"

그가 생각할 여유도 없이 예린의 공격이 시작되었다. 그를 정말로 먹어 치울 생각인 것 같았다. 예린의 입술이 그의 유두를 스치고 지나자 민준은 자신의 허리를 활처럼 휘었다. 위험했다.

츄읍 츄읍─

예린은 거침없이 그의 가슴을 빨기 시작했다.

"윽, 예린아⋯⋯."

그의 유두는 성이 났는지 단단해졌고 예린의 집요한 공격은 계속되었다. 그의 유두를 괴롭히던 예린의 입술이 점점 아래로 내려가더니 급기야 그의 페니스를 삼켜 버렸다.

"으윽!"

"하아……."

그녀가 페니스를 입에서 빼자 타액으로 젖은 페니스가 고통스럽게 단단해졌다.

"예린아……."

"넣어 줄까요?"

그가 고개를 끄덕였지만, 그녀는 그를 애태우며 넣지 않았다. 단지 손으로 그의 페니스를 움켜잡고 위아래로 움직일 뿐이었다.

"으윽!"

그러더니 자리에서 일어난 예린이 그의 손을 끈으로 묶었다.

"오늘은 내 마음대로 할 거예요. 그러니 당신은 그냥 즐기기만 해요."

"……."

예린이 작은 채찍을 가져오더니 그의 위에 올라탔다. 그리고 가슴을 채찍으로 살짝 내리쳤다.

촤악!

아프지는 않았지만 뭔가 짜릿했다.

"이제부터 내가 시키는 대로 하겠다고 말해요."

그가 고개를 끄덕였다.

"좋아요."

"……"

"이제…… 날 핥아요."

그녀가 민준의 머리까지 무릎걸음으로 올라가 친절하게 다리를 벌려 주었고, 그는 예린의 여성을 입에 담았다. 굉장한 자극이었다.

"아아앙……"

예린도 몸을 부르르 떨며 흥분했다. 그는 손을 쓸 수는 없었지만 혀는 자유로웠다. 그래서 예린의 클리토리스까지 혀로 자극했다. 예린은 더는 참기 힘들었는지 다시 몸을 내려 스스로 그의 페니스를 질 안에 넣었다.

"아아앙……"

"아윽!"

예린이 허리를 움직이기 시작했다. 그녀의 가슴이 출렁거리며 그를 미치게 만들었다.

"아아……"

"하아……"

극한의 쾌감이 그를 집어삼키고 있었다. 더는 버티기 힘이 들었다. 그는 그대로 그녀 안에 자신의 분신들을 쏟아 냈다.

"너무 오랜만이라서……."

너무 빨리 끝낸 것에 미안한 마음이 들었다.

"괜찮아요."

그녀가 그의 몸 위에서 헐떡였다. 그리고 잠시 후에 그의 손을 묶었던 끈을 풀어 주었다.

"이제 나갈까요?"

일어서려는 예린을 그가 잡았다.

"둘째가 생길 때까지 안 나간다며?"

"……."

"난 지금 나갈 마음이 없어. 밖의 사람들은 알아서 가겠지."

민준의 말에 예린이 야릇하게 웃었다.

"그럼, 우리 또 한 번 하는 건가요?"

"그래."

예린이 그의 목에 팔을 감아 왔다.

"코코로 분장하니까 흥분돼요?"

"아니, 예린이라서 흥분돼."

"공부 잘했나 봐요?"

"왜?"

"핵심을 잘 파악해서요."

예린이 웃으며 그의 입술에 입을 맞추었다. 민준도 예린을 끌어당겨 거친 키스를 퍼부었다. 그를 이렇게 미치게 만드는 여자는 예린 외엔 없었다. 그녀의 유두를 입술로 물고는 강하게 빨아들였다.

우유 맛이 나는 것 같았다. 순간 정신이 번쩍 드는 민준이었다.

"아기는 안 돼."

"뭐요?"

"아기는 안 된다고. 사랑이 낳을 때도 큰일 날 뻔했잖아."

"그런 게 어딨어요? 난 둘째를 꼭 가질 거예요."

예린이 어느새 그의 위로 올라탔다.

"날 이길 수 있어요?"

"……."

예린이 눈웃음을 치며 말했다. 답은 정해져 있었다. 그는 결코 예린을 이길 수 없었다.

둘은 밤새도록 밖에 나가지 않았다. 둘의 깊은 밤은 은밀한 장소에서 끝없이 이어지고 있었다.

둘째는 그 밤에 찾아오지 않았지만, 민준은 예린이 얼마나 사랑스러운 존재인지 알게 되었다. 그리고 자신이 예린을 얼마나 사랑하는지도……

　하늘 속에 숨은 서울 밤의 별들이 그들의 행복한 섹스를 내려
다보고 있었다.

　　　　　　　　　　　　『비서의 이중생활』 완결.